国际大奖小说·成长版
纽伯瑞儿童文学奖金奖

Dead End In Norvelt

诺福镇的奇幻夏天

[美]杰克·甘托斯/著 任溶溶 任荣康/译

天津出版传媒集团
新蕾出版社

图书在版编目（CIP）数据

诺福镇的奇幻夏天／(美) 甘托斯 (Gantos,J.) 著；
任溶溶，任荣康译. -- 天津：新蕾出版社，2014.4(2024.7重印)
(国际大奖小说·成长版)
书名原文：Dead End in Norvelt
ISBN 978-7-5307-5926-4

Ⅰ.①诺… Ⅱ.①甘…②任…③任… Ⅲ.①儿童文学-长篇小说-美国-现代 Ⅳ.①I712.84

中国版本图书馆CIP数据核字(2013)第308620号

DEAD END IN NORVELT by Jack Gantos
Copyright ⓒ 2011 by Jack Gantos
Published by arrangement with Farrar, Straus and Giroux, LLC
Simplified Chinese translation copyright ⓒ 2014 by New Buds
Publishing House (Tianjin) Limited Company
ALL RIGHTS RESERVED
津图登字：02-2012-184

出版发行：天津出版传媒集团
　　　　　新蕾出版社
http://www.newbuds.com.cn
地　　址：天津市和平区西康路35号(300051)
出 版 人：马玉秀
电　　话：总编办 (022)23332422
　　　　　发行部 (022)23332351　23332679
传　　真：(022)23332422
经　　销：全国新华书店
印　　刷：天津新华印务有限公司
开　　本：895mm×1370mm　1/32
字　　数：150千字
印　　张：10.375
版　　次：2014年4月第1版　2024年7月第23次印刷
定　　价：32.00元

著作权所有，请勿擅用本书制作各类出版物，违者必究。
如发现印、装质量问题，影响阅读，请与本社发行部联系调换。
地址：天津市和平区西康路35号
电话:(022)23332677　邮编:300051

一辈子的书

梅子涵

亲近文学

一个希望优秀的人,是应该亲近文学的。亲近文学的方式当然就是阅读。阅读那些经典和杰作,在故事和语言间得到和世俗不一样的气息,优雅的心情和感觉在这同时也就滋生出来;还有很多的智慧和见解,是你在受教育的课堂上和别的书里难以如此生动和有趣地看见的。慢慢地,慢慢地,这阅读就使你有了格调,有了不平庸的眼睛。其实谁不知道,十有八九你是不可能成为一个文学家的,而是当了电脑工程师、建筑设计师……可是亲近文学怎么就是为了要成为文学家,成为一个写小说的人呢?文学是抚摸所有人的灵魂的,如果真有一种叫作"灵魂"的东西的话。文学是这样的一盏灯,只要你亲近过它,那么不管你是在怎样的境遇里,每天从事怎样的职业和怎样地操持,是设计房子还是打制家具,它都会无声无息地照亮你,使你可能为一个城市、一个家庭的房间又添置了经典,添置了可以供世代的人去欣赏和享受的美,而不是才过了几年,人们已经在说,哎哟,好难看哟!

谁会不想要这样的一盏灯呢?

阅读优秀

　　文学是很丰富的,各种各样。但是它又的确分成优秀和平庸。我们哪怕可以活上三百岁,有很充裕的时间,还是有理由只阅读优秀的,而拒绝平庸的。所以一代一代年长的人总是劝说年轻的人:"阅读经典!"这是他们的前人告诉他们的,他们也有了深切的体会,所以再来告诉他们的后代。

　　这是人类的生命关怀。

　　美国诗人惠特曼有一首诗:《有一个孩子向前走去》。诗里说:

　　　　有一个孩子每天向前走去,

　　　　他看见最初的东西,他就变成那东西,

　　　　那东西就变成了他的一部分……

　　如果是早开的紫丁香,那么它会变成这个孩子的一部分;如果是杂乱的野草,那么它也会变成这个孩子的一部分。

　　我们都想看见一个孩子一步步地走进经典里去,走进优秀。

　　优秀和经典的书,不是只有那些很久年代以前的才是,只是安徒生,只是托尔斯泰,只是鲁迅;当代也有不少。只不过是我们不知道,所以没有告诉你;你的父母不知道,所以没有告诉你;你的老师可能也不知道,所以也没有告诉你。我们都已经看见了这种"不知道"所造成的阅读的稀少了。我们很焦急,所以我们总是非常热心地对你们说,它们在哪里,是什么书名,在哪儿可以买到。我就好想为你们开一张大书单，可以供你们去寻找、得到。像英国作家斯蒂文生写的那个李利一样，每天快要天黑的时候，他就拿着提灯和梯子走过来，在每一家的门口，把街灯点亮。我们也想当一个点灯的人，让你们在光亮中可以看见，看见那一本本被奇特地写出来的书，夜晚梦见里面的故事，白天的时候也必然想起和流连。一个孩子一天天地向前走去，长大了，很有知识，很有技能，还善良和有诗意，语言斯文……

同样是长大，那会多么不一样！

自己的书

优秀的文学书，也有不同。有很多是写给成年人的，也有专门写给孩子和青少年的。专门为孩子和青少年写文学书，不是从古就有的，而是历史不长。可是已经写出来的足以称得上琳琅和灿烂了。它可以算作是这二三百年来我们的文学里最值得炫耀的事情之一，几乎任何一本统计世纪文学成就的大书里都不会忘记写上这一笔，而且写上一个个具体的灿烂书名。

它们是我们自己的书。合乎年纪，合乎趣味，快活地笑或是严肃地思考，都是立在敬重我们生命的角度，不假冒天真，也不故意深刻。

它们是长大的人一生忘记不了的书，长大以后，他们才知道，原来这样的书，这些书里的故事和美妙，在长大之后读的文学书里再难遇见,可是因为他们读过了,所以没有遗憾。他们会这样劝说:"读一读吧,要不会遗憾的。"

我们不要像安徒生写的那棵小枞树,老急着长大,老以为自己已经长大,不理睬照射它的那么温暖的太阳光和充分的新鲜空气,连飞翔过去的小鸟,和早晨与晚间飘过去的红云也一点儿都不感兴趣,老想着我长大了,我长大了。

"请你跟我们一道享受你的生活吧!"太阳光说。

"请你在自由中享受你新鲜的青春吧!"空气说。

"请你尽情地阅读属于你的年龄的文学书吧!"梅子涵说。

现在的这些"国际大奖小说"就是这样的书。

它们真是非常好,读完了,放进你自己的书架,你永远也不会抽离的。

很多年后,你当父亲、母亲了,你会对儿子、女儿说:"读一读它们,我的孩子!"

你还会当爷爷、奶奶、外公和外婆,你会对孙辈们说:"读一读它们吧,我都珍藏了一辈子了!"

一辈子的书。

目 录 Contents

第 1 章　走火的来复枪 …………………… 1
第 2 章　第一篇讣文 ……………………… 15
第 3 章　大号儿童三轮车 ………………… 36
第 4 章　玉米地 …………………………… 41
第 5 章　本妮 ……………………………… 57
第 6 章　猎鹿往事 ………………………… 68
第 7 章　看病 ……………………………… 83
第 8 章　"死神"的拜访 …………………… 92
第 9 章　跳舞的"地狱天使" ……………… 107
第 10 章　治疗 …………………………… 125
第 11 章　"时间胶囊" …………………… 143
第 12 章　灭鼠行动 ……………………… 155
第 13 章　生日礼物 ……………………… 164
第 14 章　一篇关于屋子的讣文 ………… 177

目录 Contents

第 15 章　1080 毒药 …………………… 189
第 16 章　列娜·杜比基太太 …………… 199
第 17 章　棒球赛泡汤了 ………………… 206
第 18 章　惹恼本妮 ……………………… 221
第 19 章　女童军的防火巡查 …………… 231
第 20 章　马掌工 ………………………… 238
第 21 章　行李箱中的"骷髅" ………… 242
第 22 章　试飞 …………………………… 253
第 23 章　疑惑 …………………………… 262
第 24 章　变化正在发生 ………………… 272
第 25 章　谁是嫌疑犯 …………………… 281
第 26 章　逮捕 …………………………… 288
第 27 章　再次响起的来复枪声 ………… 304
第 28 章　结局 …………………………… 314

眼睛的每一次眨动都是一段历史，
在丢弃的信件内是写信人折起的灵魂，
它被包装在信封里并被寄往未知的地方。

第 1 章　走火的来复枪

学期终于结束了，我站在我家后院的野餐台上，准备要好好儿过一个暑假。

在我的脚边，爸爸战争后运回家的日军战利品被我全部摊了开来。他曾经在海军当过兵。在攻占了太平洋所罗门群岛一个岛屿后，一天晚上，他和其他水兵弟兄在岛四周无目的地爬行，无意中发现了一个半埋在沙里的地堡，里面有死了的日军士兵。他们拿走了敌军士兵所有的军用品，并把战利品拖回自己的营地。爸爸拿了一把军官用的军刀，长长的刀刃像刮胡刀一般犀利，刀锋上还残留着血迹。他有一面日本旗、一支配着完整子弹夹的狙击手来复枪、一只瘪掉的水壶、一副脏兮兮的白手套，手套上面有一个射穿左手掌后留下的烧焦的、四周血淋淋的弹洞，还有一张着色的照片，上面是一个穿和服的优雅日本女人。当然，我手上这副放大倍数很高的望远镜也是他的。

我举起这副"二战"时日本军队使用的迷彩望远镜一路看

过去,我的视线从妈妈新播种的菜园,平移到她的玉米地,越过沃尔克小姐家古老的旧屋顶,上移到诺福镇路,又望过我学校的砖砌钟楼,穿过社区中心,一直望到最远处——深蓝色小山脚下志愿者消防处顶上高高的银汽笛。就在靠近山边的地方,新近拉起了维京汽车影院的大银幕。

这时,我用余光看到妈妈朝我走过来,我知道她要来扫我的兴了。如果我可以分散她的注意力,或许她会忘了她原本的来意。

"嗨,妈妈,"我不动声色地说,望远镜并没从眼前移开,"血在刀上干了是红色的,怎么在布上干了却成了棕色的呢?怎么会这样呀?"

"宝贝,"妈妈回答,一点儿没打消原本的来意,"你把这些危险的打仗玩意儿全给摊出来,你爸爸知道吗?"

"这些东西,只要我小心一些,他总是允许我玩的。"我说。事实上我没说真话,爸爸从来不让我玩这些东西,因为他对我说过:"这些战利品有一天会值很多钱,不要用你的脏手去碰它们。"

"好吧,别弄伤了自己!"妈妈警告说,"如果哪个玩意儿上有血,千万别碰它。你可能会染上什么病的,像日本小儿麻痹症什么的。"

"您是不是想起日本甲壳虫那件事了？"我问。妈妈曾在菜园里和"入侵"的日本甲壳虫有过一场大战，结果后者赢了！

妈妈没有回答我的问题，而是把她来这儿找我说话的本意告诉了我："我刚接到沃尔克小姐的电话，她想要占用你早上几分钟的时间，我告诉她我会送你过去的。"

我从望远镜里盯着妈妈看，但是离她太近了，无法聚焦。她的脸就像一个模糊的杯形蛋糕，上面撒上了草莓糖花。

"而且，"妈妈接着说，"沃尔克小姐说会给你一点儿小东西，作为对你帮助她的回报，不过我不希望你要她的钱。你可以拿一小块馅儿饼什么的，但是不要拿钱。我们可从来不为了钱帮助邻居。"

"馅儿饼？我得到的就是这么点儿东西？"我叫道，"一块馅儿饼？但假如我帮助她，她感到特别满意，非要给我钱呢，那我该怎么办？"

"如果她给你钱，那我就不会满意了。"妈妈强调说，"而且应该也不会让你满意。帮助别人本身远比得到报酬更有价值。"

"好吧。"我说，在妈妈还没迫使我就范前就让了步，"什么时间？"

妈妈的视线从我的身上移开了一会儿，看着舅舅威尔的印度种小马驹"战争首领"，它正一边磨着结实的大黄牙，一边抵着多刺的橡树,就着粗糙的树皮来回搔痒,折腾得汗水淋漓。大约一个月前,舅舅从军队里拿到了一张通行证,过来看望我们。舅舅曾经在县里的路政部工作,为了追求刺激,他用反光漆给他的坐骑涂上了油彩,把"战争首领"全身上下的毛涂满了黄白大圆圈。他说要让"战争首领"看上去好像正要准备去和卡斯特将军①打仗一样威风。不过"战争首领"现在只能同身上那洗不掉的油漆打仗,那油漆已经快把它逼疯了。妈妈说,军队已把她的弟弟威尔从一个"善良的小男孩"变成了一个"让人摸不着头脑的怪人"。

前不久,这匹小马驹还试过靠在带倒钩铁丝的火鸡笼上摩擦自己,一下子把所有长脖子火鸡给惹毛了,它们群起而攻,用嘴啄它的腿。由于马掌工把"战争首领"的马掌给收窄了,害得它绕着后院痛苦地跛行,好像一个跛了腿的芭蕾舞女。这种状态维持了好长一段时间,真是够惨的。如果舅舅肯把小马驹给我,我一定会好好儿地照顾它,不过他肯定不会把它给我的。

"沃尔克小姐要你早上六点到她那儿。"妈妈漫不经心地说,"不过她说,假如你愿意,欢迎你早一点儿到。"

———

① 乔治·阿姆斯特朗·卡斯特(1839—1876),美国内战时期北方联军著名指挥官,参加过南方盟军受降仪式。后在西部与印第安人的战争中丧生。

"六点！"我叫了起来，"我上学还不必这么早起床呢！而我现在在放暑假,我要睡懒觉！为什么她要我这么早去？"

"她说她有一件重要的事情要做,那件事情有限期,她需要你尽早去帮助她。"

我再次拿起望远镜,朝山边大银幕上的电影看去。日本人正悄悄穿过低矮的棕榈树丛,逼向威克岛①上剩下的最后几名海军陆战队士兵。一名年轻的海军陆战队士兵正手捧一本祈祷书,望着上天,一幅好莱坞式的经典场景,预示着他马上将因身体某重要部位中弹而命丧黄泉。接着,画面切换到一名日本士兵,他正用一支狙击手来复枪进行瞄准,那支来复枪看上去很像我手边的这一支。接着电影镜头又切换回那名年轻的海军陆战队士兵,他正往身上画十字,默诵着"圣父,圣子,和圣……"砰！他抓住自己的心口,然后慢慢地倒了下去。

"哎呀！"我叫了出来,"他们打中他了！"

"那是一部战争片吗？"妈妈手指着大银幕问道。她眯起眼睛,好像要探究出那架光影闪烁的放映机在放什么。

"不完全是战争片。"我回答,"它更像一部战争中的爱情

---

① 威克岛,太平洋中部珊瑚环礁,位于夏威夷和关岛之间。在1941—1945年太平洋战争时期,美军和日军在岛上发生过重要战斗。

片。"我其实在撒谎,那是一部彻头彻尾的战争片,除了那帮快死的海军陆战队士兵谈论了一会儿自己的女友外,什么爱情情节都没有。我抛出爱情一词,是以为妈妈会就此打住,不再说出下面的话。

"你知道我不喜欢你看战争片。"妈妈把双手支在自己的屁股上教训我,"暴力的东西对你没好处——而且它会让你紧张。"

"我知道,妈妈!"我气鼓鼓地回答,想借此脱身,"我知道的!"

"还需要我来提醒你,你身上的那个小问题吗?"妈妈问。

我怎么会忘记!我非常容易流鼻血。一旦受到惊吓,或者太过兴奋,或者无缘无故因什么小事而感到害怕,血就会从我的鼻孔里喷出来,就像龙从鼻孔里喷火。

"我知道。"我对妈妈说,一边本能地用手指在自己的鼻子下面扫了一下,看有没有血,"您整天都在提醒我这个小问题。"

"你要知道,医生可把它看成是大问题的征兆啊。"妈妈认真地说,"要是你的血里缺铁,你的大脑就可能得不到足够的氧了。"

"能不能请你离开这儿?"

"不要没礼貌。"妈妈说道,提醒我注意自己的言行举止,不过我已经被流鼻血的问题弄得心神不宁。当爸爸的雪佛兰老爷卡车回火放炮时,我的鼻血就像洒水,喷到了人行道对面;当我从小马驹上掉下来,摔了个屁股蹲儿,我的鼻血就会喷满自己的前胸;假如晚上我做了一场噩梦,这时我的鼻子就像漏水,血染枕头。我可以发誓,如果我的鼻血像这样流个不停,我得需要每隔一天就输上一次血。我身上一定出了什么问题,不过穷光蛋也真有穷光蛋的好处,你没钱去看医生吧,那你也就听不到什么坏消息了。

"杰克!"妈妈叫我,还凑过来捅捅我的膝盖,"杰克!你在听吗?快进屋子里来。你今天得早点儿上床,明天早上你还有任务呢。"

"好吧。"我说,转身随妈妈走回厨房。我觉得我的开心夜快要泡汤了。我知道妈妈还把碗碟浸泡在厨房的洗碗槽里,这样我还能有一点儿时间。等她一离开视野,我即刻跑回院子去做我一直打算做的事。我拿起望远镜,望着电影银幕,日本人还没有完全消灭全部海军陆战队。我想象自己也是一名海军陆战队士兵,正在帮着海军陆战队抵抗。我知道我们不用再和日本人打仗了,因为他们现在是我们的同盟了。不过,用电影上的敌人作为假想敌来实习一下也不错,因为爸爸说过,我们还得准备打退俄国人,他们已潜入国内,随时打算发动一场偷袭。

我放下望远镜,拿掉狙击手来复枪上的弹夹,然后把枪瞄准银幕,我只能依稀辨认出银幕上的小人影。来复枪上没有瞄准器,于是我不得不依靠肉眼来瞄准——就是沿枪管往前看着枪口上的小金属球,还有枪扳机上方的V形槽口,并把自己的脸颊和眼睛压在冷冷的木质枪托上。来复枪好像有一吨那么重,我把它提起来,试着瞄准电影银幕。但是枪管前后晃动得太厉害,我根本无法将它上面的小球和V形槽口对上连成一线。我放低来复枪,深深吸了一口气。我知道,有妈妈在,我不可能整晚一直这么玩下去。于是在日本人发动他们最后一次"万岁"冲锋时,我又重新尝试了一回。

　　我又举起了来复枪,摇晃着把枪口朝上指向空中,然后用了吃奶的力气把枪管慢慢放低下来,在把它拿得够稳时,枪口上的小球终于对上了V形槽口的中央位置。这时我看到一个矮小的日本兵跳出小树丛,我飞快扣动扳机,让那个日本人吃上一枪。

　　砰!来复枪真的开火了,它的反冲力很强,挣脱了我的手。来复枪蹿上天,接着咔哒一声掉了下来,砸到野餐台,落在地上。"噢,天哪!"我哭叫了起来,一屁股坐在野餐台上,"噢……噢……噢!天哪,上帝啊!"我不知道来复枪是上了子弹的,我没有往枪膛里放过子弹啊!我的耳朵里回响着空袭警报一样的声

8

音。我试图站起来，但是头太晕了，不得不又坐了下来。"真是糟透了。真是太糟了！"我喃喃地说了一遍又一遍，一边绝望地抓住桌面。

"杰……杰……杰……杰克！"我听到妈妈的尖叫声，接着听到厨房纱门在她背后砰的一声关上。

"如果我不是已经死了，就是快要死了。"我自言自语地说。

妈妈冲过草地，把芍药花床踩得乱七八糟。她像一头发疯的动物那样扑向我，在我能够从野餐台上下来躲到台底下去之前抓到了我。"噢！我的上帝！"妈妈一边喘着气说，一边紧紧抓住我，好像我打算要溜走似的。"噢，亲爱的！有血啊！你被打中了！伤在哪里？"她接着倒抽一口气，直直地指着我的脸。她的眼睛凸了出来，尖叫声因调门儿太高都失声了。

我尝到了血的味道。"噢，天哪！"我叫了出来，"我的嘴被打中了！"

妈妈手里还抓着洗碗毛巾，她把它摁在我的额头上。

"我要死了吗？"我哭着问，"我的头上有一个洞吗？我还在呼吸吗？"

我感觉妈妈在我的脸上草草抹了一把，试着想看清我的伤口。"噢，我的天。"她突然哼了一声，把沾血的手臂在身旁垂了下来。

"怎么了？"我绝望地问，"我是不是伤得太严重，没救了？"

"还是你的鼻子问题！"妈妈生气地说，"你那该死的流血鼻子！"说着她又把毛巾摁在我的脸上。"把它摁紧。"她叮嘱说，"我再去拿一条来。"

妈妈踩着重步走回屋子，而我坐在那儿愣神儿了几分钟，单手用毛巾摁着鼻子，并靠嘴做着深呼吸。即使透过血的腥气，我也能闻到从枪膛里飘来的火药味。我想爸爸会把我宰了，他将把我送上军事法庭接受审判，然后由行刑队执行死刑。在我能够把我生命终结那幕悲剧想完之前，我听到了沿诺福镇路一路开来的救护车的警笛声。它直接开上沃尔克小姐家的车道，并在那儿停了下来。司机跳下车冲着沃尔克小姐的屋子跑去，接着用力拉开门廊上的门。

我觉得大事不妙，全身发冷。如果我开枪打中了沃尔克小姐的脑袋，妈妈绝不会相信这仅仅是一次意外，她会以为我是打算要摆脱一大早去沃尔克小姐家这件事。

我从野餐台上屈腿下到野餐凳上，然后下到草地，草地因我洒落的鼻血变得滑溜溜的。我穿过后院，向着厨房的纱门一溜小跑。我的鼻血还在流，于是我站在门外，让鼻血滴落在门前的脚垫上。拜托，拜托，拜托，千万不要让我打中她。我鼓起一丝勇气，尽可能装出随口说说的样子："嗯，妈妈，在沃尔克小姐家

10

门口好像有辆救护车呀。"

"别担心。"妈妈接着我的话说,"我刚大声问过那边儿,她没事。如果你在担心的是这个,那你没打中她。"

"是的。"我承认道,"我担心我开枪打死了她!"

"不是你想的那样。"妈妈从门的另一侧朝我皱了皱眉头说,"她听到来复枪的响声惊呆了,结果把她的助听器给掉到马桶里去了——我猜是她把音量调得太高了。"

"那她为什么要叫救护车呢?她惊呆后手臂不能动弹了吗?"

"不是。她叫的是管道工,正好管道工也是救护车司机,于是他拉着警笛就赶过来了。真不错。"妈妈带着赞美的口气说,"全镇的人都知道该如何用不同的方式帮助别人。"

"嘿,妈妈。"我在去屋外洗工具的水槽那儿洗脸前,悄悄地对她说,"请不要把枪发生意外的事告诉爸爸。"爸爸在城外,不过他备不住什么时候就会结束工地的活儿突然出现在你面前。

"我会考虑的。"她不置可否地说,"不过在他回来之前,你被禁足了,而且,假如你再做出这样的蠢事,那就别想我能饶过你。懂了吗?"

我懂。我真的不想让爸爸知道刚才发生的事,他肯定会气炸的。爸爸除了不让我碰他的战利品之外,还老是对我进行关于枪支安全的教育。我可以想象,有过这次枪支走火插曲后,他肯定不会再信任我,所以我不想让他知道这件事。

"拿着。"妈妈一边说一边递给我一卷纸巾,让我可以把它们卷成尖筒状塞住自己的鼻孔。"另外,在上床前,你要多服一支补铁的药水。"她强调说,"医生不想你成为有贫血症的病人。"

"这不过是流鼻血呀。"我闷闷不乐地说。

"也可能不仅仅是流鼻血那么简单。"妈妈说,"而且,不要再做刚才那种冒险动作了,完全照我说的去做吧,那对你才最好不过。"

我确实照她说的去做了:清洁了鼻血,服了药,然后上床睡觉。但是来复枪的走火已让我全身都紧张起来。那颗子弹怎么会留在枪膛里呢?弹夹是被拿走的呀。我把身子翻来覆去,想琢磨出个究竟来,可还是无法得出一个答案,而且我的鼻子塞满了染血的卷筒纸巾,我只能靠干干的嘴巴来呼吸,难以入眠。于是,我索性打开了床头灯,从妈妈给我的书堆里拿出了一本书。妈妈曾经为一所小学做过慈善拍卖工作,那所学校在赫克拉那边,现在已经停办了。他们给了她一批书作为回报,其中包括一套破旧的"地标历史丛书"[①],那里面有几十种书讲的是著名开

[①] 地标历史丛书,20世纪五六十年代由兰登书屋出版的人物传记系列丛书,被认为是美国最佳儿童历史丛书,由众多知名作家执笔而成。

拓者的故事。我在学校有点儿太逍遥,所以妈妈认为让我多读一点儿书是件好事,何况她又知道我爱读历史和探险的故事。

我开始阅读有关弗朗西斯科·皮萨罗①的书,这是一个很难让人相信的征服秘鲁印加人的故事。1532年,皮萨罗率领手下不到二百人的军队,竟抓获了拥有五万人军队的印加人首领阿塔瓦尔帕②。皮萨罗的部下用一种老式的大口径燧石火铳开火,火铳发出的声音和烟雾把印加军队吓坏了,皮萨罗趁机向阿塔瓦尔帕扑过去,用一把剑架在他的脖子上。就在那一刻,整个印加帝国被打败了。这真是太神奇了!

随后皮萨罗拿阿塔瓦尔帕当人质,索取黄金赎金。于是印加人给皮萨罗送去了一批又一批用实心黄金雕塑而成的器物,其中很多仿造人、动物和植物的真实形象炼造。他们好像会点金术,可以一边闲庭信步地穿越自己那不可思议的城市、农田和丛林,一边轻轻一点,就能把点到的东西都变成黄金。不过没有人能重见那个仿真的黄金世界了,因为征服者刚刚用他们贪婪的双手得到这些黄金物,就把它们熔化了。皮萨罗把那批美

---

①弗朗西斯科·皮萨罗·冈萨雷斯(1471—1541),征服南美洲秘鲁印加帝国的西班牙殖民者。
②阿塔瓦尔帕(1497—1533),秘鲁印加帝国末代皇帝。西班牙人征服印加帝国后把他处死,印加帝国随之解体。

丽的黄金雕塑品全部熔化成乏味的西班牙金币，一船一船运回去献给西班牙国王和王后。他们酷爱黄金，而且贪得无厌，要了再要。

于是，皮萨罗劫掠了印加帝国所有的神庙和宫殿，把找到的全部金器熔化成黄金送回西班牙。可是国王和王后还是嫌不够。于是皮萨罗连死人都不放过。他一旦发现有死人用黄金陪葬，就挖掘坟墓，把死人的金银首饰熔化后运回西班牙。不过那样做还是满足不了要求。皮萨罗的手下就逼迫印加人民不断开采金矿，他们把金矿石熔化处理后送回西班牙。等到已经没有更多黄金可以收获时，皮萨罗违背诺言，绞杀了印加帝国皇帝，把印加人变成奴隶，成千上万的印加人最终因艰苦劳作和疾病死去。

后来，皮萨罗手下的一名亲信怀疑皮萨罗请他协助征服印加人后，在按功分配黄金上欺骗了他，于是潜入营帐刺杀了皮萨罗。黄金令征服者疯狂，他们在杀戮可怜的印加人后，以自相残杀而告终。这真是一个悲剧故事。我很希望在征服者用大口径火铳开火那阵子，自己可以同阿塔瓦尔帕和他的军队在一起。我可以告诉阿塔瓦尔帕，我也用一支来复枪开过火，那是有点儿吓人，不过不必恐慌。接着我们可以指挥印加军队去抓捕那帮已为黄金发狂的征服者，拯救印加文明，而那样历史可能也就不同了。

第 2 章　第一篇讣文

　　我一定是睡着了,因为我梦到皮萨罗手下那帮疯狂的伙计正把人形金像熔化成一大罐金子,就像你趁妈妈不注意,在火炉口上烧熔一个小塑胶士兵玩具一样。就在这时,我的闹钟响了。凌晨五点!我记得我是把闹钟设在六点响的,妈妈一定是在我睡着后把它重新设过了。我刚翻了个身准备继续睡,妈妈已经在拍着我的肩膀悄悄对我说:"杰克,你醒了吗?"

　　"我正做梦梦到金子呢。"我呻吟着回答,"有很多黄金。"

　　"别做梦了。"她掐了掐我的脚指头,"快点,沃尔克小姐可能已经把你的早餐准备好了。她早就起床了。"

　　"我记得我是在被禁足吧。"我用鼻音说着,把纸塞从鼻子里拔了出来。

　　"我只是让她借用你一会儿。"妈妈解释说,"你结束她那边的事后,就直接回家。懂吗?"

　　我懂。

等妈妈离开后，我把昨晚脱下来的汗湿过的衣服重新穿上。我不在意滴落在衬衫前摆上的血迹，因为我所有的衬衫都有血迹的点缀。我瞥了一眼镜子里的自己，我的棕色鬈发翘了起来，就像田里种着的问号。但我觉得没有必要梳理它，这些问号翘起来可能就会变成感叹号，然后再缩下去变回问号。再说我是个男孩，做一个小邋遢鬼也不错。虽然做妈妈的老是以为，在你长大成为一名讨厌的大邋遢鬼之前，她还来得及纠正你的坏习惯。

"换掉那件恶心的衬衫。"当妈妈发现我衬衫前胸的血迹时吩咐说。

我低头看了看我的衬衫。"咦，这血怎么成了棕色的了？"我问，"昨晚它还是红色的。"

"不要一大早就给我惹麻烦！"妈妈回应道，"快换衬衫出门。我要回去睡觉了。"

我没换衣服，不过是几滴血迹嘛，只要把衬衫反穿就行了。随后我经过自己的小房间，穿过不通风的客厅，步出前门，走下门廊的三级台阶。所有在诺福镇盖的房子看上去都是一模一样的，我有点儿像正从"大富翁"游戏里的那些小绿房子中的一座走出来一样。

深色的草地被早晨的雾水打湿了，帆布鞋踩上去发出嘎吱嘎吱的声音。草长得太高了，我应该去割了。我虽然有时很邋遢，但我很乐意把院子打理得干干净净，因为爸爸允许我开家里那辆后边装载着割草机的园艺大拖拉机。我爱开汽车，刚想到"开车"这个词，我就禁不住望向山边汽车影院的方向，很想知道我射出的那颗子弹，是不是已经平安地飞出了诺福镇，打中了汽车影院的银幕。从我站的地方，可以看到坚固的黑色正方形银幕。我可能永远都不会知道我是不是打中了那个日本兵，以及是否在银幕上留下一个小洞，除非我可以走近前去看它一下。我暗自许诺，在暑假过完前我一定要去汽车影院看一下银幕。

在银幕上方，西边的天空还是黑沉沉的，星星看上去像打飞了的子弹留下的弹孔。好在绕地球轨道飞行的约翰·赫歇尔·格伦①早在二月就已回到了地球，如果昨晚他还在天上的话，我可能已经把他的"友谊七号"飞船从天上击落下来，并引发一场世界大战了。我可能真的很幸运。我那位彩漆小马驹的舅舅曾经宣称过，他看到了一个不明飞行物降落在那座山上，当时山边汽车影院还没盖起来。舅舅上了报纸，说他亲自"触碰过"那

---

① 约翰·赫歇尔·格伦（1921—　　），美国前海军飞行员、宇航员、参议员；第一位绕地球轨道飞行的美国人。1962年2月20日驾驶"友谊七号"飞船完成绕地球飞行任务。

个不明飞行物,它"身上印有火星文,一种看上去像鸡爪的文字"。我父亲说舅舅是个白痴。但是当军队出动,并派来了部队和一辆大拖拉机,准备把那个神秘的不明飞行物拖走时,这件事就不是天方夜谭了。后来,宪兵对周邻所有的小镇挨家挨户进行造访,警告居民不要对任何陌生人谈论那"掉落的物体",因为陌生人很可能就是俄国的间谍。

由于一到早上我就会胡思乱想,我的意识就总是会比脚步慢半拍,忽然我发现,我已站在沃尔克小姐家的后门廊了。有一个很大的心形巧克力盒靠在她的门上,上面盖着红色的箔纸。我弯下身子拿起了巧克力盒。在装饰性的红花边丝带下塞着一封小短笺。我知道我不应当偷看,但我还是忍不住想看。我十分爱打探别人的私事,连妈妈都说我是个"小道消息爱好者"。我尽快抽出短笺里的卡片,并把它迅速翻开来。这是斯皮兹先生送的。手写的字体全是粗黑体,往前倾斜,好像那些话正从他的嘴里喷发出来一样。短笺上这样写着:"我还是心甘情愿和翘首以待地时刻准备着。你那始自1912年怀着约伯①般耐心的情人。——埃德温·斯皮兹。"

他的耐心始自1912年,那离现在有五十年了!在等什么呢?

---

①约伯,希伯来语《圣经·约伯书》的主角,曾经受上帝长期考验而信仰不变。

我很想知道，而且我也不懂"情人"是什么。我把卡片放回到信封里，并让它滑到丝带下面。那晚，是斯皮兹先生和我舅舅一起发现不明飞行物体的。爸爸称斯皮兹先生是镇上最好管闲事的人。他是诺福镇的原居民之一，为诺福镇公益协会工作。他一直住在他那间位于社区中心的破旧地下室里的小办公室里，并自认为是镇上的大人物。

我用指关节敲了敲沃尔克小姐家的门。"沃尔克小姐！"我特意大声叫着，因为她的助听器可能还在马桶里泡着没取出来，"我是杰克·甘托斯。我是来帮忙的。"

"进来吧！"沃尔克小姐用海盗鹦鹉一样的声音回答。

我推开门，探头进去："有人吗？"

"在厨房里。"她嘎嘎地回应着。

我循着熏猪肉的气味走进厨房，惊讶地看到沃尔克小姐正靠在煤气炉上，把双手放在一只又宽又高的汤锅里，整张脸因痛苦而扭曲变了形。从汤锅下叶片大小的火焰可以看出，汤锅一定是滚烫的。我马上想到，她是不是要把自己给熔化掉？妈妈老是说，沃尔克小姐是我们小镇的镇宝，身价和黄金一样。但是我还没来得及开始一场有关印加帝国黄金的谈话，沃尔克小姐已经开口说话了："坐下来吃吧。"她冲我点了点她那顶着浅蓝色棉花糖般的头发、像灌木丛一样乱蓬蓬的头，并示意厨房桌旁有一把椅子。桌子上是一个盘子，里面有熏猪肉、鸡蛋和烤面包。

"我在门廊发现了这些巧克力。"我说着把盒子递给了她。

"把它们放在桌子上吧！"她吩咐说，并没有把手从汤锅里拿出来。

"上面还有一张卡。"我示意。

"你可以把它直接扔进垃圾桶！"她咬牙切齿地说。

"垃圾桶？"我问，"您不想知道它是谁送来的吗？"

"永远来自那个无可救药的神经病！"她说，"马上把它当垃圾处理掉！"

按照沃尔克小姐说的，我把卡片扔进了垃圾桶。我把巧克力放在桌子上，刚一坐下来，她就开始说话了，好像有人在用尖锐的大头钉刺着她一样。"谢谢你来！"她尖叫着，并做了一个笨拙的脚尖舞动作。"今天，"她尖声尖气地说，"我们将要开始一次伟大的实验！"接着她做了一个深呼吸，摇了摇她的屁股，然后扮了一个鬼脸。

"什么样的实验？"我惊恐地问道，并盯着那个汤锅。我可以肯定沃尔克小姐的手正在汤锅里融化。

"噢，天哪。"她声音紧张地说着话，头猛力往后仰，并用她那双老太太鞋的厚鞋跟使劲蹬着厨房的油地毯，"这可是真正的'炙手可热',不过还是让我们继续谈话,假装一切正常好吗?"

"沃尔克小姐,"我悄悄地提问,装得出奇的平静,就像电影里医生在对精神病人说话时的样子。我不希望她像有些精神病狂人那样,咬我,拿我做实验,最后杀了我,"您知道您正在那个大汤锅里煮自己的手吗?"

"当……然……我……知道……亲爱的,"她唾沫四溅,咬着自己的嘴唇,并发出嘶嘶声,好像她的话是由蒸汽驱动的,"现在……请……把它……关……掉吧。"

我从椅子上跳起来,用手把煤气炉上的旋钮扭了一下,火瞬间开大了一倍。

"上帝啊!"她凄厉地叫着,"我是说关掉!"

"哎呀,对不起。"我赶忙道歉,并迅速把旋钮朝反方向转动。

"哎哟!"她叫道,"我怕我这次真的把它们给融化掉了。"

沃尔克小姐把双手从汤锅里拿出来,它们正在融化,灼热的黄色肉团沿着前臂落下来掉在地板上。

"噢,天哪!"我叫着,就像一只受了惊的小松鼠,坐立不安地跳上跳下,"沃尔克小姐,您对自己做了什么啊?"

"往水槽里放冷水!"她命令道,"我怕我可能已经终身残疾了。"

我几乎是飞扑着冲向水槽,扭开水龙头。"把您的手给我!"我说,"快!"

她跌跌撞撞地朝我走来,然后伸出融化了的手臂上垂着的残肢。我踌躇起来,可除了帮助她或者尖叫着跑出去之外,我已经没有第三种选择了。于是我抓住我认为还算是她手腕的地方。噢,我的天!这热烘烘很不像活人手腕的肉团在我的指缝里游滑着。我把她猛拉过来,然后把她的残手按进水里。

她翻着白眼,蹬着地板,发出马一样的痛苦呻吟。

"您会好的。"我紧张不安、含糊不清地连说了五次,而每一次我的脑子里都回响着:"您好不了了……您再也不会好了,因为您刚把自己的手给融化掉了!"

"啊……"她放松地舒了一口气,并浑身颤抖了一下。过了一会儿,她的眼睛恢复了原样。"现在感觉好多了。"她平静地说,"把水关掉吧。"

我把水关掉,她把手臂提了起来。"现在把皮剥掉吧。"她说。

"把什么剥掉?"我问。

"我手臂上这些黏糊糊的东西呀。"她不耐烦地回答,说着把一团胖胖的残肢抬起来凑到嘴上,咬下一大块煮熟了的肉,然后吐到垃圾桶里。

我感到有点儿头晕,摇晃着退后了几步,接着我的鼻子开始喷血,好像大象在为自己冲凉一样。"请……沃尔克小姐,"我声音颤抖着说,"请不要吃您自己的肉了,好吗?"噢,天哪,我的上帝!妈妈不知道沃尔克小姐有精神病啊,可我知道了。如果我一直看着她把自己的肉吃完,只剩下一堆煮熟了的白骨,我也要变成神经病了!

"你的血流了一地呢。"她说,把注意力转移到了我的身上,那样子就好像要就着我的血吃完她的鲜肉大餐一样,"让我来看看你。"说着她把变形的残肢伸过来摸我的脸。我一下子大声尖叫起来,然后倒下昏死过去了……

当我苏醒过来时,发现自己还活着,正直挺挺地躺在沃尔克小姐家厨房的地板上。我满身是血,但不知道是鼻血,还是沃尔克小姐动手吃我时身上流出来的血。我抬起头来往左右转动,想看看我的脖子是不是已经被吃掉了,它倒是好端端的还长在我的头下面。但我望见沃尔克小姐正站在我的上方,从自己的双臂和双手上把长长的、腐烂的肉条撕扯下来,好像在给烂香蕉剥皮一样。她把所有的烂肉揉成团,然后侧身把肉球扔进煤气炉上的大汤锅里。

"我死了吗?"我问。我觉得自己应该死了。

"你昏过去了。"她回答,"然后我给你的鼻子止了血。"

"您碰过我了?"我恐惧地问,伸手碰碰我的鼻子,看看它是不是还在我的脸上。

"对啊。"她回答,"我把手指缝里的蜡甩掉后,手就可以做事啦。于是我把几张纸巾折叠成团,塞在你的上唇和牙龈中间,这样就止住了你的鼻血。"

"您有手指?"我大惑不解地问。我明明看到她的手指被融化了,就像印加帝国的黄金给熔化掉了一样。

"是啊。"她说,"我是人,当然有手指啦。因为我有关节炎,手指不太灵活,所以我不得不把它们放在盛满热石蜡的锅里加热十五分钟,让它们可以灵活起来做事啊。"

"热什么?"

"热蜡呀。"她不耐烦地重复了一遍,"你进来的时候不是正好看到我在做那事吗?当你倒在地板上,那蜡打中了你的头令你得了健忘症了吗?"

我坐起来,摸了摸脑后的肿块。"我以为您正在把手指融化成黄金呢。"我说,"我以为您已经疯了。"

"我认为你才疯了。"她回答说,"你得了妄想症了。好了,让我们不要再浪费时间了。我的工作是有限期的。"

"我们要做什么?"我问。

"写一篇讣文。"她透露了她的想法。

"我的讣文?"

"不是!你还好好儿的——你只是没有骨气、软弱一点儿而已,但是还没到死后入土的时候。现在睁眼看看这双手吧。"她说,并用力把手伸到我的面前。它们刚从热蜡里拿出来,还是鲜红发亮的,蜷曲着就像停在篱笆上的老鹰的一对爪子。"我无法再用它们写字。"她解释说,"也无法做那些需要十分灵活的手指才能做的事情了。我的双胞胎姐姐过去常帮我写讣文,可是她那位脑子浸水的傻老公上个月让她搬去佛罗里达住了。我希望我这个姐夫抽筋倒地死掉,这样我姐姐就可以搬回来和我住了。不过很可惜这事不会发生,所以我只能聘用你当我的书记员了。我是从阅读约翰·昆西·亚当斯总统①的传记中得到这个灵感的。他也有关节炎。当他的手不能动弹时,他就聘用了一名年轻的书记员来为他写东西。所以,现在我来讲,你来写。明白了吗?"

"明白了。"我说。接着她发现我正在偷偷地看那架鲜艳的厨房钟,它的形状有点儿像一颗硕大的拜耳牌阿司匹林药片。时针指向早上六点三十分。

---

① 约翰·昆西·亚当斯(1767—1848),美国第六任总统,是美国历史上著名的外交家,任内致力实现美国经济现代化和推动教育改革。

"那架钟,"她用她的下巴指了指钟自豪地说,"是拜耳制药公司送给我的,我先前曾向本地西宾夕法尼亚的煤矿工人捐献了二十五万颗这个公司生产的阿司匹林药片,那些工人患有背痛和严重的头痛病。"

"那真是很大数量的药片。"我附和道。除了强调一下这个明显的事实,我不知道我还能说什么。

"在护士学校,"她说,"医生们教导过我,医学的工作就是解除人的痛苦。于是我把这一训示作为自己的座右铭,遵循一生。"

"您的手是怎么回事?"我指着她的手说。

"总有一天科学会解决这个问题的。不过现在,从地板上站起来。"她吩咐道,"我们必须在一个小时内把讣文送到报社,这样格林先生就能把它登在明天的早报上了。"

我站直了身子,跌跌撞撞地走进了客厅。

"这儿是你的办公室。"她用发亮的红手指着一套旧课桌椅说,"把桌板抬起来。"

我照她说的去做,并在课桌里发现了几本便笺簿和一把用橡皮筋捆着的已削好的铅笔。

"我说,你来写。"她解释了一下工作流程,并定下了规则,"如果我讲得太快了,你就告诉我,我可以讲得慢一点儿。听明白了吗？"

"听明白了。"我说。我真的已经准备好做任何事，只要可以让我的头脑清醒一下，不再去想这位老夫人在厨房的锅里把自己的肉融化掉的事。

沃尔克小姐站在壁炉架旁，做了一个深呼吸，把她弯曲的脊椎都拉直了。

"艾玛·德芙丝·斯勒特，"她开始讲话，每一个音节都很清晰有力，好像她正在用锤子和凿子把那位女死者的名字逐字刻在石碑上，"生于1878年圣诞节，殁于1962年6月15日，有生之年致力于培养她那群饱受赞誉的蜜蜂，它们一度是诺福镇社区农场作物的授粉中坚。她和她的丈夫是1934年参与开创诺福镇定居宅地①的二百五十户原居民之一。他们居住在A-38号屋子，那是一套两居室住宅。

她嫁入的斯勒特家族久居此地，后代以脑袋出奇的坚硬而闻名。我谨提醒读者有关斯勒特之'女'的真实故事。她于1830年被印第安人抓获，被用军棒打昏后，又被用刀剥去了头皮。但

---

①宅地，美国历史上以小成本或免费分发给申请人的政府土地及其所有权，供他们建宅、定居和生活。1862年美国总统亚伯拉罕·林肯签署了第一部宅地法。至1934年美国政府共分发了160万户宅地。宅地法于1976年停止实施，于1986年全部取消。

最终她还是设法成功逃生,光头戴着仓鼠毛编织成的假发存活至高龄。

此外,谁又能忘记艾玛·斯勒特丈夫的兄弟弗雷德里克?他在用一根金属钎把煤矿矿脉里的火药填实时,火药发生意外爆炸了,金属钎插进了他的脸颊,头盖都被掀掉了。可他幸存下来,活了很久,还被雇佣到马戏团以医学奇迹的名义吸引观众。只要付上十美分,谁都可以用手指头伸进他头顶的那个湿洞。弗雷德里克后来和马戏团里的另一名'医学奇迹者'结了婚,这位女士在年轻时曾遇上1889年的约翰斯镇大洪水①,结果一根白色的尖木桩戳进了她的身体上部。

艾玛·斯勒特遗下四名挚爱的子女。他们在诺福镇长大,但是全都在外地工作,没有一位留在镇上生活。她的丈夫休伯特·马克·斯勒特因患黑肺病,已先她二十三年辞世。除了在第一次世界大战于军中服役和大萧条时期因矿井关闭而失业,他在互助矿井会社的矿下工作了一生。斯勒特太太曾经是诺福镇母亲俱乐部、女士靓帽俱乐部和路德教会的会员。

---

① 约翰斯镇大洪水,在美国历史上又称1889年大洪水,1889年5月31日发生于宾夕法尼亚州约翰斯镇,造成2209人死亡和1700万美金的财产损失。在那场灾难中,新成立的美国红十字会进行了它首次大规模赈灾活动,灾民获得了美国举国和18个海外国家的救援。

我们非常感谢她为社区所做的服务,特别是她曾担任过多年学校马路守护员,深受孩子们爱戴。我们将于下周五晚上六点到九点在奥斯卡·胡佛殡仪馆举行瞻仰和追思活动,活动后在社区中心有自助便餐会。她所收藏的备受尊敬的本镇奠基人埃莉诺·罗斯福女士的针织人物像精品,届时也将在中心展出。"

讲完以后,沃尔克小姐低下头,合上双眼,轻轻念着一些致斯勒特太太的祷词。

在她还没睁开眼睛前,我已经把铅笔放下了。"讲完了没有?"我问,而且装作气喘吁吁,好像刚跑完了一场马拉松赛一样。我的手都快抽筋了,看上去有点儿像她的手。

"没有。"她回答,"不过你可以先休息一下。那只是我不得不写的家庭部分。我已经为斯勒特太太尽了最大的力了。写讣文是我为罗斯福夫人应尽的义务,可是这也让我有机会去写一些本地人一般不会去读的东西。我猜你可能会说,讣文只是为了吸引读者的蜜糖而已。现在我要写我真正想要写的那部分了,请伸开你的手指,把你的铅笔转动起来。人或许会死,但是我们可以让一些重要的观点留存于世。"

接着,她用一只手笨拙地抓起一本不大的历史书,把它举向空中。她那扭曲的手指看上去就像和黏土砖块长在一起的粗糙老树根。她满脸得意,仿佛一名帐篷中的传道人,然后开始高声吟诵起故事的下半段来。

"对于你们这些对劳动人民的历史有兴趣的人来说,斯勒特太太去世的日子碰巧和华特·泰勒在1381年的忌日是同一天。华特·泰勒是英国农民起义的英雄,他因为农民争取平等权益而被杀害。那些农民没有土地,而王室和教会却占有了全部的土地。

华特·泰勒要求的只是平分土地,可以让农民家家户户有地种、有饭吃。农民们跟着华特奋力和国王的军队激战,最后,华特和他的平民部队进入了伦敦,得到许诺可以着手接管这座城市。

当时国王理查二世只有十四岁,被有钱有势的贵族包围着。华特·泰勒被邀请和理查国王举行一次私人会谈,解决土地问题。可是他中计了!会议上,伦敦市长大人走上前去把华特刺杀了,然后把他的头砍下来,钉在高高的木桩上,作为给所有敢对抗国王和为平等权利造反的人一个血腥的警告。

在自己的领袖被斩首后,农民军队就作鸟兽散了。但是对于我们这些生活在诺福镇——一个拥有我们自己土地的平民小镇的人来说,我们永远不应当忘记华特·泰勒和他为让自己的人民生活得更好而发动的起义!"

她走来走去,像风车一样舞动着双臂,表示她真的很愤怒。

我竭尽全力拼命快写，竟然全都跟了下来。我做得真不错，毕竟当书记员可是我的第一份工作。

"有什么问题吗？"她一讲完就问我，"你觉得有什么东西不清楚吗？"

"为什么您要加上关于华特·泰勒的故事？"我问道，"斯勒特太太不像是活在1381年啊。"

"顺点连线，找他们的共同点啊。"她不耐烦地回答，"我们可爱的小诺福镇是由埃莉诺·罗斯福女士建立的，她了解像我们这样的平民要求平等，就像华特和他的人民一样。我们的饥饿是同他们的饥饿相关联的。我们要努力工作的愿望是同他们要努力工作的愿望相关联的。劳动人民总是经历着被有钱人虐待的相同历史。"

"好吧。"我说，"这个故事我懂了。那么A-38是什么？我从来没听说过那个号码。"

"看看地图。"她说，并用她像一枚弯曲的钉子一样的手指指着我的头上方，"看到A-38号那座屋子了吗？"

我站起来转了个身，在我身后高挂着一幅诺福镇的针织大地图，覆盖了整面墙。地图上有手织的全部街道、屋宅、花园、院子里的动物、商铺，以及市政建筑和小溪；还分成五个段：A，B，C，D和E。在每个屋宅下方，挨着姓氏绣有号码。

"从屋角拿一枚红头图钉来,把它钉在 A-38 号屋子上。"她说,"艾玛是斯勒特家族在诺福镇的最后一名成员。"

"这是什么地图?"我问。

"这是你出生的市镇的地图。"她有点儿烦躁地说,"你不会告诉我,你不知道自己出生在哪里吧?"

"可是诺福镇现在看上去和这张地图并不一样啊。"我说,"它变了。比如胡佛殡仪馆就不在这上面,还有棒球场、五金铺、范登加油站和酒吧都不在上面。但这上面有的鸡舍和社区农场,我却从来没见过。"

"你现在看着的是最初的诺福镇的样子。"她说,"在地图的五个段里,分别有二百五十户屋宅还保留着原居民的姓名。如果你数一下红色图钉,你会发现,自 1934 年以来,除了九户——应该是八户,现在斯勒特太太也已经过世了——所有的原居民不是死了就是离开了。"

"那可是很久以前的事了。"我说。

"对我来说还不是很久。"她回答,"今天我没有时间给你上诺福镇历史课,因为你需要把讣文用打字机打出来,然后把它送去新闻报社。"

"我不懂怎么打字。"我有点儿畏缩地说。

"培训过的猴子也会打字啊。"她大声说,失望得眼珠都差点儿要从眼眶里掉出来了,"快拿着你的记事本坐到这儿来。"

我照她说的,在一台高高的黑色皇家牌打字机前面坐了下来。打字机放在一张空闲不用的缝纫桌上。

"这台打字机够老的。"我说,轻轻地碰了碰以铬合金镶边的打字键。

"是政府给我的。"她自豪地说,"在罗斯福夫人聘用我为本镇的护士主任兼医学监察员时,政府就发给了我一台打字机,这样我就能保存二百五十户原居民家庭的健康记录了。现在我是在向罗斯福夫人致闭幕词,写出这些家庭的健康终结报告——以现在的情况来说就是他们的讣文。你拿一张纸放在滚筒上,然后旋转末端的转轮。"

"沃尔克小姐,"我尽可能以最有礼貌的方式发问,"您以为您会比余下的这几家原居民活得更长久吗?"

"我必须这样做。"她说,"我对埃莉诺·罗斯福女士承诺过,我要看着他们进坟墓,我不能任务没完成就倒下死掉。好了,让我们继续吧。"

她站在我后面,告诉我打大写字母的键在哪里,打标点符号的键又在哪里,还有打空格的横条,并在我打错的时候指点我如何回拨打字机盘身,在错字上打上斜杠,然后继续。工作进行得很慢,但是我喜欢这台机器。它散发着油墨味,按键敲打着打字机盘身时发出来的清晰的噼啪声响,很像一列火车沿着轨道开过来的感觉。

在我打字时,她坐了下来,不小心把桌面上的书碰掉了。她小声抱怨着自己的手又变冷了,手指不够利索,以致无法用它们翻动书页。我想要帮助她,但是她宁愿把书举到唇边,吹着书页,用呼吸的力道把书页翻过去。她发现我在瞧她。"我很有技巧吧!"她自豪地说,"现在回去工作!"

我把讣文从打字机里退出来后,她指了指她超负荷的书架和对面墙边的一堆堆书,看上去好像她正在仿建农夫用大卵石堆砌的围墙。"拿走一本书作礼物吧。"她吩咐说,"我太老了,不会有读任何东西第二遍的时间了。"

"妈妈说我只能拿一点儿食品当礼物。"我说。

"这是精神食粮啊。"她回答。"好了,去挑一本书吧,然后行动起来,否则我们要错过最后限期了。如果还有什么人倒下死了,我会打电话给你母亲,让她把你送过来,我会再教你一点儿东西。"她接着说,"你需要知道这个小镇的历史,因为万一它死了,得有什么人给它写讣文啊。"

"小镇怎么会死呢?"我问。

"就像一个老人,到了时候总要死啊。"她意味深长地说,"怎么样,你喜欢哪一种书?"

"最喜欢历史或者纪实的探险书。"我回答。

"那拿那一本吧。"她用她已磨损的硬黑皮鞋的鞋尖点着一本印有埃及象形文字做装饰的"大部头"建议说。那本书的书名叫《失去的世界》。"罗斯福夫人在学校的开学典礼上发言时,告诉同学们要去学习自己的历史,否则他们就会'命归尘土',像这些失去的世界一样。"

我弯下腰,用双手把那本大书从地板上捧了起来。"谢……谢谢。"我哼哼着站直了身子。

她微笑着,朝门口挥了挥她残废的手。"现在快走吧。"她吩咐道,"快走!"

我把那本大书抱在胸前捧着,一路跑到了诺福镇新闻报社,出版人格林先生正在给印刷机涂油墨。

"又死了一位?"他一边说一边戴上被油墨弄脏了的老花镜,一边小声念着讣文一边惋惜地前后晃动他的头,还时不时停顿一下,以理解我所写的意思。

"请留心一下拼写。"我用有点儿羞涩的声音提醒他,因为我在学校没把那门课修好。

他点点头:"告诉沃尔克小姐,你准时把东西送到我这儿了。"

"我会的。"我说,然后转过身,捧着那本像墓碑一样高大厚重的新书,晃晃悠悠地回了家。

第 3 章 大号儿童三轮车

诺福镇的生活相当安静,但即使是在礼拜天,我仍很难睡上一个好觉。早上大约七点钟,斯皮兹先生在我家门前停下来,用他那猴子般粗壮的指关节拼命敲我家的前门。"有人在家吗?"他大声叫着。他老是把自己刺耳的话音搁在最高的音量上,所以他在讲话时,几乎可以像大坏狼[①]那样把你吹倒。他因为有气喘病,呼吸重,也就无法在战争期间参军,不过他理了一个军人式的平顶头,看上去像一个可以停纸飞机的机场。

他告诉我妈,我家房前的公共排水沟里的杂草长得太高了。他还拉开皮尺量给她看,杂草看上去都快有二十八英寸[②]高了。"按规定,杂草只能六英寸高。"他跟我妈说,"可你家的杂草

[①] 大坏狼,西方童话中的狼,出现在好几种民间故事里,包括《伊索寓言》和《格林童话》,也出现在不少现代儿童文学作品中,成了危险、损人利己和反面人物的通用原型。

[②] 1 英寸=2.54 厘米。

足足高出了二十二英寸。"

如果我是我妈，我可能已经用长柄铁锅狠狠地揍他了，把他打昏后扔在排水沟里，直到杂草长满了把他盖住。

"我是志愿辅警和消防队副队长，下次我经过的时候，如果看到杂草还没修剪到合适的高度，我会以有意堵塞排水沟名义给你开罚单的。"他补充道。

"是，先生。"妈妈有礼貌地回答，然后回屋关上了门。当她走进大厅经过我房间的时候，我听到她在唱："你不是我的老板，不，你不是我的老板，你可能是你的老板，可你不是我的老板！"

这样做一定可以令她心里好受一些。

几分钟后，妈妈叫我进厨房吃早餐。餐桌上总是有报纸当桌垫，因为她喜欢物尽其用，不浪费任何东西。于是我可以一边吃早餐，一边读当地的新闻。志愿辅警报告：没人看管的火鸡攻击了一辆路过的荷裔人的小车和司机，因此我们大家需要密切看管好自己围栏里的火鸡；还有一则警示：蜜蜂已占据了邮局投递箱，"因此不要打开它，除非你想要被蜇"；"当日问题"栏目上的问题是：两元钞上印的是哪一位总统？我不知道。我连两元钞都还没见过呢。

我最心爱的一直是那个会披露两三个事实真相的专栏，叫作"历史上的今天",是由沃尔克小姐撰写的。我的拼写可能不太好,不过格林先生在记日期方面同样糟糕。今天是6月17日,他却登载了下一天的历史。

1812年6月18日:向英国宣战。英国人做得很绝,把白宫给烧了,幸亏当时的第一夫人多莉·麦迪逊把著名的乔治·华盛顿①画像从大火中救了出来。可是她的奴隶保罗·杰宁思说,他才是救出画像的人,不过黑人是不允许反驳白人的。几年后,麦迪逊总统去世,保罗·杰宁思赢得了自由,而前总统夫人却破了产,穷困潦倒。只有一个人发善心帮助多莉·麦迪逊从贫困中脱身——他不是别人,正是她的前奴隶保罗·杰宁思。

1873年6月18日:苏姗·安东尼②因为企图参加投票被罚款一百美金。

1928年6月18日:艾米莉亚·埃尔哈特③成了首位飞越大西洋的女性。人人都说那是女人永远无法做到的事,但是她用

---

①乔治·华盛顿(1732—1799),美国开国者之一,首任总统。
②苏姗·安东尼(1820—1906),著名美国民权领袖,19世纪把妇女选举权引进美国的女权运动灵魂人物。
③艾米莉亚·埃尔哈特(1897—1937),美国航空先驱和作家。首位单人飞越大西洋的女性飞行员。除创立不少纪录外,她还写了数部有关她的飞行经历的畅销书。1937年在试图进行一次环球飞行时离奇失踪。

事实证明，他们错了。

我也爱证明人们对我的看法是错的。比如我就是想向妈妈证明，我并不知道在日本人的狙击手来复枪里有颗子弹。

"嗨，妈妈。"我问道，"这是怎么回事，沃尔克小姐无法再写讣文了，但是却能写'历史上的今天'专栏？"

"因为那是她年轻时写的，那时她还能用她的手写东西。报纸不过是在年年重复她的专栏。我在你那么大的时候，就读过这个专栏了。这是历史，所以它当然不会变啦。"

"除非你把日期记错了。"我指给妈妈看。

妈妈耸耸肩。"在这个镇上，时间过得很慢。"她回答说，"对我来说，昨天、今天和明天都一样，没什么大不了的。"

但是轮到我分内的事，妈妈却又要我快点儿做了。早饭后，她派我去谷仓取来修篱笆的大剪刀，要我把排水沟里的杂草赶快割了，省得斯皮兹先生下次来时给我们开一张不遵守社区规定的罚单。我溜达到屋前，正在割着杂草时，斯皮兹先生风风火火地骑着他那辆新的大号儿童三轮车飞驰而过，车后还拖着一辆红色小货车，里面装满了看上去像鞋盒一样的东西。"斯皮兹先生，"我在他飞驰驶过的时候高喊，"您看这些杂草的长度够短了吗？"

"我现在没时间,甘托斯小老弟。"他向右转过头来叫着回答,并按着铬合金车把手上的锃亮新车铃,"我在给老人们运送礼拜天的晚餐。我稍后会来检查杂草的。"

大约两个礼拜前,我看到过他骑这辆儿童三轮车,还向爸爸提起过。

"他一定脑子有毛病。"爸爸评论说,并轻轻敲了一下自己的头,好像在说斯皮兹先生是傻瓜。

"您怎么说人家有毛病?"我问。

"你想想看,会有多少成年人骑着一辆大号的儿童三轮车四处转的?"他反问道。

"没有。"我承认道。我之前还真的从来没有看到过一辆成年人用的儿童三轮车呢。

"那个不明飞行物体一定用光束枪把他打中了。"爸爸说,"他是一个怪物!总有一天他会发疯害人,所以离他远点儿。"

是的,我绝对不想挡斯皮兹先生那辆风驰电掣的大号儿童三轮车的道。

第 4 章　玉米地

几天后的一天，我起得很早，感到有点饿，摇摇晃晃出门来到前门廊，想看看牛奶是不是已经送到了。我没找到牛奶，但《诺福镇新闻报》已经到了。我把报纸拾起来，看到在"历史上的今天"栏目下，有通用磨坊①食品公司于 1941 年推出了"惠体斯"牌营养麦圈的报道。"多好啊。"我大声嘲讽着，"可是我现在没有牛奶配麦圈啊！"

当我转身准备进屋的时候，我的眼珠子差点要弹出来了。"噢，不是吧！"我生气地喊道。门上贴着一张三美金的罚单，理由是"杂草堵塞水沟排水"。我知道它代表的意思——更多的麻

---

①通用磨坊，美国世界财富 500 强企业之一，主要经营食品生产。公司拥有众多知名食品品牌，包括我们熟知的哈根达斯、湾仔码头等。公司的知名品牌和生产线覆盖世界各地，在中国广州有它的国际生产线。"惠体斯"牌是该公司在 1941 年推出的营养麦圈品牌，因外包装印有运动明星人物而著称，是美国的重要文化符号之一。

烦要来了。礼拜天,我在割完了排水沟里的全部杂草后,把它们堆在排水沟里堆成一个大草堆。我原本打算找一个袋子把它们装走,并捣烂成肥料。可接下来,我先是休息了一阵,把牛奶全部喝光,接着在把厨房搞得一塌糊涂时被妈妈抓了个正着,然后被她赶回了我的房间。于是我开始看书,看革命战争①中的班克山战役②,普雷斯科特将军向他的部下发令:"要等看到了他们的白眼球时才能开火!"他的部下听从了他的命令。直到英军第一批排头兵已经贴得很近时,爱国者们才举起他们的毛瑟枪瞄准,开始近距离射击,把英军的眼睛给打爆。那个场面一定是血淋淋的,尤其是就站在脑袋被炸飞了的同伙后面的那些英军,他们看到那个场面心里不知是什么滋味。于是我很想知道,为什么那些英国士兵就听了他们国王的话,去朝一座山进军,然后轻易地让自己送了命呢。我想象着自己在那个时候会对国

---

① 革命战争,指美国独立战争(1775—1783),又称美国革命战争,是大英帝国和其北美十三州殖民地的革命者,以及几个欧洲强国之间的一场战争,以美国独立和胜利告终。

② 班克山战役,是美国革命战争早期重要战役之一,发生于1775年波士顿郊外的班克山。在殖民地军人威廉·普雷斯科特(1726—1795)的指挥下,殖民地守军和进攻的英军爆发了三次激战。虽然殖民地军队在争夺战中最终失守,但令英军伤亡惨重,同时保存了自己的实力,显示了没有经验的殖民地军队抵抗英国正规军的决心和能力。

王说,你自己去打仗吧,接着开始朝国王唱起妈妈的那首"你不是我的老板"的歌。就这样,我把清理那个大杂草堆的事给忘得一干二净。斯皮兹先生一定是在骑着他那辆超大的儿童三轮车嗖嗖而过时,发现了那个杂草堆,于是恶意地给我们开了这张恶心的罚单。

"好一个卑鄙小人!"我说,然后向诺福镇路看去,他一定还在找其他人的麻烦。我把罚单从门上撕下折起来,塞进我的睡衣腰带里,在肯定没有人看见以后,一溜烟儿跑回了自己的房间,然后把罚单藏在我的床垫底下。我知道这将不得不成为一个秘密,因为我会自己付罚单。如果妈妈看到了罚单,她永远不会再让我走出自己的房间;而爸爸前天晚上也已经放下城外的工作回了家,如果看到这张罚单,他会抓狂的。可是,我没有钱,一个子儿都没有,我得自己动脑筋想办法来解决麻烦。

我为罚单忧心忡忡,已经无法再安心躺在床上看书了。于是,我起身穿好衣服,来到屋外,开始用拖拉机给草地割草。我喜欢把草地割出形状或图案来,可是当我刚刚勾勒出一个样子看上去有点儿像在《失去的世界》一书上看到的狮身人面像时,爸爸已经踱着步朝我走过来了。我从他斜视的眼睛和收紧的下巴看出,无论他正在想的是什么事情,它都会比我要做的下一个活儿重要得多。

他把手拢起在嘴边。"看到那边的新玉米了吗？"他叫道，让声音盖过拖拉机的引擎声。

我看了看他的肩后，有半英亩①妈妈种的青玉米，那玉米秆已有约一英尺②高了。妈妈打算到时把青玉米卖了，用卖得的钱买食物做慈善晚餐。

"是的，看到了。"我回答，"长得不错啊。"昨天妈妈刚让我给它割过草。

"把它割倒。"爸爸吩咐道，"然后晚一点儿我们一起把那重耙子装在你的拖拉机上，把玉米根全部刨起来。"

"为什么啊？"我问，接着马上又加上一句，"妈妈不会允许我这样做的。"

"快点儿，就照我说的做。"他说，同时快速扫了一眼厨房。他没生气，只是有点儿紧张，因为他知道，一旦妈妈看到自己的玉米被人割了，一定会暴跳如雷的。

我不想同爸爸争执，因为我要给他留个好印象。自从他回来后，妈妈还不曾向他说起过我把狙击手来复枪弄走火那件事，但她是一枚定时炸弹，迟早会爆炸，向爸爸揭露我所做过的事。所以，只要有可能，任何时候我都要阻止那样的事发生。此

---

① 1 英亩 ≈ 4047 平方米。
② 1 英尺 = 0.3048 米。

外，我还有另外一个原因要这么做——我真的很想要一辆汽车。我知道有几个比我大一点儿的男孩，他们一学会开拖拉机，就在家长的允许下得到了一辆汽车。现在我能在屋子四周开着拖拉机干全部的活儿，而且爸爸说过，如果我能免费得到一辆汽车，他就会帮我把它修理好。我在鲍伯·范登加油站后的树林里四处窥探时，找到过一辆破旧的汽车。那是一辆生锈的1936年款棕色福特牌双门小轿车，挡泥板上的车头灯像一双大眼睛圆润有神，虽然轮胎已经瘪掉，车里用马毛编织的软垫也被划破了，可是我从发现它的那一刻起就爱上了它。它被存放在一个长满苔藓的旧车库里，那车库的房梁已经倾斜，差不多要倒塌了。我向范登先生问起过那辆汽车，他说要一百美金，因为它有历史价值。"埃莉诺·罗斯福就是坐在这辆车里，绕诺福镇一圈的。"他一边把拇指钩在农场工装裤的肩带后面，一边骄傲地呱呱说着，"一旦她死了，车还会进博物馆呢。她现在在生病，我把它套现的时间应该不会太久了。"

在这个镇上，任何东西只要和"埃莉诺·罗斯福"扯上关系，它的价格就会往上升一升，这真有点儿不与时俱进，因为她可是想让每一样东西的价格都往下降一降的。

"对了，我甚至想要建一家博物馆，就在这儿，诺福镇……"范登先生停止了话头，开始在自己的身上抓痒，我不得不移开了视线。

　　我想，如果有一家怪人博物馆的话，范登先生肯定是第一个要被放进去的展品。他的样子像一条人形玉米蛆，在暴出的雪花玻璃球似的眼睛上，架着硬框金丝边眼镜，松弛的肩上垂着卷状的金黄色头发，像玉米须一样随风飘摇。他身上还有着刺鼻的汽油味，整个人都怪怪的，所以他会为了那辆汽车要价一百美金也并不算件怪事。

　　我在开着拖拉机前往玉米地之前，把割草机的叶片调整到高泥土层面半英寸的切点。然后我重新爬回拖拉机，发动引擎，换排挡，加大油门。拖拉机的轮胎转动了，我紧紧抓住方向盘。当我到达种着第一排玉米的地方时，我推了一下操纵杆，把割草机的叶片放低，在我的后面，玉米秆的碎屑、碎片和干土的泥块翻飞起来，扬起了厚厚的烟云。从远处看，我一定像一股龙卷风，把玉米成排成排地撕成碎片。但是在妈妈的眼里，我可不像龙卷风。我在干到一半的时候，妈妈已经从厨房的窗子里认出了我。她跑出门廊，高高举起了手摇晃着，好像在驱赶黄蜂似的。她的嘴在动，可是我听不到她在说什么，因为拖拉机的声音太大了，但是我知道我惹上麻烦的原因，我好像已经感觉到，有一滴血正在我的鼻子下面凝聚。一眨眼的工夫，她已经跑着穿过田地，挡在拖拉机的前面，阻止我再往前开。我踩下离合器，抬脚放开油门,在衬衫的肩膀处擦了擦鼻子。

"你疯了吗?"她尖叫着,并做了一个"转钥匙熄火"的手势。

我拧了钥匙,发动机又颤抖了几下,停了下来,可是妈妈马上填补了发动机留下的宁静。

"你在干什么啊?"她十分恼怒地问,并发狂地指着玉米秆,好像它们是些还没有成形的小尸体一样。她捡起一根玉米秆,把它抱着。

"在寻找印加黄金。"我怯怯地说,因为这是我脑中掠过的唯一理由,"我要买一辆汽车。"

"你最好去买一辆灵车!"她生气地回答,把那根玉米秆朝我扔过来。

我躲开了,并遮住了脸。"是爸爸叫我做的。"我遮住脸哭了起来,"这不是我的主意。"

就在这时,爸爸打开了车库的边门。车库盖得像一个红色小粮仓,爸爸把它称作他的办公室,因为他在那里保存自己所有的秘密东西。

"是你叫他把新玉米割下来的吗?"妈妈咆哮着。她十分沮丧。

"是的。"他平静地回答,双手在裤袋里不停地摆弄工具,"我需要这块空地做大事。"

"做哪类大事啊？"妈妈气冲冲地问，"能比种粮食给需要的人更重要吗？"

"盖一个防空洞。"他出人意料地回答，并无目的地凝视着明亮的天空，"是的，我们需要一个防空洞。俄国人说，他们计划埋葬我们，但是我也有消息回敬他们——即使他们投放原子弹攻击我们，我们也会生存下来。"

突然冒出来的盖防空洞的消息把妈妈给镇住了。"好吧……"她结结巴巴地说，"好吧，可我们不能先种一下玉米吗？然后你再盖防空洞？"

"不能。"爸爸一本正经地宣布，"种玉米就阻碍了进度。"

"好吧，那么他还没割完的那几排玉米怎么办？"妈妈指着还没有被我伤害的那些玉米问，"我们能不能保留它们？你知道，这些玉米作物是我给老人们准备食物的来源啊。"

爸爸一边把手搭在眼睛上方遮阳，一边视察着还没有割倒的玉米。"我要测量一下再看。"他想了想说，"我还不能给你任何承诺。"

"好吧，但我要信守我的承诺。"妈妈坚定地说，"特别是对长辈老人家的承诺，他们是靠这个粮食生活的。"接着她把气出在我头上。"你还敢割玉米吗，先生！"她对着我说，并用食指指着我抽动的鼻子，"你还敢吗！"说完她大步走回屋里去了。

在我心里我好像听到了她在说:"你只要还敢割玉米,那我就告诉你爸,你开过狙击手来复枪!"那样可就糟了。我看着爸爸,他弯着腰在系鞋带。当妈妈的声音刚从耳边消失,他挤眉弄眼地看着我说:"她一进屋,你等大约十分钟,然后去把余下的玉米割倒,完事后进车库来和我会合。"

"您肯定吗?"我问道。

"肯定,我非常肯定。等你看到了我藏在车库里的东西时,就知道我为什么那么肯定了。"他回答,然后站起身来走开了。我听到门廊的门被用力关上,妈妈已经进了屋。我坐在那儿想,或许我可以开着拖拉机离开家,从诺福镇路开下去,直到河边。我可以在那儿造一个木筏沿河漂流,寻找来自"失去的世界"的宝藏,开始我自己的生活。不过不会有什么宝藏的,因为我知道,在整个宾夕法尼亚州西部能找到的东西只有煤块。于是我把前额抵在方向盘上,合上眼睛。我想妈妈会杀了我,因为我确实是在找死。血已经从我的鼻子中流了出来,洒落在我的蓝色牛仔裤上。

当爸爸前天晚上回家的时候,我听到了他的卡车开进碎石车道的声音。我离开我的卧室,穿过大厅进入洗手间,从那儿的小通风窗,我可以偷看外面。我看到他车后挂着一架拖车,上面有防水布盖着。他一停下卡车就很快从车上跳下,打开宽大的车库门。接着他卸下拖车,费了很大力气把它拉进车库,然后迅速地把门关上,把锁啪嗒扣上。我们很少锁门,所以不管车上是什么东西,一定都是超级机密。

在他进屋前,妈妈已起来给他准备好了夜宵。"工作情况怎么样?"她问,我能听到她把叉子放在金属餐台上面发出的"乒"的声音。

"不错。"爸爸回答,"真的不错。"冰箱门打开了又关上,他开了一罐啤酒。"我相信,"他说下去,"要是我们坚持这样存钱,我们可以考虑在一年内搬家,在佛罗里达买一幢房子。"

我知道下面会说什么。这是他们一直争执的老问题。我不知道为什么问题不能变变,不过我猜他们彼此都指望对方会有所让步。但他们两人都很固执,所以让步的事不会发生在他们身上。

"在佛罗里达买一幢新房子不就是让我们背债吗?"妈妈说,"或许我们应当用这笔钱就在这儿改善生活。我们可以装修一下这个屋子,让它焕然一新,这样就可以稳定下来不用搬家了。"

"我已经告诉过你一百遍了。"爸爸淡淡地说,"我在诺福镇这儿没有什么出路,永远不会有的。它在一千年前和在现在没有什么两样,是一个即将消亡的肮脏贫穷的市镇。"

"不是,它不是即将消亡的。"妈妈反驳说,不过有点儿泄气,"不要再这样说它。这个市镇的建立是用来帮助贫苦的劳动人民的。"

"它就是被那个有钱的女罗斯福搞起来的。"他轻蔑地回答,"它是用有钱人的钱盖的,并由有钱人操纵,结果造成生活中没有人能够真正出头。如果我要被操纵着生活,我应该搬到俄国去住了!"

"我敢打赌,所有的俄国人都希望自己能搬到诺福镇来住。"妈妈回答,她在为自己的家乡辩护。这儿曾是她成长的地方,这儿曾是她父母建造诺福镇式屋子的地方。她父母去世后我们搬了进来。她熟悉我们小镇上的每个人并深深爱着他们。他们也爱她。我从来没有想过我们会搬走,因为我们大家太相同了。

但是爸爸并不重视我们的相同之处。他老是想着他没有的每样东西,想着他需要的每样东西。"好吧,如果那个有钱的女人要帮助穷人,她就应当给他们一张大数额的支票。"爸爸提议说,"那才算是真正的帮助。"

"你不会真是那个意思吧。"妈妈说,话音里带着羞辱他的口气,"你总是说,人应当通过工作来获得自己所要的东西,这样才会更珍惜它。做人要做举手派，不做伸手派。"

爸爸的确老是那样说，用他说过的话来回敬他还真把他制服了。"你说得没错。"他同意了，"我就是要在这世界上出人头地，可是这个镇是到头了。在这儿基本上就是一成不变地无所事事，日复一日。"

"是的，我宁愿每个人的盘子里有着一成不变的基本食物，"妈妈说，"而不是有钱人吃着牛排，穷人吃着豆子。"

"或者吃剩的通心粉。"爸爸发着牢骚。我听到他的叉子敲在盘子上的声音，就像火鸡在锡碗里啄食一样。

我等着妈妈再说些什么，但是她没说。这真是有点儿奇怪，他们怎么从来不会正正经经地结束一场谈话，而老是在有点儿尴尬和悬疑的时刻，谈话就算结束了。接下来是妈妈开始洗碗碟，爸爸静静地读他的报纸。

我知道爸爸不会打算搬到俄国去住，因为俄国人比我们还穷。他想搬到佛罗里达去住。在那儿，辛苦工作的人可以为有钱的人盖房子来赚大钱。但是首先他得说服妈妈改变生活方式，那可不是件容易的事。

我把头抵在拖拉机的方向盘上，同时捏紧鼻子，我知道爸爸正在等着听发动机转动起来的声音，等我照他的吩咐行动。

我知道只要我一割玉米,就会像点燃了炸药的导火线,但是我别无选择。我拧动了钥匙,还有三排玉米立在那儿。我抓紧方向盘,加大油门,把第一排割倒了,然后用力调头,开始割第二排,接着把第三排一扫而光,好像我是在朝着黑白格子旗①冲刺。我转头瞥了一眼,妈妈还没出现,于是我把拖拉机停在小马驹围栏的旁边。"战争首领"正抵着粗糙的煤块墙摩擦着自己,还冲着火鸡龇着它的大牙。"你要小心啊!"我一边警告着"战争首领",一边朝车库跑去,"妈妈随时会大发雷霆的!"

我一到达车库门口,立刻用力敲门。"喂,爸爸!"我拼命地叫,"让我进去!"我知道他在做一些妈妈不喜欢的事情,不过他知道我绝大部分时间会为他保守秘密,除非有时我的鼻子出卖了我。妈妈想从我身上套出真相的所有招数不外乎是:捧住我的下巴,看着我的眼睛,并问我问题。要是我的鼻子保持干燥,我就是在讲真话;要是我的鼻子流出一丁点儿血,那么她就知道,我是在撒谎了。

我一直用力敲车库的门,直到爸爸把门打开。"进来吧。"他命令道,然后抓住我的T恤前摆,把我一把拖了进去。等他关门

---

① 黑白格子旗,指赛车大赛上在终点线挥动的旗子,标志着赛事的正式结束。通常这面旗子是和大赛的得胜者联系在一起的,因为他们是驾车而过"拿到"旗子的第一名车手。

后重新锁上门,我的眼睛也适应了车库的昏暗灯光,我看到了放在拖车上的一架小飞机的机身,机翼、机轮和其他零件被小心地放在地板上。

"哇!"我说,把它从前到后看了一遍,"这是什么?"

"这是一架军用J3型飞机①。"他一边介绍,一边自豪地微笑着,"战争期间我们用它们搜索敌人的潜艇和当教练机,还做各种各样的其他事情。"

"您能把它装配起来吗?"我指了指所有的零部件问。

"当然。"他自信地说,"是我把它拆开的,所以我想,我只要把它按原程序反做一次就可以了。"

"您知道怎样把它开上天吗?"

"大概知道吧。"他随意地说着,"不过我会为了讨你妈妈的欢心去上几堂飞行课,然后我还可以教你飞行。"

"这就是您为什么要我割玉米的原因,对吧?"我问。

他咧大了嘴笑了起来。"对。"他说,"你和我要修一条跑道出来,我们需要那块地,这样无论什么时候我们想飞,我们都可

---

① J3型飞机,全名派珀-J3-克伯型飞机,是1937年至1947年由美国派珀飞机公司制造生产的轻型小飞机。它的标准色是铬黄色,原是教练机,后成为最知名且最受欢迎的小型飞机。第二次世界大战期间在美军服役,战后被作为军用剩余物资出售,但常常被保留战时的军用涂色和釉彩。

以飞去任何地方。"

"很酷。"我说,"不过防空洞怎么办?"

"我们晚一些再谈这件事。"他不屑地说,"我们从玉米地开始建跑道,它通向那条肮脏的镇路,再往前是长长的草地,所以我们会有足够的距离起飞。"

"妈妈知道您有这架 J3 型飞机吗?"我把身子朝前倾,看了看用木头和帆布做的简陋的飞机驾驶舱内部,里面只有很少的一些基本仪器,就像一个大玩具。

就在这时,妈妈的声音响了起来,让我打了一个寒战。"杰奇!"她狂怒地大叫,"杰奇!"因为爸爸的名字也是杰克,所以爸爸不在家时她叫我杰克,爸爸在家时她叫我的昵称杰奇。她嘭嘭敲着粮仓的门。

"你别发出声音来。"爸爸低声说。

妈妈更猛力地拉着门:"杰奇,要是你又在里面玩你爸的日本人的东西,我就告诉他那晚的事情。"

我惊恐地抬头看着爸爸。

"你把我的小日本东西搞乱了吗?"他低声说,一把抓住我的手臂,"我告诉过你永远不要碰它。"

我感到血涌到了我的上唇,我已经尝到它的腥味了。

"那晚发生了什么?"他问。

我用没被抓着的那只手拉起 T 恤盖住脸。

妈妈还在嘭嘭敲着门:"杰奇!要是你藏在里面,我就要把门踢倒,好好儿教训一下你这个短命家伙。"

爸爸指了指车库另一边关着的那扇半人高的门,几年前它是连着屋外的羊栏的。

"我能借用一下您的棒球手套吗?"我指着一枚钉子上挂着的手套迅速地问了一句,"我在上练习课,本妮和球队正在等我。"

"抓住它快跑。"爸爸说,这时妈妈已经在踢门了,门下边一片风化的板条都爆裂开了。"快走!"他说,"我会帮你拦住她,但是你回来时,最好老老实实告诉我小日本的东西是怎么回事。"

我抓住手套,接着拉开那扇矮门。我跑着穿过车库后面密实的树林。有几头鹿看到我后迅速逃开了。我改变方向,经过范登加油站,绕过有几百头老鼠在废物里找东西的市镇垃圾场,最后绕了个圈子回到罗斯福社区中心旁边的棒球场,和朋友本妮·胡佛会合。

第 5 章 本妮

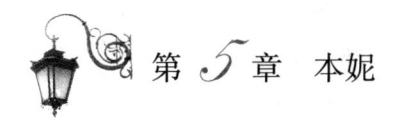

可能因为我们镇上的孩子向来很少，因此我们做事的方式也就有点儿与众不同，即使本妮是个女孩，身形活像圣诞老人的小助手，她依然是我最好的朋友。她个子非常矮，能够在她自家的餐桌底下全速奔跑而不用低一下头。我有一次尝试这样做，结果差点儿把自己的头撞飞了。她父亲是开殡仪馆的，她真正的姓名是斯特拉·胡佛，不过她让大家叫她本妮。我们的棒球队是她父亲赞助的，所以我们队的别名就叫"胡佛暗杀组"。这也有些道理，因为我们队真正的名字叫作"海盗"，是跟着匹兹堡队命名的，并且在我们的帽子上也有骷髅头和交叉人骨的标记。

本妮是个很有幽默感的女孩。她一人占两位，分占游击位和二垒位，而且会对我们其余人喊出这样的话："动起来，你们这群死尸！"她肚子里大概有一百万个同死人有关的笑话。她说她父亲那海绵似的毛毡套装有着黑肺的颜色，闻起来像腌过的洋葱。当你握着他父亲毫无生气的手时，他会像个受惊的布偶轻轻地说："再见，亲爱的故人。安息吧。"有一次我们家的汉堡在冰箱里变质了，我打开冰箱，汉堡发出的气味就像胡佛先生身上的气味。我向妈妈提到这事，她回答说，如果你这么想，冰箱就成了一个装着食物的竖立棺材了。接着她让我把那堆变质的肉拿到垃圾场去。我把它往老鼠窝一扔，就拼命地跑走了。

本妮是一个了不起的女孩，比任何男孩都强，因为她坚强、聪慧和勇敢。由于她是在一个满是死人的屋子里长大的，所以她什么都不怕。当我第一次认识她的时候，我们一起在殡仪馆的展示厅看一个新的雪茄形棺材系列，它被称作"未来的时间胶囊"系列。那些棺材是由抛光铝做成的，锃光瓦亮，还有一个小玻璃窗，可以看到死人的脸。这个系列的寓意是，你同你的全部心爱物品一起埋葬一千年后，你的某个亲戚会把你挖掘出来，细细检查你腐烂的遗骸和遗物。这真是个很恶心的主意。

不过对本妮来说，这一点儿都不恶心。"我要带一个到学校去上'展示和讲述'课。"她说，"如果我让老校长诺克斯躺进去试试大小，你会给我多少钱？"

她转身向我问价。可是我无法回答，因为死亡这个主题会令我脸色苍白、全身发冷。而我的鼻尖会开始发热，热得像一个就要燃烧的火柴头。我开始慢慢退后，跟她保持距离。

她感到了我的恐惧，靠得离我更近了。"我认为棺材太老式了。"她评论说，并做了一个不屑的表情，"我宁愿火葬，把我的骨灰像人造卫星一样送入地球轨道，嘟嘟地绕着地球转，永生永世，这样才酷。不过我爸不喜欢火葬，因为火葬就赚不到钱了，除非可以让他把人烧成薄脆，装进玻璃瓶里出售。"

这时我已退得很远，紧靠在一条用来分割展示厅前后厅的厚重紫红色天鹅绒帐幔上。

"你怕死人。"她突然说，"是不是？"

我还来不及否认这项指控，她已经伸出她那强壮的短臂抓住了我的衬衫。"来吧。"她说，并用另一只手抓住帐幔的中间部位，把它拉向一边，"你需要看一看你的第一个死人，以后你就不会再怕死人了。"

我不太相信这个理论。我像蜥蜴那样迅速舔了舔上唇，还没有血的味道。到此为止我还没有令自己出丑，不过我知道，最糟的时刻终究会来临的。

在帐幔的另一边是一个盖着的棺材，放在一个抛过光的木头平台上展示。她没有停下来，走上去用双手把棺材盖给抬了起来。她用一根金属杆顶住棺材盖，就像在顶住打开的汽车引擎盖。有一个死了的老人躺在里面。他穿着一身白色套装，脸上化了肉色的妆。我盯着他看，他的眼睛微微睁着，仿佛一条短吻鳄一样"偷看"着我。

本妮突然抓住我的手臂。"碰碰他的手。"她说,接着她转身在他的手上狠狠打了一下,"碰碰它,根本不可怕!"

这时候可能我看上去比那死人更像死人。我的手麻痹了,根本无法碰他。

"来啊,你这软蛋。"她说着,把我的手猛拉向前,压在死人的脖子上,好像我正要给他把脉。可是他没有脉搏,他的脖子硬得像栅栏的柱子。我的腿在颤抖,不得不用另一只手抓住棺材边,防止自己向一侧倾斜。接着血从我的下巴滴了下去,掉在棺材内的绸缎衬里上。我转过身,靠剩下的最后一丝力气跑出了大厅,穿过没有空气的走道,跑出前门。我可以听到本妮在我身后大笑,这时血已经横扫过我的双颊,一直冲向我的双耳,就像雨水在汽车挡风玻璃上横行。

当我来到棒球场时,本妮和我们小球队的另外四名球员已经在那里练习了。他们互相投掷滚地球,并在尝试接防。

本妮一看到我,就撇开其他人,朝我的方向直接投了一个快球。"什么事让你拖这么久?"她问,听声音有点儿生气。

我接住了球。"遇到点儿麻烦。"我回答,把球朝着她粗短的脚投了回去。

"什么麻烦？"她问，截住了球并朝我打出一个厉害的滚地球作为回敬。

我利索地接住了球。"我把妈妈种的玉米给割了。"说到这事我还是有点儿后怕。我向她投了一个有点儿旋转的滚地球。

她抓住球，转了个身，又向我投了一个高飞球。"你为什么要那样做？"她问。

我转身做了一个腰部接球，然后朝她投了一个上升球。"爸爸要为他的新飞机造一条跑道，还要我帮他盖一个防空洞。"

她抓住了球，然后看着我，好像我疯了。"一个防空洞？"

"是啊。"我说。

"一条飞机跑道？"她问。

"你听到我说的了。"我说。

"那么接下来他要做什么？俯冲轰炸你家自己的防空洞？"她问，"那听起来有点儿疯狂。"

是有点儿疯狂。我走向球员休息室，打算拿一杯水。

"给我带一杯。"她叫着，把球投给了另一名球员。

我倒了两杯水带回球场，给了她一杯。

"谢谢，哥们儿。"她说，"顺便说说，前些天我在报上看到了斯勒特太太的讣文。爸爸和我认为，你和沃尔克小姐干了件了不起的事。"

"你怎么知道是我帮了沃尔克小姐？"我问。

"镇子很小嘛。"她说，好像在诺福镇什么问题都可以用"镇小"来回答。

"而且因为我知道你很喜欢斯勒特太太，所以我带来了一件礼物。"她说，脸上带着一丝怪笑。她伸手掏自己的口袋，拿出来一件样子奇怪的东西。我凑上前去，她把斯勒特太太的假牙放到了我的手里。

"还有一些你不知道的事情。"我盯着那些有着咖啡渍的假牙，还来不及从嘴里说出一个字，她已经抢先说了，"当志愿者消防员发现她倒卧在蜂窝旁的时候，她还活着，手里拿着自己的假牙，在打着莫尔斯电码[①]的 SOS 求救讯号——'救命啊！救命啊！'她重复了一遍又一遍，然后才死去。"

本妮一定是在撒谎。但是如果她说的是真话，我倒很希望我们的讣文里也用到这段细节。"可是你爸爸不是已经把斯勒特太太连同她嘴里的牙齿一起给埋葬了吗？"我问。

[①] 莫尔斯电码，以美国人塞缪尔·摩尔斯的名字命名的一种通过系列音调、光线、咔嗒声等传送文字讯息的方法，可以无需特殊设备为有经验的收听者或观察者所直接理解。国际莫尔斯电码是摩尔斯于 1836 年发明的电报系统，包括基本拉丁字母、增补拉丁字母、阿拉伯数字、标点符号和程序信号组成的长短信号标准序列，简称"点"和"线"。其中有为国际公约承认的最常规危急求救传送信号。

"你根本不懂为死人殓尸的那些事情。"她吹嘘说,"死人在殓尸后展示时,嘴总是闭着的,这是因为我爸必须把他们的嘴给缝合上。如果他们的嘴里已没有真牙,就在缝合时把他们的牙龈也一并缝上。这样假牙就被留下来了。爸爸保留着假牙,等储存到够一盒的时候,他就把它们捐给养老院,让一些老人家再利用它们。"

"你们真的得把嘴巴给缝合起来吗?"我问。这个做法太令我震惊了。它有点儿残忍。

"用一根缝椅套的针和麻线。"她补充道,并知道自己的话令我更加紧张,"就好像给火鸡肚里填完料后把它缝合起来一样,我爸就是这么做的。"

我感到血像浪潮一样涌上了我的脸。

"你总会这样吗?"本妮问道,并用她粗短的手指着我的鼻子。

"是的。"我粗声粗气地说,同时抹掉几滴血星。

"你应当去看看医生。"她劝我说。

"没事的。"我说,"我的鼻子很敏感。随便发生什么事都会令它流血。"

就在这时,我发现我的母亲骑着她的脚踏车朝我的方向驶来。她肯定已经踢开车库的门,看到我从后门逃走了。她一定是来杀我的,因为她一只手里紧握着一柄长长的大木勺。突然,我杯里的水被鼻血染成粉红色的了。

我知道我做了一件大错特错的事,我应当受到惩罚。她离我越来越近了,在她骑车驶进停车场前,我拿起衬衫下摆擦了擦鼻子,我知道我要被关终身禁闭了。

本妮看到鲜血像小河一样流下我的嘴唇,顺着我的下巴滴落不停。她紧张地捶着她戴手套的拳头。"发生了什么事?"她问,"为什么你站在这儿像只吸血蝙蝠似的?"

"我死定了。"我回答。

"那我最好给我爸先打个电话。"她说。

"让他带一个棺材过来。"我建议,"小棺材就可以了,因为我妈要了我的小命后,会把我斩成一小块一小块的。"

我可能很会开玩笑,但我妈妈可不是来开玩笑的。她骑车来到本垒板后的防护栏,然后跳下车。她向我走近,整个球场周围的人都能听到她的叫声:"你!给我离开这儿。马上!"她把大勺子戳在她脚边的地上。

我转身向二垒奔去。她开始追赶。当我绕着垒转圈的时候,看上去活像一只被斩了头的流血火鸡。"跑啊,杰克,快跑!"本妮高声叫着,"她快要赶上你啦。"我可以听到其他孩子的笑声。

妈妈跑得比我想象的要快多了,当她沿着本垒板从后面把我逮住时,她只说了一句话:"先生,你惹上大麻烦了。"接着她用一只手夹住我的后颈,带着我大步穿过外场草地,上了诺福镇路。棒球场离我家大概有四分之一英里①,一路上我能想到的就是,从今以后我会让大家永远记得,我是那个"被妈妈从棒球场拖回家的孩子"。那可真让人难为情,而且这事让我想到,爸爸要搬出这个镇的计划不失为一个好主意,不是因为我认为这个镇即将消亡,而是由于一旦你因为一件蠢事坏了自己的名誉,它会永远伴随你一生。当我的表兄布鲁斯还是一个小小孩儿的时候——那是很久很久以前的事了,我甚至还没出生呢——他在杂货店往裤子里尿尿,随后他一边套着湿裤子在店里乱跑,一边大叫:"我尿尿啦!我尿尿啦!"就好像他给自己取了一个新名字一样,直到今天,整个镇上的人还是叫他"尿尿"。有一次我和他进了那家杂货店,他在麦片类食品的过道上指着地板上的瓷砖说:"别踩那儿。我就是在那个地方得到我那绰号的。"我推测,棒球场上的孩子们以后也会叫我"没头的火鸡仔",在我每次跑垒时,他们都会发出咯咯咯的鸡叫声取笑我。而当我在两垒之间的夹杀中被抓获时,孩子们又会指指点点说:"再跑一次,让他自己的妈在夹杀中抓住他!"

---

① 1 英里=1.609344 千米(公里)。

我们回到家后,妈妈带我去我自己的房间,我打算分散她的注意力。

"嗨,妈妈。"我问,"医生是怎么说的,我的血里缺铁?可是怎么味道像铜?"

"少自作聪明!"她咆哮着说,"你现在整个夏天都要被关禁闭!你只能离开你的房间做家务,或者去厕所。要是你走运的话,先生,你可能有幸同我和你父亲共进晚餐,但仅此而已。我会打电话给胡佛先生,告诉他你将不再是球队的队员了。"

"可是,妈妈。"我恳求道,"我们球队才刚起步,而且只有六个孩子呀。"

"那就让它只有五个吧。"她无情地回答。

"可以去看本妮吗?"我问。

"不可能。"妈妈回答,"你下次再见到她时,会长出一把胡子了。"

"你认为那时她会长高一点儿吗?"我问。

"不会,不过你会等到你自己老了之后变矮的时刻的。"她回答。

"那我还能帮助沃尔克小姐吗?"我绝望地问道,"她很需要我的呀。"能帮助沃尔克小姐烹煮她的双手和为讣文打字,忽然好像变成了度过这个夏天的最美妙的方式。

妈妈在地板上踱了几步,想了一下。"我允许你去她那儿帮助她。"她下结论说,"因为她需要你。除此之外,你整个夏天就只能坐在这儿,想想自己的羞人行径!开枪走火是危险的意外,可是违背我的命令割玉米却是明知故犯。你是存心想不服从我。"接着她用她的手指指着我的胸口,话音也变低沉了:"你是在从饥饿的人和穷人的口里夺走粮食啊。再没有比这种行为更卑鄙、更残忍的了!现在你还有什么话可以为自己说的。"

我没有什么话可以为自己说。我做的事情确实是错的,而我接下来说出的话更是怯懦的错误。"是爸爸让我割倒玉米的……"我啜泣着说,并擦了擦自己的鼻子想博得同情。

"好吧,先生。"妈妈的话音里没有丝毫同情,"我这就让你父亲到这个房间里来,让他把你好好儿修理一下。等他修理你后,我会让他恨不得已经把那个防空洞建成了,因为他到时就想住到里面去了!"她转过身,气冲冲走出了房间,接着一个大转身,又气冲冲地走了回来。"对了,"她冷冷地说,"还有一件事!我看到了他玩牌赢到的那架玩具飞机,我强调一下我的话——你永远不会上那架飞机的!永远不会!"然后她再一次气冲冲地走了。

第 6 章　猎鹿往事

　　爸爸要过两天才会进我的房间修理我。他知道是他让我惹妈妈生的气,于是很快争取到一份在西弗吉尼亚的建筑工作,可以外出两天赚点报酬。他想妈妈可能过两天会冷静下来,但是就算他可以外出两年,妈妈还是会一直生气下去的。妈妈好像能把生气储存起来一样,把它收藏在玻璃缸里,和她保存在阴冷的地下食品储存室里的辣山葵、黄豆和腌玉米什锦菜放在一起。当需要生一些气的时候,她就可以走到地下室,打开玻璃缸,重新发上一通脾气。

　　当爸爸从西弗吉尼亚回家时,妈妈已经在厨房里"恭候"着他了。在妈妈对他进行了第二轮训斥后,我知道他接着就要过来见我了。我听到他走过大厅,很刻意地把脚步踩得很响,仿佛想要让我提前知道,他别无选择,不得不按吩咐去做这件很糟糕的事。

　　我的房间很小,小得像个猴子洞。房间有一张单人床,一个带镜子的化妆台和一个小壁橱。爸爸推开了我卧房的门,迅速跨进房间,把门狠狠关上。不过他看上去并没有生气的样子。我想,他为了玉米和飞机的事被妈妈臭骂一顿后,其实很乐意撤退到我的房间里来。他做了一个深呼吸,用手把嘴来回抹了一下,好像试着把嘴和他打算要做的讲演一并抹去一样。

他还没来得及开口说出一句话,我已站起来问他:"嗨,爸爸,我们怎么没有关于耶稣少年时期的任何可靠资讯?"我举起我刚刚在读的书,那套"地标传记丛书"中的一本——《拿撒勒的耶稣》给他看,"我的意思是,好像除了他是个犹太人这个事实以外,我们只知道他不必去学校学习,因为上帝把自己所有要传布的知识直接灌输进耶稣的脑子了。"

爸爸耸耸肩。"我也不知道。"他说,然后拉了一把小凳子坐了下来,"那时我又不在那儿。不过我倒是希望我可以把一些知识直接塞满你的脑子。"

"我猜那可要成为宗教奇迹了。"我大着胆子说。

"我到这儿来不是和你谈耶稣的。"他说,并试着让声音严厉一点儿,"我到这儿来是要和你谈枪支安全问题的。"

"玉米怎么样了?"我问。

"你妈会搞定那件事的。"他说,"我来这儿是因为她告诉我,你动过小日本来复枪了,这可是我和你之间的事了。"

"那是一次意外。"我解释说,"说真的,我并不知道枪里装有子弹。"

"去年冬天我们出去猎鹿时,我还教过你用枪的安全知识呢,你不记得了吗?"他扬了扬眉毛说,"我教过你的东西,你不记得了吗?"

我怎么会忘记呢……

那是感恩节后的第一个礼拜一。猎鹿在我们地区很盛行,因为捕杀一头鹿可以获得很多冬天的食物。所以在狩猎季节开始的第一天,我们的学校都会放假。爸爸通过他的一位朋友,给我买了套二手的伪装服,有狩猎穿的外套、裤子、面罩和手套,这样,当我站在树木的旁边时,就不会被猎物发现了。这其实不大好,因为有时人听到有什么东西在活动,会一时冲动开枪,而这东西极有可能也是人。

"要是碰上手指发痒胡乱扣动扳机的,"爸爸一边说着,一边把他扣扳机的手指对着我,然后把它往后一拉,"或者眼神不好的蠢货,你就会被人给杀了。"所以为了让人看到我,不向我开枪,他还给我买了一顶明亮的橙色大帽子,可它老滑下来盖住我的脸。我希望不会有猎人因此误把我当作红鼻子驯鹿鲁道夫。

外面还一团漆黑的时候,我们已上了爸爸的卡车出发了。爸爸急着要去我们家在山里的树屋,因为太阳升起的时候,狩猎季节就正式开始了,他想要比其他猎人抢先一步。

在阴影笼罩的山里借着月光开车时,爸爸对我说:"我想你够大了,可以一起去打猎了。但是我要教会你一切同枪支安全有关的知识,因为不论怎样,外出打猎时枪支安全是第一重要的。当然,好的打猎技术也很重要。不过安全还是排在首位。"

"没错。"我充满热忱地说,"安全第一。"爸爸笑了。我知道这么说他一定爱听。

"一旦你给来复枪上好子弹,"他说,"你要始终保持枪管向下朝着地面。"

"是。"我说。

"而且你从学习和枪有关的知识开始,就一定要时刻谨记安全的注意事项。"他补充说。

"好的。"我说,"但是当我看到一头鹿时,该做什么呢?"

"除非你完全安静下来,否则你是见不到鹿的。"他肯定地说。

我把食指举向嘴唇:"嘘……"

"不能打喷嚏。"他说。

"好的。"

"不能咳嗽。"

"是。"

"还有一件很多人不知道的事情,不过好猎人相信它是绝对重要的。"他强调说。

"不能扮鹿讲话?"我又开始耍小聪明。

"是的,那也算吧。"他不耐烦地回答,然后凑过来平静地说,"不能放屁。"

"什么?"我惊讶地问。我没想到他会说这两个字。

"你知道这两个字的意思吗?"他问。

"是的,我刚从我的拼写测验上学到它。"我试着开玩笑说。

"那就好,别放屁,否则你会把鹿惊跑。"他认真地说下去,"它们有非常敏感的鼻子和耳朵。"

"好的。"我说。

"在我还是孩子的时候,"他继续说着,"我爸爸在我的身上涂了鹿的腺香,这样它们就没办法闻到我的气味了。"

"你们是在哪儿得到鹿腺的?"我问。

"从死鹿的脚趾中间啊。"他解释说,"当时我身上很难闻的……好了,现在闭上嘴,想一想我说的话。等我们到了观鹿点树屋时,我会把每件事再重复一遍的。"

"好的。"我回答,试着让口气显得恭敬些,但是并没显得像他那么紧张。

说完这番话后,我们继续静静地开着车,这时天空变蓝了,有几片大云彩露出了它们灰色的小肚子。我们离开大路,转进一条小路,然后又开入一条狭窄的小径,卡车在厚雪中很费劲地往前开,没有叶子的长树枝一路上都在剐擦着车身两侧。最后我们来到了一块林中空地,我们是到那儿的第一辆卡车,爸爸顿时心情大好。他看了一下表。"离日出还有十分钟。"他说,"我想今天会是我走运的日子。"

我背上一个橙色背囊,里面装着干袜子和干手套,还有两个"膳魔师"牌的保暖瓶,里面盛满了热咖啡。爸爸穿戴好他的橙色帽子和背心,我们开始攀登树木覆盖着的小山。就在刚起步的那一刻,爸爸转向我,把手指放在嘴唇上,接着他指了指雪,风已经把它吹得像薄膜似的透明。雪地上有新鲜的鹿的足迹。我笑了,他也朝我笑了笑并且给我做了个大拇指竖起的手势。我们继续爬山,默默地走了一步又一步。过了没多久,我们来到一棵大树前面。离地面大约十英尺高的地方,有一个四边低矮的树屋平台,没有屋顶,有做梯子的板条钉在树干上。爸爸用手套把雪从板条上扫掉,然后爬上去,没有发出声音,我跟着他也爬了上去。

我们没说话,把平台的一个角落里的雪打扫干净,接着把我们的装备安置好。爸爸打开一个保暖瓶,倒了一杯咖啡。他喝了一小口,然后把咖啡递给我。当我喝咖啡时,他小心地把一颗黄铜子弹滑入自己的猎鹿来复枪枪膛,并推上了枪栓。金属相撞发出刺耳的喀嗒喀嗒声,好像是在上连环锁。我们就像这上了膛的枪,已没有退路了,直到爸爸打到他的鹿才算完。"别忘了我说的和枪支安全有关的每一件事。"他悄悄地说。

"是。"我也悄悄地回答,然后把最后一口咖啡给了他。

"不能有意外。"他提醒我,并用力努了一下嘴,提醒我肢体不要发出声音。

"绝对保持安静。"我发着誓,把瓶盖超无声地旋回了保暖瓶。

他举起来复枪,靠在树屋半截墙上的树干上。我就蹲在他的身后,当他转头扫描射程内有没有鹿时,我也跟着转头,这样我就能够看到他视线内的全部东西了——冷黑的树干、霜灰色的岩石和覆盖在它顶上的黄色地衣,还有大风雕筑的白色雪浪。我们把头转来转去寻找猎物,过了都快一个小时了。这时,爸爸突然整个人都绷紧了,我也不由自主地绷紧全身。就在前面大约五十码[①]的地方,有一头白尾巴的鹿,正慢慢地穿过被雪

[①] 1 码=0.91440183 米。

覆盖的岩石和树根,小心翼翼地探着路。

我在第一眼看到它的时候,就马上意识到,我不想让它死。它在树林里是多么的优雅和自由自在。这儿是它的家,不是我的家,我忽然觉得自己像一个杀手闯进了它的屋子,准备朝它开枪一样。我瞧着它,屏住了呼吸。它停下来,带角的鹿头扭过来倾听,然后探出深色的鼻子闻着空气,接着,它轻轻啃着一棵小树的嫩树皮,舔一些雪,然后更小心地走上几步。它脖子下的毛皮看上去是那么的柔软,就像我曾经有过的一只猫的脖子上的毛皮,后来有一晚那只猫自己走掉了,再也没有回来。爸爸和我正要去谋杀自然界的温驯宠物,可我真正想要做的,是跑下去轻抚它金棕色的毛皮,叫着它的名字,给它东西吃,让它知道我并不是上这儿来伤害它的。

但是我们就是上这儿来伤害它的。我们要杀了它,把它开膛破肚,扒了它的皮,把它剁成块,并吃了它。我转头看着爸爸,或许我该把我想的东西说出来。这时,爸爸机械地把来复枪对着鹿的方向瞄准,并将眼睛压在望远镜瞄准器的橡胶末端上,好像他正准备向"二战"时的宿敌射击一样。对爸爸来说,打一头鹿和他用打靶手枪把在我家厨房窗前喂鸟器边上的麻雀和红雀干掉差不多容易。

我知道我无法抢走爸爸的来复枪,因为这不符合枪支安全的规矩,所以我有了另外一个念头。假如我能轻轻地传送我的气味,我就会把鹿吓跑,不过一定要很轻很轻,不让爸爸听到。但会不会很轻也很难讲,因为我是蹲着的,我只能以为它会很轻,不过到时候它也可能突然会真的很响,你永远无法肯定。但是我不能冒险去问爸爸,因为他不会认为这件事很有趣。他甚至不要我呼吸,他肯定不会允许我把吓跑鹿的气味传送出去。

我看到他扣着扳机的手指正慢慢弯曲,微微颤抖着,好像一条随时准备攻击的蛇似的。他在追踪正在树干之间游走的鹿,眼睛仍紧贴在瞄准器上,而我所想的全是关于我那痉挛的括约肌的事。我试着放松括约肌,就放松一点儿,让气流可以无声无息地流出汇入空气,向鹿偷偷发出警告,而又不让爸爸察觉到那事是我干的。我看着爸爸把扣扳机的手指一点点收紧,他专注地跟随着鹿的动作,脸颊的肌肉在纠结,他等着好时机向它的胸膛开火,可以一枪命中心脏。我知道如果我要救鹿的生命,只有最后一次行动的机会了。我做了一个深呼吸,再往下蹲一点儿,然后把屁股放松。可是什么事也没发生。我再做了一个深呼吸,用力放屁。

"来吧,"我自言自语道,"来点劲儿。你得救救这头鹿啊!想想办法吧。"

就在我生怕爸爸要扣动扳机向鹿射击的紧张一刻,一个念头飞快地闪过我的脑海,一个非常有创意的念头。我读过一本很了不起的书,介绍哥伦布之前的古代探险家,其中有一位中国探险家,他是佛教僧人,驾驶着一艘中国帆船到达太平洋北部阿拉斯加的阿留申群岛,然后登上一个岛,那儿居住着一个原始的部落,当地人碰巧叫作"长毛阿伊努人"。单单想起这个名字已差点儿让我笑翻了,可是我提醒自己不要从嘴里笑出声来,而是要从另外一个方向笑出来。在天寒地冻中蹲在这树屋里,我的关于"长毛阿伊努人"的回忆和要救那头鹿的强烈愿望混合在一起,让我产生了足够的"动力",我成功地放出了一丝细细的气流,声响有点儿像把千年尘封的棺材盖慢慢打开时发出的嘎吱作响的声音。那头鹿马上把它粉红色的耳朵转向我们,跷起它强健的一条后腿,好像随时就要逃走似的。

"发生什么事了?"爸爸把眼睛从瞄准器移开。

我没回答,因为我知道,不需要我说一个字答案就会出现。当嘎吱作响的棺材盖一打开,千年腐尸的气味就会透过我那厚羊毛织物做成的衣服飘散出来。

这时我看到爸爸的鼻子皱了起来,我知道他已经得到问题的答案了。很快他又把眼睛贴到瞄准器上,不过我可以说,不管他把枪管猛力往左移动还是往右移动,那头鹿都已经找不到了。我拯救了它的生命。

"时间抓得不错啊。"他挖苦着说,甚至连看都不看我一眼。

我什么话都没说。我本可以说这是一次意外,但是我不想说谎。我也没有为鹿的逃走感到抱歉,爸爸能够看出来我没有歉意。

"你要知道,"他生气地说,"这头鹿其实逃不走。这意味着它将会被其他的人逮住。"

我希望不会。即使我的希望不现实,也比我们亲手把它射杀来得好。

"好吧,回到枪支安全上来吧。"爸爸说,他拉回枪栓,并把没用过的子弹从来复枪的枪膛里退出来,"你懂得永远不要玩枪,是吧?"

"是的。"我回答。我也是这个意思,我真的不要玩枪。"我们现在可以回家了吗?"我问。

"你冷了吗?"

我不冷。我只是不想在他真的射杀一头鹿之后而假装快乐。我也不想看到血和肠子挂出来或其他什么东西。"是的。"我说,"我快冻僵了。"

"好吧,到此为止。"他说,"我明天会再来。"

我知道他很乐意带我早点儿回家,因为他现在知道了,在狩猎季节的余下时间里,他一个人打猎其实更方便些。于是我们爬下了树,我跟在他后面朝车走去。天很冷,每一根细树枝的啪嗒断裂声,听上去都好像猎人用来复枪在向假想的小鹿开火。当我们回到林中空地时,满载着诺福镇枪械俱乐部猎手的小货车开了上来。司机把头从车窗里伸出来。

"情况怎么样?"他大声问道,打老远我已经能闻到他呼吸中的威士忌酒味了。

爸爸也能闻到。"无可奉告。"他回答。在我们进了我们的卡车后,他向我说的第一件事就是:"无论日后的生活里发生什么,你都千万不要喝酒和使用枪械,也不要酒后开车!"

"对不起我放了屁。"我终于说了,"不过那头鹿很漂亮。"

"你做了什么都没事。"他回答,并凑过来把我的头发弄乱,"那些家伙才是真正的傻蛋。"

我只顾着想上次冬季打猎的事情,根本没有听爸爸在我的卧房里说的话,但是不管他说什么,我知道他都是对的,于是我不断地点头表示对他的尊重。

最后他问:"你自己还有什么话说?"

"我发誓,"我尽可能诚恳地说,"我并不知道在那支小日本来复枪的枪膛里有一颗子弹。之前我也玩过枪,可是从来没有放过子弹。"

"你是在说谎吗？"他问。

"没有。一句谎话都没有。"我回答。

"好吧，有些事情还没有弄清楚。"他一边说一边站起来，开始在房间里走来走去，"如果我没有在枪膛里放子弹，而你也没有，那么是谁放的呢？"他停了下来，就好像电影里的审讯画面一样。他注视了我好长时间，现在该是"犯人"打破沉默开始忏悔的时候了。

我耸耸肩。"我不知道。"我说，"这是实话。"

"我以前一直会留意枪膛。"他平静地说，回想着自己的动作，"没有理由里面会有一颗子弹的。"他又坐了下来，眼睛看上去有点茫然。就像我刚才走神回忆起过去的猎鹿故事一样，我猜想他现在也在走神想着战争往事。他在沙地上爬行，发现了那批死人，拿走了他们的武器和战争装备。我看着他的眼睛，想发现一些情感的标记。他哀伤吗？或者引以为豪？或者恐惧？我没法说。他看上去像在时光机里定住了，就好像一张黑白老照片，给嵌进了玻璃相框。接着，他十分安静地转回身对我说："你可知道海军陆战队出征太平洋群岛的最大问题是什么？"

我摇摇头表示不知道。

"当我们最后在那些遍地是小日本的岛屿登陆后，我的伙伴们在向小日本射击时遇上了难题，不是因为那些小日本是藏着的,他们不好射击,而是他们没有想到他们得向自己能用眼睛看到的另外一个人射击,这才是真正的难题。军官们不得不威胁说要枪毙那些不敢用来复枪射击的士兵。"

我读过《瓜达尔卡纳尔岛战役①日记》,但不记得有读到过这样的问题。我读到过所有的海军陆战队队员对着每一个移动的物体疯狂地开枪。他们甚至用火焰喷射器把小日本活活烧死。他们用他们能用的各种方法追杀敌人,怀着英雄一样的激情把他们消灭掉。

"可是我们的民兵在班克山战役中也是对着英国人的眼睛开枪的呀。"我说。

"那样的东西只有在书里才听上去好听。"爸爸轻蔑地说,"但是相信我,在真实生活里,当你和敌人对视的时候,你宁愿同他们握手言和也不愿朝他们射击。"

爸爸站着,低头看着我,并把手放在我的头顶上,好像他在教堂里做祈祷一样。然后他严肃地对我说:"不要去打仗。即使

---

①瓜达尔卡纳尔岛战役(1942年8月7日至1943年2月9日),第二次世界大战期间,在太平洋战场南所罗门群岛的瓜达尔卡纳尔岛上,盟军向日军发动的首场重大进攻反击战,最终日军败北,弃守瓜岛。这次战役是盟军在太平洋战场对日军的一次战略性胜利,标志着盟军对日军从此由防御转为战略进攻,直至日军投降,"二战"结束。

你赢了,你心里的战斗也永远不会平息。"

我点头表示同意。

接着他改变了语气。"我相信你不知道枪里面是装着子弹的。"他说,并把他的手放在我的肩上,"但是你不应当玩它,而且向你妈妈撒谎说得到过我的允许。你这个夏天还是得关禁闭。不过别担心,我可能很快会搬到你的房间来和你住。你妈的确还没有忘记飞机和她的玉米的事。"

"随时可以搬过来啊。"我说,"我希望有个伴。"

"也很庆幸你走运,没射中人。"他补充道,拍了拍我的后脑勺。

"我让沃尔克小姐受惊了。"我忏悔道,"她把她的助听器掉进了抽水马桶里。"

"很遗憾那个老太婆没有潜下水去找它。"他说,然后缓缓离开房间,去告诉妈妈他已经很彻底地把我修理过了一次。

第 7 章　看病

我在自己的房间里阅读《科尔特①船长征服墨西哥记》,这本书讲的是科尔特怎么屠杀阿兹特克人,并且把阿兹特克帝国变成了一个"失去的世界"。那件事发生的时间甚至比皮萨罗屠杀印加人还要早。在我看来,是那件事给皮萨罗上了一堂历史大课,他从中学到了屠杀无辜的人和窃取他们的黄金是可以被接受的!科尔特肯定是皮萨罗眼中的英雄,因为科尔特和他的征服者军队用他们手中的长剑砍杀阿兹特克士兵,并把他们剁成肉块,杀得这么多这么快,令血在街道上都流成了河,那些逃难的妇女和儿童实际上就是在这样的血河里淹死的。那些逃脱被剁成肉块的厄运而生还的人,后来也在征服者从欧洲传播到墨西哥的可怕天花中痛苦地死去。这本书的作者称科尔特是伟

---

①埃尔南·科尔特(1485—1547),西班牙征服者,于 16 世纪初率领一支远征军打败墨西哥阿兹特克人,推翻了阿兹特克帝国,将墨西哥大部分地区置于西班牙国王统治之下,开始了西班牙美洲殖民的第一时期。

人。而沃尔克小姐有一次说过,"历史是不可信的,因为它是由征服者写成的"。我可以打赌,书的作者并没问过阿兹特克人,他们是怎么看科尔特的。

我有点儿受到惊吓,因为想到了血淋淋的大屠杀。我发现一股血从我的鼻子里喷涌而出,流过了我的嘴唇,我往后倒在床上的枕头上。"该死!"我叫着说,"我敢发誓,我也要在自己的血里淹死了。"我伸手摸到一盒纸巾,抽出一张卷起来,照沃尔克小姐教我的方法,把它塞在我的上唇和牙龈之间。

我刚止住血,把那团染血的纸巾藏在床后,妈妈就进房间来了。她穿着一套浆烫过的夏装,叫我去穿一些"体面"的衣服上街。"我要带你出去呼吸一下新鲜空气。"她说。

"就像遛狗吗?"我自作聪明地问道。

"规矩点。"她吩咐说,"快去穿衣服。"

我很乐意去穿衣服,因为读了那本可怕的书之后,我真的需要呼吸一下新鲜的空气。我在厨房里再见到妈妈时,她把我上下仔细看了一遍,让我去把跑鞋换成平底便鞋。接着我们走上大街,那儿离梅兹医生的家庭诊所有四分之一英里。

因为有沃尔克小姐家的诺福镇针织地图,我现在看当地屋子的眼光已不同以前了。有些屋子保养得很好,粉刷得很漂亮,外带小巧的后院,装饰着妈妈欣赏的花床;但是有些屋子没人住,看上去阴森森的,后院里满是蒲公英,在潮湿的败叶和树木的断枝重压下,松垮的屋檐排水槽无力地垂挂着。妈妈好像刻意转移视线不去看那些荒废的屋子,不过当她发现鸟窝有满满一窝雏鸟嗷嗷喊叫等着喂食时,她的眼睛又发亮了。她指着拼命冲过晾衣绳的小松鼠和棕白色的野兔大笑,那些野兔同干枯的杂草和菜地里排列成行的野胡萝卜混为一体,不易分辨。凡是美好的、生动的和有希望的事物都会令她微笑,而那些遭遗弃流于消亡的东西却会让她紧张,令她扭头不看。我能够读懂她的心思,我可以肯定她在想什么,有那么一段时光,小镇是全新和完美的,人人都在努力工作,为自己能拥有诺福镇的一所小屋而自豪不已。如果她能让时间按她的想法去走,可能一切都会照她在我这个年龄所看到的那样完美地安定下来。可是我只能看到现在这个样子,一个小镇的未来看上去不会再转回到它过去的样子了。

　　妈妈事先并没有同梅兹医生预约过,不过她时间把握得很好,就在梅兹医生诊所要关门之前,我们准时赶到。梅兹医生请了一位上年纪的接待员,当我们推门进去时,她停止打字,推了推她的眼镜问有什么她可以帮忙的。

　　"我只要和医生简单讲几句话。"妈妈用她那睦邻友好的甜美声音解释说,好像我们是来借一杯糖似的。

"那请坐吧。"接待员例行公事地回答,指了指一排深色的栎木椅子,然后低下头继续打字。她打字打得比我好多了,她可以使用她的全部手指打字,而我只会用两根手指。

"嗨,妈妈。"我悄悄地说,"我能问她一些打字的窍门吗?"

"别多事。"她一边严厉地说一边仍然在脸上保持着灿烂的笑容。

"好吧,如果我们事先没有预约,那我们为什么要到这儿来呢?"我问。

"因为我需要做一些检查。"她含糊地回答,然后把目光从我身上移开,专注地抚平她的裙子。我知道她来这儿有事,但是我不知道是什么事。

我安静地坐着,眼睛盯着医生装饰在四面墙上的鱼类标本组合。我数了数,共有三十五种鱼,忽然我很想知道,是否胡佛先生能想出一个办法把老死的一组人装饰在墙上,这样可以节省空间,因为本妮告诉过我,世界上的坟场用地即将用完。我转头想去问妈妈,但是她正在为自己的红唇补妆,这时梅兹医生开门走出了办公室,妈妈马上就跳了起来。

"噢,嗨。"他说,显然很惊讶会看到我们。接着他朝他的接待员转过身去。"伍德克里夫太太,"他问道,"我忘了我还有一个预约吗?"

还没等伍德克里夫太太回答,妈妈已插嘴讲话。"不,我没有预约。"她说,"我只是临时来做个短暂问诊。"

梅兹医生认识我们,我们以前有过预约。他曾经用一支伸缩电筒检查过我的鼻子,那支电筒像一支细钢笔,插在他白大褂的上方口袋。他还用一支针管给我抽过血样,正是这位医生曾给过我补铁用的药水,要我每晚服药,并告诉我吃强化铁质的麦片。他甚至把一碗麦片磨成粉,然后用一块磁铁从里面吸出极小的含铁微粒,用这个结果来向我表明,他说的食品对我很有好处。他还做出诊断:我需要预约一个时间,对我的鼻腔内部进行一次烧灼手术,把漏血的毛细血管烧补好,不再流血。

"有什么需要我帮助的?"在我们安静地走进他的检查室后,梅兹医生问。

"我刚想到,您可能还有几分钟时间可以对杰克的鼻腔内部做一下烧灼手术。"妈妈平静地说,"他鼻血流得很厉害。"

"我知道。"梅兹医生回答,然后撅起嘴唇,低头看着自己的脚,思忖着妈妈刚才讲话的意思。当他抬起头时他说:"可是您要知道,做这项服务是需要点费用的。"

"费用会是多少,医生?"妈妈问。她一提到钱,我立刻假装分心,幸好在医生办公室里,有很多塑胶的人体内部器官的医学模型可以研究。我把眼光落在一具紫色的人体肝脏上,它看上去就像牛肝,妈妈老是煮牛肝给我吃,因为它"充满了铁质"。虽然我并不打算去听妈妈和医生的对话,但是任何牵涉钱的话题都会引起我的注意,因为我家里的每件事、每样东西都完全要靠钱来解决。做决定对于我家来说,不是取决于我们想要什么东西,而是我们能不能买得起这些东西,哪怕我们真的很需要这些东西。爸爸说过,"总有一天我要过上一种不会再被我的钱包欺侮的生活"。我希望那一天快点来到,因为他的钱包真是一个大坏蛋,每时每刻都在说"不"和"把那计划取消吧"。

医生给妈妈开了一个价,妈妈说"我知道",我知道那是妈妈表达失望的方式,代表她付不起手术的费用。不过她很快改变语气,明快地微笑着询问医生:"您会接受家制罐装水果作为手术的费用吗?"

他也以满面笑容回应,不过主意已定。"嗯……"他慢悠悠地说,声音里透着歉意,"您的报价十分有善意,但是我有两箱桃子了,还是去年留下来的呢。"

"那么腌菜怎么样?"妈妈很快又问。

"已有满满一地下室的腌菜了。"他回答得也一样快,并在妈妈提出另外一项实物交易之前说道,"我也希望我不必要求您支付现金,可是您得支付现金。"

"我理解。"妈妈用很平静的声音回应,没有一丝遗憾的痕迹，而我知道，事情结束了。过了一会儿，我们已离开诊所走在人行道上，散着步回家，就好像没有发生过什么尴尬的事情似的。

"为什么您要以水果和腌菜向他开价呢？"我抬头看着妈妈的脸问道，她的脸已不再明快和有生气了，"医生都是要钱的。"

"你不必感到不安。"妈妈说，"钱可以意味许多不同的东西。在我还是孩子的时候，我们可以用任何东西交易。没有人有现金。如果你要盖自己的屋子，你就帮别人盖他们的屋子，然后他们会回头帮你盖屋子。任何事都是这样。我给你鸡蛋，你用牛奶支付。"

"我想那样的方式现在已不管用了。"我说，"如果他医治我的鼻子，我想他不会要我给他做大脑手术当回报。"

"不会，除非他要变成弗兰肯斯坦博士[①]造出来的怪物。"她大笑着回答，"不过说认真的，这个镇现在变成这样真是一种耻辱。诺福镇刚建立起来时，手里没有很多现金的人们可以相

[①] 弗兰肯斯坦博士，英国女作家玛丽·雪莱所创作的同名科幻小说中的主角之一。小说1818年初版，中文版曾译作《科学怪人》。这部小说后来被视为恐怖小说或科幻小说的鼻祖。弗兰肯斯坦博士是小说中的狂人医生，以科学方法使死尸复活，而那个死尸人便被称作"弗兰肯斯坦的怪物"。

互交易，获得他们所需要的东西来维持日常生计。大家不必用自己的钱包去交易，而是可以用一把锤子和锯子，或者一张犁，或者一个烤盘来代替，也就是用一种工作来交换另一种工作。钱不过是一种计算工作的方式。如果人人同意这种做法，那大家就不需要钱了。"

"我理解。"我说，可实际上我并不理解。在我读过的历史书里，没有一本讲到过人们会开开心心地用一件东西交换另一件东西的。我在读《加州淘金记》时，了解到如果有人肯出手相助，肯定是被支付了金块或砂金。基德船长①如果打算用鱼作为给他的海盗手下的酬劳，他可能早已经遭人残忍割喉了。当亚历山大·格兰·贝尔发明了电话后，他也没有免费奉献。他们全都要黄金，同皮萨罗和科尔特没什么两样，和其他所有人一样。

"但是每个人都说金子是王，而不是水果和腌菜。"

"现金只是意味着你可以是一个大亨，可以插队抢先。"她不赞成地说，"或者你想要什么就可以得到什么。说真的，我也希望有足够的现金可以医治你的鼻子。但是目前为止我只能靠储蓄，我们只能顺其自然用钱支付一切——这是普通人的做

---

① 威廉·基德船长（1645—1701），苏格兰水手，因海盗罪遭英国国会审判和处死。有近代历史学家认为，他的海盗罪名是被冤枉的，有证据证明，他只是一名获特许向敌国船只进攻的私掠船船长。

法。"

她弯下腰在我头上吻了一下,她这样做总是能让我感到好受些。"保持善意不用花一分钱。"她微笑着低头看着我。"把你的手给我。"她摊开双手伸向我,"这样做让我很开心,可以假装我是你的老女友。"

我咧嘴笑了,想耍个小聪明:"那么如果你的年轻男友不被关禁闭会更好,他可以挑个日子带你去汽车影院,还会给你买礼物。"

"但是你是在关禁闭,甚至现金都不能把你的麻烦买走。"她果断地回答,"你得用工作来消除惩罚,还是这样的规矩。"

"我能把关禁闭交换成另一种惩罚吗?"我问。

"当然。"她说,"你可以把那整片玉米地重种一次,照顾好它,收获它,并把它转变成食物接济贫穷的老乡邻。"

我也希望我能重种一次那片玉米地,不过我知道爸爸不会同意这笔交易的。他会要我把种植的东西再一次割倒,然后我会再被关禁闭一年——如果到时我还活着。

第 8 章 "死神"的拜访

我一边在厨房里吃着罐子里的腌菜，一边读着报纸上心爱的专栏：

1611 年 6 月 23 日：亨利·哈得逊①在哈得逊湾被哗变者放逐河上，再不见生还。

1683 年 6 月 23 日：威廉·潘恩②签署了和列尼·勒那帕印第

---

①亨利·哈得逊（约 1560—1611？），17 世纪早期的英国海洋探险家和航海家，曾两度尝试找出一条经北极圈以北前往中国的西北通道。在一次远征中，他探测了现在美国的纽约市地区，而经他探测的纽约市著名河流今天就以他的名字命名。在最后一次寻找西北通道的远征中，他发现了后来以他名字命名的位于今加拿大的一条海峡和一片海湾。1611 年，在迫使水手继续西行失败后，他和儿子及其他七人被就地放逐，从此失去音讯。

②威廉·潘恩（1644—1718）英国地产实业家、哲学家和今天美国宾夕法尼亚州的创建人。他追求民主和自由，以同勒那帕印第安人部落关系友好和成功结盟著称，并积极主张和推动英国殖民地的联合统一，促使后来美国的独立。

安人部落的和平协议，涉及的土地后来成为大宾夕法尼亚州的一部分。

我多希望我也能和我的父母签署一份和平协议啊。这时电话铃响了，妈妈拿起电话，然后朝我转过头来，对着电话说："是的，沃尔克小姐。我马上叫他过去。"

"我想，有一个好邻居好过有现金。"我开心地说，打算装得可爱些。

"你算是盼到了。"妈妈说，"但是你帮她做完事后，马上给我调头回家。不许去打棒球或者做任何胡闹的事情。懂了吗？"她抬了抬眉毛给她最后一句话加了个注。

"是。"我边说边冲向房门，"我答应您。"

我花了不到一分钟的时间，就从家里跑到了沃尔克小姐的黄色房子前。它在朝阳里泛着光，好像是由融化的黄油雕刻出来的似的，我看着它时不由得眯起了眼睛。等我进了屋子，我发现沃尔克小姐已在门廊不耐烦地等着了。她最近一定染过了头发，因为那头发很蓝，看上去就像一大簇绽开的绣球花。"赶快！"她叫道，朝我挥着她的一只红爪子，"我刚接到一个电话，又有一个人可能已经死了——一位诺福镇原居民！"

"是谁打的电话？"我问。

"一名监察员。"她用平静的声调说。

我觉得有点儿神秘:"监察员是什么?"

"是我的一名谍报网络成员,他总是睁大眼睛,留意着诺福镇的最后一批原居民。你知道,得有人注意他们是上教堂了还是去杂货店了,是上邮局了还是失踪了,诸如此类的事。于是今天我接到了一个电话,报告说屋号为C-27的杜比基太太可能去世了,我的监察员已有一个礼拜没看到她了。我知道她一直感到不舒服,真让人可惜。"

"下一步呢?"我问。

"下一步,我们必须立刻赶去那儿。"她拿定主意说,并把她那蓝色灌木丛头发侧向车库,"我一直打她家的电话,但是没人接听。我们必须去找出答案,看看那个电话是不是永远不会有人接听了。"

"我们怎么去那儿呢?"我问。

"我们可以开车去,如果我们不能从院子里看到她,我们就得停下车,从她家的窗子望进去,如果这样我们还是无法看到她,那么我们别无选择了,你就得偷偷溜进她的屋子里去了。"她推断说。

"要是她还活着,而且认出了我,那怎么办?"我有些恐惧地说,"她会打电话叫警察,然后我会被关起来,永远只能待在牢里了。所以最好还是您自己进去吧,因为没有人会拘捕一位老太太的。"

"我不能进去。"她回答,"我是本镇的医学监察员。只要我一出现,人们就会知道,我要宣布有人死了,然后签署他们的死亡证明,把他们交给胡佛先生,然后写出他们的讣文。没有一个活人会希望我去造访的。这些年老的原居民即使是看到我跟着他们在杂货店的过道里来来回回地走,都会像鸽子一样飞散的。"

"好吧,那我应当做什么?"我问。

"哼……嗯……"她一边哼着一边自言自语,"你最好化一下装。"

"我有去年留下来的万圣节化装服。"我提议说。

"什么化装服?"她问。

"死神服。"我回答。

她把头往后一仰,咯咯大笑起来,露出了她老年人的牙齿,看上去像两排小小的大理石墓碑。"你真的天生是我的合作伙伴。"她冠冕堂皇地说,"杜比基太太早晚得去见死神,这次见也未必是坏事。现在去拿你的化装服吧,赶快!我会在车旁等你。"

我穿过后院往家跑,偷偷溜进我家车库后的小马驹围栏,打开爸爸告诉过我的那半截门。我的化装服挂在一间满满的储藏室里,那里塞满了过季的外套和妈妈不舍得扔掉的外祖父母的旧衣服。我抓起化装服、面具和长柄的塑料镰刀。我很遗憾自己没有斯勒特太太的假牙,因为有了假牙会让装扮显得更恐怖。接着我就像刚才火速跑到车库那样,折回头,往沃尔克小姐的汽车飞奔而去。

我本来以为她会开车,因为她是大人,可是她却站在副驾驶位那边。"钥匙已插在点火器上了。"她说,"现在给我开门吧。"

"我只开过拖拉机呀。"我有些紧张地说,"我不知道自己是不是真能开车。"

"一样的。"她说,"只是得开慢点,这样万一撞上什么东西也不会有事的。"

"但是要是我朝悬崖开过去怎么办?"我问。

"那你在撞到地面之前会有更多时间祷告的。"她不耐烦地说,"现在试着做一个男子汉吧,让我们上路!"

我把化装服往后座一扔,打开了副驾驶位车门,帮她坐进去,然后小跑着从这辆红色的普利茅斯勇士型汽车车头前绕过去。它是一辆小车,可我还是很担心,因为我比它还小。当我坐在我爸爸的卡车上假装在开车时,为了保持在驾驶位上坐得够高可以看到挡风玻璃以外的东西,就很难同时踩到油门和刹车踏板。幸好沃尔克小姐的车里面很窄，在我钻进车坐上驾驶位把腿伸展开后，我踩到了油门踏板，同时也能够踩到刹车踏板。

"转动钥匙。"她吩咐道，"赶快！"

我转动钥匙，汽车开始启动。

"现在换挡到驾驶挡。"她大声说，"走啊。你开得像蜗牛一样慢。那个女人可能有了麻烦，或者死了，要是她死了，我应该是第一个知道的。那个贪婪的胡佛先生老是赶在我的前头，可那是我的工作，我应该在他打电话给死者的家属，并打算向他们兜售棺材和那些昂贵的装饰品之前，第一个宣布死者的死讯。"

仪表板上有一个表示驾驶的大大的 D 字母，我按下去，然后试探着踩下油门，车子开始慢慢往前走了。

"加大油门！"她继续叫着，"再加大！"

我狠狠踩了一下油门，我们都猛地朝后靠在自己的车座背上了。我有点儿害怕，于是踩了一下刹车，我们两个人又猛地朝前倾。

"你想要我自己开车吗？"她大声喊着，抬起了她红润的爪子。

"我会找到窍门的。"我紧张地说，"再给我一分钟时间。"我又加大了一点儿油门，车缓慢地朝前走了，我转出了车道，开上

97

了诺福镇路。

"她就住在下面几条街的地方。"沃尔克小姐告诉我,并用她弯曲的手指指路。

当我在方向盘后感到舒服了些时,脚下又加大了油门。我现在可以在驾驶间隙过一秒钟瞥一眼车速器,保证我没违法。现在的车速是每小时十五英里。

"我跑得都比你开得快!"她有点儿生气地说。突然她身子往前倾,并把她的脚重重地踩在我的脚上。发动机转速加快,我的心跳也加快了。我紧紧地抓住了方向盘,把车驶离诺福镇路。

"这才像点儿样。"她说。

"沃尔克小姐,您可吓着我了。"我用惊恐的声音说道。

"保持安静然后在这儿转弯。"她一边指着左边吩咐道,一边把脚抬起从我的脚上移开。

我转弯过猛,车胎发出了尖叫,车差点儿斜撞上一个邮筒。等我扳正直行时,我们开上了一条沿线长着枫树的弯曲的道路。沃尔克小姐侧过身来,用她僵硬的拇指钩住方向盘,我们歪歪斜斜地驶离道路,在肮脏的路边磕磕碰碰,驶上了杂草丛生的草地,这里就是杜比基太太家门前的草坪了。我用尽全力踩住刹车踏板,我们的车侧着滑行停了下来。这时我已像条狗似的直喘粗气。

"这就是她的屋子。"她说,"自 1934 年以来,她就一直没有粉刷过它。我喜欢杜比基太太,因为那个好管闲事的家伙斯皮兹给她发了一张票子,让她去领取一个样子残破的房子,她就用她死了的丈夫的双管散弹猎枪把他赶出去了。"

我们俩凝视着这间已经褪了色的绿色屋子,白色的百叶窗已经很脏了。我不确定自己本来期望能看到点儿什么,或许应该有一面降半旗的旗子,以表示对死者的尊重?"所有的窗帘都拉上了。"我悄悄地说,"它们全是黑色的。"

"那些是她战时留下来的为了对付灯火管制的旧窗帘。"沃尔克小姐解释说,"窗帘都拉上可不是一个好兆头,绝大多数人想要死在黑暗里。我的猜测是,她已经成为历史了。不过你得进去,去确认一下这个事实,然后回来详细报告你发现了什么。"

"我非得进去不可吗?"我问。我真的不想偷偷溜进这个屋子,像刚刚带走杜比基太太的死神那般跌跌撞撞地四周游走。要是她没死会是什么情况呢?还拿着那把她要用来射杀斯皮兹的大枪吗?或者她死了,而我又没看到她,于是踩到了她,那又会怎样呢?那可能会让我受到很大的惊吓,我的鼻子可能会像一颗血手榴弹一样爆炸开来。

"你想想那该有多冤枉,"沃尔克小姐小心翼翼地说,"要是我给她写了讣文,而她其实还活着,然后因为读到自己已死亡而吓得送了命,那会是多残忍的事。"

"好吧。"我有点儿犹豫地说,"我会进去。不过您可别告诉我妈。"

"我发誓。"她许诺说,并用她僵硬的手指在胸前画了十字。

我走出汽车,打开后车门,稍花片刻穿上我的化装服,然后跌跌撞撞地走上人行道。带兜帽的面具老是滑下来遮住我的眼睛,我提着镰刀让它像长矛一样笔直朝前,这样我就不会正面撞上坚硬的东西了。当我上了前台阶,我把身子往前倾,触碰球形门把手,然后把它转了一下。门没上锁。于是我把门推开,"杜比基太太。"我大声叫着,"您还活着吗?"

我听到有什么东西发出沙沙的声响,但我没法确定。

"杜比基太太。"我又叫着,"您在说话吗?"

我又听到了声响,可还是听不清楚。噢,天哪,会不会是一个窃贼破门而入,把她捆绑起来,堵住了她的嘴呢。

对付灯火管制的窗帘拉着,面具又半遮住我的眼睛,门厅里很黑很黑。我一边拖着脚步走,一边用我的镰刀朝前面乱挥。我碰到了一面墙,于是左转,开始往右面方向走,沙沙的声响好像越来越大。

"杜比基太太?"我颤抖着大声叫,"喂?您还活着吗?"

当我刚沿客厅找到一个小过道时,我能看到有光线在一扇内门的下面偷偷漏了出来。还有希望。我拖着脚步走到那里，嗒，嗒，我用我的镰刀轻轻敲着门。"杜比基太太。"我用颤抖的声音问道，"您是被绑着，封住了嘴吗？或者，要是您有一支枪，请您把子弹拿出来吧。或者，要是您死了，能不能请您起死回生，因为我真的很怕死人的。"

我慢慢把门打开，眯着眼看向光线昏暗的房间。噢，真令人伤心。她在那儿，仰天倒在一张躺椅上，在电视机前大约两英尺的地方。电视机里还在放着匹兹堡的新闻，一名播音员正在向听众介绍，他们可以在哪里接种第二轮脊髓灰质炎疫苗。沃尔克小姐强调过，要是我发现杜比基太太死了，就掐她的胳膊，以确定她是不是在打瞌睡，因为沃尔克小姐说，"老人在打瞌睡时，他们看上去会有点儿像死尸"。

"杜比基太太。"我悄悄地说，"您是在打老太太的小瞌睡吗？"

我很害怕她会突然醒过来，发出魔鬼般的大笑，然后把我吓得半死。但万一她还活着，我又该对她说什么？该怎么办？

我走上前去，做了一个深呼吸，然后用我的塑料镰刀戳戳她的肩膀。"杜比基太太？"我有礼貌地说，"要是您还是个活人，能不能请您让我知道，这样我就不必掐您了。"

她的肌肉动都不动。我又做了一个更深的深呼吸，凑过身子,在她没有一丝生气的前臂上,掐着她斑斑点点的老皮肤。

突然,她直直地坐了起来,我连忙往后跳,整个人都僵住了。起初她很安静,缓慢眨巴着自己的眼睛,想摆脱困意。她会像拉撒路①一样到了此时此刻起死回生了吗?或者她在一开始就没有死过?我不知道。这时她慢慢地朝我转过身来,生气地问:"你究竟是谁?你在我的家里干什么?"

我应当事先计划好要对她说什么话,可是因为没有想过,我只得说:"嗨,我是投身公益事业的诺福镇死神。"

"我能看出来。"她说,没有表现出一丝惊讶,"我不是瞎子。你是来找我的吗?"

"有人报告说您死了。"我回答。

"我知道我还活着,起码到目前为止。"她回应说,并做了一个刺耳的呼吸来向自己证明这个事实,"我的心脏最近一直给我找麻烦,于是我躺了好几天,不过我并不认为我已准备上西天了。"

"没错。"我有点儿紧张地说,因为我的心脏正在我的胸膛里咚咚地跳。我开始退缩了:"我可以再找另外的时间回来。"

"我并不害怕死。"她平静地说,"我只想知道我离开尘世的

---

① 拉撒路,《圣经·新约》的《约翰福音书》中所描写的人物,被耶稣从坟墓中唤醒而起死回生。

时间,这样我就不会错过我孙子7月3日的生日。那时间对你有问题吗?"

"噢,没有问题。"我赶忙说,"您需要多久就多久。我不着急。还有很多其他快要死的人我可以拜访。"

"好吧,那你过两个礼拜再回来怎么样?"她说,并一边摩挲着下巴,一边思考着自己刚才说的话,"是的,两个礼拜可以让我有时间处理完我的事情,对我关心的所有人说再见,然后我会准备好去天堂见我的丈夫。那样做符合你的时间表吗,死神先生?"

"嗯嗯,我会查一下我的时间表的。"我赶紧回答,"不过我想我能配合您的。"

"你想来杯茶吗?"她问。

"不,谢谢。"我回答,有礼貌地站在那儿听她唠叨。最后我看了看自己的手腕,虽然我没有戴手表。"是该走的时间了。"我说,并往后退了一步。

"你不必走。"她恳求说,声音里带着孤独。可是我还是一点点退回到了门口。

就在这时我听到沃尔克小姐在按汽车喇叭。"很抱歉。"我向杜比基太太解释,"我的战车在召唤我。"

"什么?"她疑惑地问。

"您知道，我的战车配有四匹死亡黑马。"我开始胡说，然后转身就跑。

"等一下。"她大叫，"我刚记起，凯伦·林格在街上摔倒，跌断了股骨，十分痛苦，她想乞求你去带她走。"

"谢谢您的建议。"我喊道。一旦跑起来，我就没法慢下来。我撞上墙反弹回来，而我的镰刀把一些照片扫到了过道上。我进来时没关前门，当我再见到阳光时，便飞快地跳过门槛冲下了那几级台阶。

沃尔克小姐看到了我，便不再倚在汽车喇叭上。"你怎么花了这么长时间？"她大叫，"在你去测她脉搏的这整段时间里，我可无聊死了。"

"我们得快走。"我一边恳求一边扯掉面具，同时猛吸着新鲜空气，"她还活着！"

"该死！"她攥紧手说。我迅速打开车门跳了进去。"我希望这帮老家伙能抓紧点，他们需要去见他们的造物主。我已不再年轻了，在我自己的死神来造访我之前，我在这世上还有好几件事想做呢。"

我真的没去注意她在说什么。我的神经已经要崩溃了。我发动汽车，开出一英里后才发现方向错了，这时我才定下神来找到我要去的方向。

"你要知道,"沃尔克小姐说,"我希望在轮到我时,来看我的死神更像你。你看上去不太吓人。"

"我不吓人,"我说道,"我自己倒是被人吓着了!在她邀请我用茶时我还在抖个不停,然后在她邀请我两个礼拜后回去时我就拔腿跑了。我不认为我是一个很好的死神。"

"好吧,等她大限到了时提醒我。"她说,"这样在给她写讣文时,我肯定会提到她邀请死神用茶这回事,那会展示她良好教养的一面,你觉得呢?"

"她确实很有礼貌。"我附和道,"您还可以加上她很爱她的孙子这一点,她孙子的生日是7月3日。"

"感谢你提供了这么好的细节。"沃尔克小姐记了下来并暗自微笑,"现在,你想把车调头开回家吗?否则我们就要开到西弗吉尼亚去了。"

我降低车速,并在一座用木板封住的教堂的停车场把车调了头。在回去的路上,我们又经过杜比基太太的屋子,看到黑色的窗帘现在已经拉开了。

"我得对我的监察员说,"沃尔克小姐自言自语着,"他不能为这个信息收取中介费。"接着她看着我说道:"你的鼻子又在流血了。等下次你来我家时,我来为你治疗。那很简单,我有全部合适的手术器材。"

"是罗斯福夫人给您的吗？"我问。

"不是。"她回答，"我在一位退休兽医后院的旧货售卖会上买到了一些器材，其余的是我自制的。"

天哪，我的上帝！

第 9 章　跳舞的"地狱天使"

　　我正在读亚瑟王的故事,他有一张圆桌,那张桌子使围桌而坐的每一个人都感到平等。通常国王就是老板,端坐在长桌的一头,其他人只有听话和接圣旨的份儿,不能回话,除非他们想要被锁进地牢和让脑袋搬家。但是亚瑟王与众不同,他尊重每一个人,并相信只要他平等待人,他们也会平等待他。这就是他之所以伟大的秘诀。

　　就在这时,爸爸在我卧房的过道探了探头。"想不想溜出你的房间透一会儿气?"他问。

　　"非常愿意!"我大叫着放下了书。我一直在耕耘"地标"丛书,在暑假结束前我大概可以把它们全部读完。"妈妈会同意我出去吗?"我问他。

　　"我允许你离开你的房间,这样就不算破坏规矩了。现在跟着我走吧。"

　　"她是不是还在为飞机的事生气?"当我们走向客厅时,我问爸爸。

"是的。"他回答,"她还没有表示已把那件事给忘了。"

"那您现在还住在车库里吗?"我问,这时我们已经来到了户外。

"我已经为那麻烦赎了罪。"他说,"我昨天带她去了杂货店,为整整一推车用来捐献的食品付了钱,作为弥补玉米的损失,她原本是要用玉米来交换杂货的。"

"现金为王。"我有点儿炫耀地说。

"金钱能使世界运转。"他唱着说,"现金是'永远逃离诺福镇'的万能卡。"

"那您得付她多少钱,她才能不再为了您并不是真的要盖防空洞那件事发狂?"我问。

"那还是个没有解决的问题。"他回答,"我只能一次解决一个欠债啦。所以现在,我们还是要盖防空洞。"

"妈妈说您是玩纸牌游戏赢得那架飞机的。那是真的吗?"我问。

"不完全是那么回事。不过我能得到这架飞机倒是因为一首歌。"他悄悄地说,"实际上,它们是在军事剩余物资拍卖会上被拍卖的。我的意思是说,我才花了二十五块美金,我怎么能不买呢?"

我大吃一惊："那比范登先生给他的旧车开的价还低啊！"

"下回我要关注一下，看他们出售的谢尔曼坦克①会开价多少。"他说。

那就更酷了！我想。我不必再去学开车了，我可以就沿着一条直线开坦克，碰到东西碾过去就得了。

说着我们已站在早先的玉米地田边了，那儿正是我割倒最后三排玉米的地方，爸爸已经用盘绕在地桩上的麻线标出了一块长长的矩形场地。

"看到标出来的那块场地了吗？"他指着说。

我点了点头。

"还有插在泥土里的铲子？"

我又点了点头。

"那就开始挖土吧。"他指示说，"我呢，要去把地碾平做跑道了。"他朝一台路碾猛扬了下头，那台路碾钩挂在拖拉机的后面。

"我们能交换一下工作内容吗？"我问，"沃尔克小姐要我练习驾驶技术，可以带着她满镇跑。"

---

① 谢尔曼坦克，正式名称是 M4 中型坦克，是"二战"时期的美国主战坦克，因英国人以美国内战时期的将军名为其命名而有此别名。服役期应自 1942 年至 1955 年，但一直被使用到 20 世纪后期。

"以后再说。"他说,"但现在你得练挖土。"

我没想到关禁闭还需要服劳役。

我用双手抓住铲子的手柄,然后闭上眼睛,想象着中世纪古老英国的欢乐情景。"凡能把此柄剑拔出来者即为英国之天命君主!"我大叫着从《亚瑟王和圆桌骑士》一书中读到的句子,然后使出全身的力气拔那铲子的手柄,铲子轻易地就被拉出来了。就在那一刹那,我把自己想象成真正的国王一样,但是当眼睛睁开时,我还依然是孩子一个,身处宾夕法尼亚西部,手里正握着一把生锈的铲子。唉,亚瑟王仅仅需要处理瘟疫、饥饿和邪恶的骑士这类问题,而我却只是一个假原子弹防空洞的孤独掘土人!

"嗨,爸爸。"我在他朝拖拉机走去时从后面叫他,"您认为哪一个历史会更坏?过去的历史还是未来的历史?"

他甚至没有把脚步放慢来想一想。"未来的历史。"他毫不犹豫地大声回应,"每次战争总把事情搞得越来越糟,因为我们越来越擅长相互厮杀了。"

那话听起来好像很对。起初,史前时代的穴居人只是用石头和棍棒相互重击对方的脑袋。在十字军[①]时代,是用长剑和弓

[①] 十字军东征(1095—1291),是西欧的基督教力量和西亚的基督教拜占庭帝国在中东地区联合,向当地伊斯兰教的土耳其人发起的圣战。

箭。到了盖茨堡战役①，他们相互使用了填满铅球、铁链、铁路长钉和门球的炮弹，恨不得把对方炸个粉身碎骨。而原子弹使未来的战争看起来更没有希望。没有人类会在核战争中生还，所有的动物将会死去，鱼会在酸性的水里腐烂，全部植物都会在遭污染的空气中枯萎。没有东西会留下来，除了像恐龙一样大的巨无霸物种。我做了一个深呼吸，把铲子插进土里，并忙碌地把挖出来的泥土装满手推车。我们唯一的生存希望可能就是建设深度的地下城市，就像爸爸说的那个由军队创造的地下城市，专门用来保护总统和所有自认为自己很重要的政府官员。

过了一会儿，妈妈提着水罐和杯子慢悠悠地走过来，她给我们送凉水来了，因为天气很热，而且她还想要检查一下我们的工程进度。我们一定做得不够好，因为妈妈快速扫了一眼我们的工作后，就对爸爸说："杰克，你知道我可以从社区中心叫一些人来当帮手。这是一项大工程。"

"我觉得我们没问题。"爸爸回答，并往头上倒了一杯水，然后像狗一样摇头把水甩掉，"我们不需要那些人帮任何的忙。我

---

①盖茨堡战役，1863年7月1日至3日，在美国宾夕法尼亚州盖茨堡镇爆发的一场重要战役，是美国内战的转折点，从此结束了南方同盟军北侵的攻势，但也创下了内战阵亡人数的最高纪录。同年11月，林肯总统在盖茨堡国家公墓发表演讲，向阵亡的北方联邦军将士致敬并重申内战的目的。那次演讲流传下来成为著名的"盖茨堡演讲"。

们可以自己做完这个工作。"他瞥了我一眼。"对不对,伙计?"他问,戳戳我的肩膀。

"对。"我回答,但其实我并不这么觉得。我真希望有一群友好的家伙跑来帮助我快点结束这个工作。

"斯皮兹先生和他手下的管理人员可以使这个工作变得轻松些。"妈妈试图和爸爸讲道理,"还会快一点儿完工呢。他们说不定可以把跑道做得更平滑些。"

我们把手放在自己的眼睛上方,眯眼看着跑道。它好像海浪似的起伏不平。

"看着它真让我头晕。"妈妈转过身子说。

"没事。"爸爸不在意地说,"这架飞机是造来在船上起降的,它当然可以在这条跑道上起飞啦。"

"你肯定不需要哪怕一丁点儿的帮助吗?"妈妈再问。

"说实话,"爸爸用坚定的话音说,"我还是倾向自家人来完成这个工作。"

"好吧。"妈妈不得不承认自己劝说失败,放弃了和爸爸的固执较劲。

"照你的想法做吧。"她走向小马驹围栏,检查"战争首领"的干草和用水状况去了。

爸爸转身朝向我。"要是斯皮兹和那些社区中心的家伙现在过来帮我们修跑道,那他们下一步就会来帮助驾驶我的飞机,分享我们的防空洞了。我的上帝啊!"他说,"你想想,俄国人从上面轰炸我们,而我们有可能会被蜂拥而来的人群挤出自己建造的防空洞,傻瓜才会那么做!"他跳回拖拉机,把它发动起来,然后拖着路碾轰鸣着开走了。

"是的。"我模仿着爸爸的语气,拾起了铲子,"傻瓜才会那么做呢。"而且,我才不要招惹斯皮兹先生过来询问罚单付费那件事呢。

就在这时,本妮从我家附近的街角跑了过来,她看上去活像一张四方脸按在一个"惠体斯"牌的麦圈盒上,只不过多了手臂和大腿而已。见到她我真的很高兴。

"嘿。"她气喘吁吁地说,"你在干什么呢?"

"在为我家可爱的新防空洞挖土啊。"我无精打采地回答,"我们未来的生活会在地底下过的。"

"防空洞不过是家庭型的棺材。"她说,像个万事通似的,"当原子弹降临的时候,我们大家都会死。然后等到不明飞行物上的人类到来时,他们会把我们挖掘出来,并研究我们的文化。"

"你认为他们会发现什么?"

"谁知道,谁关心啊。"她挥了挥她的短臂回答说,"可能不会比我们从图特王①的考古发掘中知道得更多。"

"可是我们有历史书啊。"我提醒她。

"它们也会像所有的东西一样腐烂啊。"她叹息了一下反驳说,接着垂下了双手,"没有东西会保留下来。"

我刚想说拉什莫尔山②上的总统雕像会留存下来时,她打断了我。

"让我们换个话题吧。"她说。

"换什么话题呢?"我靠在我的铲子上问。

"换我来这儿要告诉你的话题!救护车刚到,我们的殡仪馆来了一个陌生人。"她激动地说,"一名地狱天使③的摩托车骑

---

① 图塔卡蒙,简称图特王,古埃及第 18 代法老(公元前 1332—前 1323 年在位)。1922 年他的墓葬经考古发现,旋即成为全世界头版新闻,重新激发出公众对古埃及的兴趣。出土的图塔卡蒙木乃伊面具,成了古埃及的流行文化符号。

② 拉什莫尔山,位于美国南达科他州,拉什莫尔山国家纪念碑所在地。山上雕有四位总统的巨大头像,分别为华盛顿、杰弗逊、老罗斯福和林肯,每年吸引近三百万游客参观。

③ 地狱天使,全名"地狱天使摩托车俱乐部",名称据说源自第二次世界大战中的美国志愿者组织"飞虎队"旗下的"地狱天使"飞行中队,成员主要骑乘哈雷·戴维森牌重型机车,被美国司法部视作有组织犯罪私人联合会,在美国和加拿大以"地狱天使摩托车法人社团"名义成立公司,并于 20 世纪 60 年代因支持反主流文化运动和同反主流文化团体及名人保持密切关系而声名鹊起。

士,今天一大早他在路中央跳舞,撞上了一辆水泥卡车,下身全给轧扁了,就像条被熨平的牛仔裤。"

"天哪。"我说。"他看上去怎么样?"

"像路上被轧死的文身动物,只是一头是黑色长胡须,另一头是轧烂了的黑色高筒靴。"她说,"样子不太好看。"

想象到他可能的吓人模样,我已经可以感到我的鼻子在抽动了:"他是镇附近的人吗?"

"没人认识他。"她说,"他没有钱包,警察也无法识别他的身份,不过他有一身漂亮的文身。"

"怎么个漂亮法?"我问,并看看四周,确定妈妈没有在悄悄地靠近我们。

"那取决于你看到他身体的哪一部分。"她小声地说,并把眼睛睁得老大老大,好像她看到了什么不可思议的东西,"爸爸现在正在给它们拍照,准备呈送警察,所以他告诉我去找找遗漏掉的东西。"

"你认为我可以想办法看到他吗?"我问。

"不可能。"她回答,"要是你看到那家伙,血会从你的眼窝里流出来的。"

那可能是真的。但是接着我有了一个想法。"沃尔克小姐在那儿吗?"我问,"她需要做正式记录的。"

"没有。"她回答。

"那好,帮我一个忙。"我把手放在她的肩膀上说,"快跑到她家去,告诉她关于地狱天使的事,然后告诉她马上给我打电话,那样我就可以摆脱挖土的活儿,带她去看那具尸体了。"

"听起来计划不错啊。"她说,跺去粘在脚下的泥土,"在殡仪馆后室见。不过要是你打算看看那个家伙,别忘了带上一箱纸巾,以防你的鼻子出问题。"

"谢谢你的小建议。"我说,随后看着她像一只长毛垂耳狗一样蹦跳着走了。

没多久我就听到了电话铃响,妈妈在屋子里冲我喊道:"沃尔克小姐要你立刻去帮忙,今天早上发生了交通意外,她得检查一下可怜的受害人。"

"噢,真可怕。"我倒抽着气说,并模仿胡佛先生摆出很忧伤的样子,但心底里却想,太棒了,这样可以让我摆脱挖土的活儿了。可是就在我可以拔脚逃离前,妈妈赶了出来,一把抓住我的衬衫。她把我领进屋子,闻了闻我的腋窝。"你臭得像一头公山羊。"她皱了皱鼻子说,"跳进去冲个凉,快!我已经给你准备好了衣服。我不要你在胡佛先生那里显得失礼。"

"要是我有味道,死人怎么会在意?"我问,"他们已经死了,而且他们的气味一定比我的还臭。"

"得了,我可还没有死!"她快速反应说,"而且是我在在意。"接着她用臀部把我推向洗澡房:"别忘了用肥皂。"

我很快冲完了凉。我没用肥皂,不过在离开浴室时,在身上喷了一点儿爸爸的欧司派香水。我想象它让我闻上去像莫比尔湾海战中的法拉古特[①]海军上将。"该死的鱼雷。"我大胆地引用他的话,"全速前进!"我用一块不大的毛巾绕着腰际包了一下,蹦蹦跳跳跑出了浴室进了客厅,好像我是一条北方联邦军的船只正在躲避南方同盟军的水雷。

妈妈正在为我熨烫白衬衫。"您在做什么?"我问,轻快地转到她的身边,"我又不是去教堂,我只是去看一名死了的地狱天使机车手,他的脸看上去不过像路上给轧死的满脸胡子的动物而已。"

"别那样说。"她说,"不管那个可怜的人是谁,他都应该得到我们的尊重。他也一度是什么人的天使小宝贝啊。"

"您的意思是地狱的天使小宝贝吧。"我挑刺儿地说,"那我应当穿得像魔鬼似的去向那家伙致敬了。"

"即使魔鬼也穿干净的内裤!"她用热熨斗的尖头指着我的

---

① 大卫·格拉斯哥·法拉古特(1801—1870),美国内战时期的海军舰队司令,首任美国海军少将、中将和上将。他在莫比尔湾海战中所下的命令成为流行文化的名言而为世人传诵。

小毛巾威胁说,"穿上干净的袜子、裤子、背心,扎上皮带,梳梳自己的头发,刷刷牙齿,穿上鞋子,当你把那一切做好的时候,我会拿着烫得很漂亮的白衬衫在门口等着你,那时你就可以离开这屋子了。"

"您怎么会把这些记得这么全的?"我在跑回自己房间时回头问。

"我已经把它记得滚瓜烂熟啦。"她在我后面叫着说,"因为陪着你这头小动物过日子,我得每天把它说上一遍!"

当我照妈妈吩咐的把所有的事情都做完的时候,她已经站在门廊拿着我的衬衫,像拿着一件斗牛披风似的。我扭动着手臂伸进衣袖。在我系袖口上的纽扣时,她扣上了我胸前的纽扣,接着我把衬衫的下摆塞进了裤子。"谢谢,妈妈。"我说,吻了她一下后跑走了。

"嘿!"当我跑过爸爸身边时,他在我后面叫我,"你去哪里?我还要你帮忙呢。"

"沃尔克小姐来电话了!"我转头回叫着,没有停下脚步,继续朝着她的家跑去,"有一个家伙死了,她得去看他一下。"

"如果只有她那件事的话,"爸爸也回叫着,"那接下来我们得把眼前的这件工作一起完成。"

沃尔克小姐已经坐在她的汽车里了。"快!"她从乘客位的窗口叫着,"我刚把手煮过,这样我可以用我的手指检测尸体了。"她戴着烤箱用的棉手套来给她的手保暖。

我开动了汽车,换挡到驾驶挡。"抓紧点儿。"我警告了她一下,"我想这次我会开得好一些了。"我把油门踩到底。车在驶出打开的车库门时,后胎击打着砾石,随后我们冲下了车道。当我们转头开向诺福镇路时,车胎发出了长长的尖叫声。大约三十秒后,我踩下了刹车,我们飞快地转进了胡佛殡仪馆的停车场。

"你真是个学习快手。"她说,"你可以在一天内从迟钝的人变成安全的冒险家。"

我自豪地咧嘴笑了。不过马上我就笑不出来了。

胡佛先生正在后室等着我们,那里安放着殡仪馆里的全部尸体。房间里有福尔马林的气味。我知道这屋子里看起来像是一个疯子科学家的实验室,因为在它空着的时候,本妮带我来看过。房间里有一张工作台,台面是一块很大的黄色厚大理石板,在它四周刻着排水槽。我记得它的样子,因为它看上去像阿兹台克人祭坛下的一块石头,受害者在上面被割下心脏,鲜血就沿着四周的水槽流进一只美丽的金色杯子,随后那只杯子伴着还在跳动的心脏奉献给阿兹台克众神,满足他们血腥的欲望。但是现在摆放在台面上的是地狱天使,我低垂眼睛,盯着下面自己的鞋子看。我对着本妮和妈妈可能表现得很勇敢,可我真的不想看那个死人。只要一想到他那像路上被轧死的动物一样的尸体,我就想呕吐,而且我知道我只要偷看他一眼,我的鼻子就会像决堤一样喷出血来。

本妮站在我旁边,轻轻敲敲我的腿。"你没事吧?"她悄悄地问。

"没事。"我故作镇定地说,还傻乎乎地朝前走了一步。这一步可走错了,因为在我的脚边有一个水桶,装满了人的体液。"别去看水桶",我警告着自己并把头猛地转开。我做了一个深呼吸,抬起头远望,正好看到受害人被碾压过的高筒靴摆放在台子远远的一端。

"他们得把靴子切开才能脱下来。"本妮给我解释,"他真的很受折腾。"

我又低下头看着自己的鞋子,再做了一次深呼吸。我闭上眼,却感到房间开始旋转起来,于是我又把眼睛睁开了一点儿。

"你看到文身了吗?"她问。

她知道我没有看到,而且她知道我可能永远不会看到。自从她让我摸了那个死人的僵硬得不自然的脖子后,我再没看过一个死人。

"那我来告诉你文身的情况。"她说,不等我回答她又继续说下去,"在他的一条腿上有一条盘旋着的黑蛇,蛇张开的嘴里是666标记,而魔鬼的画像盘绕着他的另外一条腿。"

我仿佛可以看到她讲的每一样东西,好像那是我自己头盖骨的洞穴里的一幅壁画。不知怎么的,当这文身刻在我的记忆里时,它们变得更为可怕。我可以跑出房间,但是他双腿的图像仍然深留在我的内心,并且要追逐我一生。

我往后退了一步,迅速碰了碰自己的鼻子。我瞥了一眼手指,还没有血。但是为了安全起见,我把手凑在嘴上,像一个遮阳篷,我不想让血滴在我干净的白衬衫上。

"清楚了。"我听到沃尔克小姐的话音从可能是安放受害头部的地方传过来,"可以确定,死亡的主要原因是大面积颅骨骨折。"

"无疑是这样。"胡佛先生忧伤地表示同意。我可以想象出他摆出经典的志哀姿势,一只手放在臀部上,另一只手伸出去轻轻拍拍某人的肩膀,怪不得他看上去像一只人形茶壶。"这是我所见到过的最大面积的头部骨折。"他说,"甚至比丹·伊金斯那个案例还要严重。"

"很明显这次要严重得多!"沃尔克小姐不耐烦地说,"丹只是因为撞上飞离谷仓的猪形风标而造成头开花。现在让我看看警察的报告。"

我听到她翻纸的沙沙声,一分钟后她开始说话。"这很难令人相信,一个人可以这么疯狂地跳舞。"她说,"因为这上面说,他在一家叫'快乐山'的酒吧里开始跳吉格舞,接着跳到门外去了。有司机声称,在他全程跳舞时,幸好他们及时避让没有撞上他。斯皮兹先生是最后看到他的人,据说今天一清早他在垃圾场做完毒杀老鼠的工作后,在鲍伯·范登的加油站给他的三轮车打气时,看到这个陌生人跳着舞经过,几分钟后他就被碾压了。"

胡佛先生清了清嗓子。"接下去,"他补充道,"卡车司机说,他看到的最后情景是,这个人发狂地旋转着,双臂和双腿上下乱舞,好像他是在跳舞地板上跳舞似的。"

这时本妮悄悄地走近我,轻轻地对我说:"你看到他胸上那把大斩肉刀的文身了吗?"

"你知道我没看到。"我不耐烦地回答,感到一阵恐惧的颤抖顺着我的脊梁往上走。

"它的奇妙,"她说,不理会身着白衬衫的我在前后摇摆,像就要倒下的保龄球瓶似的,"在于这把斩肉刀好像已经把他的肉给切开了,于是你可以看到他那打开的心脏,它是黑色的。在黑心的中央,是一张魔鬼大笑着的红脸。那不是很恐怖吗?"

我再也不能听她说下去了。我感到自己的头像一只气球正在膨胀,大概就要爆炸了,变成下一个大面积头部骨折的案例。

"可以了。"沃尔克小姐突然说,"我会签死亡证明书,并把尸体留下给你,你想怎么处理就怎么处理。"她的声音变得很高,我想可能因为我就要昏倒了吧。我探了探前额,很热。挺住,我对自己说。

我知道沃尔克小姐应当准备离开了。我想得没错,过了一会儿,我听到钢笔在死亡证明书上慢慢书写的声音。"好了。"她说,"他是你的了。"

"我可以把尸体在冷柜里保存几天。"胡佛先生平静地说,"要是没人来认领,那么诺福镇贫民基金会会支付火葬部分的钱。我希望能给他一个体面的葬礼,可是没人会为葬礼付钱。"

"不错了。"沃尔克小姐说,"我们已经尽了力了。"

本妮轻轻敲敲我的肩膀。"过来。"她说,"表演结束了,看来你只看到了一个鬼魂。"

我摇晃着走出后门进了停车场,做了一个深呼吸。"我在电影里看过上百万的死人。"我说,"可是真的死人几乎要杀死我了。"

"电影都是假的。"她说,"他们用的是动物的血,而且他们从来不给你闻到死亡的气味。我承认这是我看到过的死得最彻底的家伙。我的意思是,他真的被轧得很平。"

当沃尔克小姐出来时,我如释重负。我很快帮助她上了车,然后发动了汽车。"您要我协助写讣文吗？"我问。当我们耗损着轮胎驶上诺福镇路时，我加大了油门。

"我得通宵想一想这篇讣文。"她边说边沉浸在思考中，"那跳舞的部分提醒了我一些事情，一些我曾读到过的痉挛性疾病。我要做一些研究。你明天上午过来吧，我们再动手写讣文。"接着她指着我的衬衫："你的鼻子流血了。"

我低头一看。衬衫上的红色大斑点看上去真像一颗正在淌血的心。

"妈妈要杀了我了。"我懊恼地说，"这件衬衫差不多还是新的呢。"

"明天把衬衫带来。"她说，"我有一些化学品在车库里，它会把那滴血化于无形的。"

"好极了。"我说，"因为如果妈妈看到这滴血，她会把我化于无形的。"

"我们可不能让那样的事发生。"她说，"你现在可是我的左右手啊。"

我朝她的双手看了一眼。它们交叉着搁在她的膝上，像两只旧手套一样。

第 10 章 治疗

第二天,像往常一样,沃尔克小姐一早就打电话过来,可是妈妈起得更早。那天是她为长者计划烹煮"诺福镇餐"的日子,她一边和着无线电唱歌,一边切着她从镇垃圾场旁边的树林里采集来的蘑菇。匆忙用完早餐后,我把自己收拾得干干净净,然后把沾血的白衬衫藏在一只包里,就快步走向后门。"回头见。"我叫道。

"别走得这么快。"妈妈吩咐说,"等你回来,我要你把这些炖菜送去社区中心。斯皮兹先生会把它们分发给打电话要家庭餐的那些老太太的。"

"斯皮兹先生?"我带着厌恶的口气说,"他不是老来烦您的吗?"

"是的。"她说,"不过在一个小镇里,不管你愿不愿意,你总得原谅那些犯了错的人。"

"我也这样想。"我说,希望斯皮兹先生会原谅我忘了割杂草和撕掉罚单的事。

"那就不要太晚了。"她警告说,"老人家喜欢在下午四点钟吃晚餐的,要是饿坏了,她们会发脾气的。"

"我会准时回来的。"我答应道,然后走出了门。爸爸还在拖拉机上,拖着沉重的路碾干活,想把那起伏不平的跑道轧平。在炎热的夏天,他喜欢在太阳还没有照到他的时候,一早就开始处理杂活儿。

"嘿!"他一看到我就大叫,把发动机关小,"你还有一些挖土的活儿要做。"他指了指防空洞,尖锐的声音和生硬的手指动作都告诉我,他是认真的。

"嘿!"我回叫着,无奈地耸耸肩,"我还得去帮助沃尔克小姐。"我冲她的屋子方向踢了一块小石子。

"你该先帮我把这里的活儿做完。"他说,"而不是去给那个一只脚已伸进坟墓里的老太太干活儿。"

我朝厨房指了指,压低了嗓音:"我只是照着吩咐去做。"

他给了我一个我知道你是什么意思的表情,开着拖拉机回去工作了,而我快乐地一边向着沃尔克小姐的屋子跑去,一边想我可真躲过了一颗子弹啊。没有什么比为那座假防空洞挖土更惨的事了,这跟挖一个地洞就可以通到中国的假想计划一样无聊。不过爸爸在做的事倒是会导致一些结果,一旦他结束修跑道的活儿，他就可以飞走了；而我结束为防空洞挖土的活儿，可能就会被直接埋葬在里面了。

当我走进沃尔克小姐的起居室时，她正站在诺福镇针织地图前面，审视着幸存的原宅地主的小号码。几本医科书翻开着，分别占据了我的小写字桌、沙发、地板和她可以找到的任何有空的地方。她一定整晚没睡。

"今天我们会度过繁忙的一天。"她兴奋地说，"我刚在脑子里把它规划好。首先，我们到药房去买一些东西为你的鼻子做手术，再为我的手买一些蜡。接着我们回来，我给我的手加热，给你动手术，然后向你口述讣文。听到了吗？"

"是。"我心神不安地回答，"不过我向妈妈保证了，要把炖菜准时送到社区中心去。"

"有我一份吗？"她举起双手问，"我这双手能抓得住的只有一片饼干了。"

"只要您事先签过字。"我解释说，"给社区中心打个电话吧，在家庭餐派送名单上登个记。"

"可以要我想要的任何东西吗？"她问道，"我是一个素食主义者。"

"是的。"我回答，"妈妈可以烹煮任何东西。"

"好吧，让我们开始我们的一天吧。"她建议说，"它会是超级忙碌的一天。"

我抓起她的手袋,跟着她出门上车,很高兴又有开车的机会了。

三分钟不到,我们已经进了伦宝药房。沃尔克小姐朝着药房后面走去,并指给我看摆放特殊蜡的专区。

"您治疗手不可以服用药片吗?"我一边问,一边和她走在治疗胃不适、头痛、流鼻涕和其他小毛病的速效药专区的过道上。

"也许可以。"她回答,"不过我宁愿像印第安人那样发现适合自己的药物。他们很聪明,能创造自然治疗法,他们知道什么东西会治好你,或者什么东西会害了你。"

"您是说印第安人会在热蜡里煮自己的手吗?"我问,"我认为他们没有蜡。"

"动动你的脑子吧。"她反驳说,"他们有蜂蜡,还有树液,他们可以把它们加热,否则他们是怎么给他们的独木舟做防水的?"

"我认为他们是用动物的脂肪。"我假设道。

突然沃尔克小姐猛地停住了脚,她的脸皱缩成了一只骨感的拳头。"你看到那个男人了吧。"她大声对我说,用她颤动的下巴对着斯皮兹先生。"那个男人,"沃尔克小姐没有停口,嗓音里透着轻蔑,"是本镇最无事生非的家伙。"

斯皮兹先生没辙,只能听着她说。"你在这里干什么?"他带着一脸假笑地问,"我以为你正孤独地坐在自己的屋子外面等死呢。"

"还没到时间。"她回答,"我正等着你先走呢。"

"罗斯福夫人给了我打理保养这个镇的工作,我会尽力而为,死而后已。"他说。

"那事会安排好的。"沃尔克小姐悄悄地对我说。接着她转身朝着斯皮兹先生。"听着,"她严厉地说,"罗斯福夫人委派我为首席医学监察员,那项工作远比不让人行道有口香糖和踩蚂蚁重要得多,所以你已得到我的准许,行使你的公民权利去死吧。"

"看看你自己吧。"他指着她凹陷的双手说,"你甚至都无法用那对蟹钳喂自己吃东西,怎么还能保证别人的健康呢?"

"用我的脑啊。"她敏捷地回答,"而为了本镇的健康,我认为你应当跳河了。"

"你在等着这儿的每一个人去死,那为什么你不做个好榜样带个头先死呢?"他说。

"好啊,我计划活一百岁呢。"她声明说。

"我会活一百零一岁。"他顺势说。

"那我活一百零二岁。"她说,想要盖过他。

"我活一百零三岁。"他说下去。

"一百零四岁。"她强硬地说。

我不想卷进舌战,但是斯皮兹先生转身对着我说:"要是你是她的新男友,你应当知道她很不成熟。她向来不成熟。"

我看向沃尔克小姐求助。

"你脖子上的那处旧伤就是因为你的嫉妒。"她说,接着转向我咯咯笑了起来,"他以为你是我的男朋友呢。"

"我确实是你的'男'的朋友。"我对沃尔克小姐说,"我们走吧。离开这里吧。不要降低了您的身份。"

她肩膀朝后深呼吸了一下。"我会签署你的死亡证明书的,先生。"她很有信心地说,"记住我的话吧,你应当像花园里的害虫一样被安乐死。"

他指着她的手,发出了一种卑鄙的哈哈哈的笑声:"你那双手甚至连苍蝇都没法拍到,也没什么能力签死亡证明书了。你这工作也持续得太久了,你的生活像车辙一样一成不变,你应当为这个情况担忧才好,因为车辙和坟墓的唯一区别只是深度而已!"

"讲得不错。"她笑着回敬道,"我在写你的讣文时,会用上这句话的。"接着她转身朝配药窗口走去。她一边走一边对我悄悄地说:"他真的很傻。老实说,要是他煮字母面片儿汤的话,拼出来的单词会是'垃圾'。"

我们一买好蜡和用来麻醉我鼻子的外用药,就离开药房往回走。

斯皮兹先生正站在外面。"嘿,甘托斯小老弟,"他指着我说,"我记得你在割那些排水沟杂草时工作没做干净,为你家挣到了一张罚单。"

"那又怎么样?"我有点迟疑地说。

"没怎么样,我听说你爸要在你家屋外盖一条跑道。那可是违反本地土地专用法的啊。"

"什么土地专用?"我把头转向沃尔克小姐问道。

"就是你能盖什么东西和你获准在哪儿盖什么东西。"沃尔克小姐说,"不过别理那仗势欺人的家伙。在诺福镇,你可以像一只鸟或一架飞机那样自由。"

"就告诉你爸,"斯皮兹先生说,"我已向社区委员会递交了他破坏土地专用法的报告。"

我点了点头,扶着沃尔克小姐的手肘,尽可能文雅地护送她朝车走去。斯皮兹先生全程看着我们。他真不应当给我那张罚单,因为现在我想让他看到,我真的是沃尔克小姐的男朋友,他应当为此而嫉妒我。

就在我把车开出停车场的时候,沃尔克小姐说:"在建诺福镇前,他和我经常约会。他想结婚,可是我有我的护理事业,于是拒绝了他。他还是一次又一次地要求娶我,我猜他把我的意志给消耗尽了,有一次我软弱下来犯了错,告诉他只有当所有的诺福镇原居民都死了,而我对罗斯福夫人的责任也尽了,我就嫁给他。我以为那样说很安全,因为他到现在这个时候应该死了,可是他竟然还活着!"

"看来您很遗憾。"我说,不过我对他们在药房的争吵仍然不是很明白,因为我读过他留给她的糖盒上的卡片,知道他的确喜欢她。

"我不遗憾。"她说,开朗地笑了,"我爱同他争拗。我猜想这是我们玩的一个游戏,这样可以保持我的血流量,因为我俩都错过了享受婚姻争吵而求乐的机会。"

我现在更糊涂了,因为她说她喜欢和他争吵。可能爸爸是对的,他说他们两个的脑子都不正常。

"要是您同意,我们可以不用管我的鼻子。"我建议,我开始担忧起我自己的健康安全。

"噢,你的鼻子必须要处理。"她热情地回答,"我一直期望能给双手除锈,这样可以做一次手术,让你的鼻子不再流血。所以你不要担心,我会很轻柔的,只要很短的时间。"

我们进了她的屋子后,她让我在厨房的桌子上铺上一张床单。

"这件事我们这样来做。"她解释说,"我们先麻醉你的鼻子,然后我煮我的手,当我的双手可以工作的时候,我会很快加热烧灼消毒的金属线,给你做手术。如果我的手疲倦了,不灵活了,我就重新煮它们,然后再加热金属线,分几次给你做手术。但是我们肯定会成功的,清楚了吗?"

"您肯定我不必去看医生吗?"我冒险发问。

"别小瞧我。"她坚定地说,"我是一名护士,我告诉你我能处理这个手术。你血里的铁含量没有问题,是你鼻子的毛细血管有问题,它们在你鼻腔内壁太过密集和纤弱,我会把它们烧掉,你会好的。懂了吗?很方便简单的。"

"我懂。"我说,"不过您肯定这样做会有效果吗?"

"我这双手接生过宝宝,"她说,"缝合过几英里的伤口,接过一百次骨折,拉过放满烂牙的重五公斤的罐子,甚至不得不把一个眼球快速塞回眼窝,所以别怀疑我的能力了。现在到桌子上去吧。"

我爬了上去,在桌子上躺好,好像我是胡佛先生的一具尸体似的。她在我旁边放了棉棒、放大镜、一瓶麻醉剂和烧灼器具。烧灼器具一端是一把木柄,另一端是六英寸粗的金属线,在金属线的顶端是一片烧焦的刀片。当她转身去把手加热时,我所能想象的是,她会把这个器具瞄准我的鼻孔放进去,一次手的抽搐,然后把它推进我的鼻道深处,直到她把热热的小刀片卡在我大脑柔软的、奶油般的中央部位,从此我成了一个只会吐白沫的白痴,了结余生。

"来吧,用麻醉剂擦拭你的鼻腔。"她示意道,"别省着用。相信我,你不会感觉到任何痛苦的。"

我当然不想。

当我用棉棒擦拭我鼻子的内部时,她在忙着煮她的手。当她把手从锅里拿出来后,她剥掉了热蜡,把双手举在空中。

"瞧这个!"她叫着,一边前后扭动着她生锈的手指,一边唱着歌,"小小蜘蛛儿,爬上了排水槽。"

那并没有使我放松。我试着笑笑,可是我擦拭了太多麻醉剂,我的嘴唇僵在那里,好像冻住的池塘里的鱼。

接着她很快加热金属线,把它从火焰里拉出来。那线又红又热,上面还有一阵烟升起,我猜想那是从她上次手术时粘在刀片上的一点儿人体组织残余物中发出来的。我开始抽泣了。

"别看它。"她吩咐道,"你一害怕我就会把你烧焦。那时你就真的会在什么地方出血了。"

"您的手感觉怎么样?"当她朝我走来时我颤抖着问。

"稳如磐石。"她说道,"现在闭上你的眼睛。"

我照做了,等着痛的感觉。

过了一会儿她问:"感觉怎么样?"

"什么感觉?"我回答。

"要是你刚刚没感到有图钉刺进你的鼻尖,"她说,"那么你已经准备好了。让我们把手术完成吧。"

我双眼视线向中间集中,朝下看着鼻子。有一颗红头图钉直插在我的鼻子外,可是还没等我说什么,她已经过来了。我做了一个深呼吸,抓牢桌面的两边。我把鼻子抬高让她可以看得清楚点。她深暗的身影伏在我上面,我感觉她的电筒光束移上了我的鼻子,然后那根又红又热的金属线慢慢地塞进了我的鼻腔。我等着烧灼的痛感,但是什么都感觉不到,麻醉剂发挥作用了。不过,我能闻到一些难闻的气味。"那是什么气味?"我咕哝着问,不敢移动脸和脖子。

"烧焦的毛细血管。"她慢悠悠地回答,因为她正在全神贯注,"手术进行得很好。有肉烧焦的气味说明工作有进展。"

当她结束一只鼻孔内壁的烧灼工作后,她停了一下,又去把手煮了煮。等她的手指一放松,我很快又摆回原来的姿势,她朝我走过来完成第二个鼻孔内壁的手术。

"好了。"她自豪地宣布,看都不看就把图钉拔出了我的鼻子,"我做完了。明天会有点儿痛,结痂的时候可能会流一点儿血,不过你一定会好的。"

我坐了起来。"您可以肯定吗?"我问,"我的鼻子可是一直没好过。"

"别怀疑我。"她有些生气地说,"凡是怀疑我的人都会从我的好人名单里划除——就好像斯皮兹一样。"

"对不起。"我小声地说,"我并没有要冒犯您的意思。"

"现在随我来。"她吩咐,"我们还有工作要做呢。"

在把所有的书都挪到她坐的沙发上后,我在写字桌旁坐定。我拿出了便笺簿、铅笔,张开手指,扳扳指关节。"准备好开动了。"我说。

她双脚在地上坚定地站直,好像即将发表一场会改变国家命运的热烈演讲。接着她又改变样子,像一个泼妇在房间里走来走去。随着工作节奏的升温,她讲话越来越快,而我也不得不越记越快。不过我保持着跟她同步,到结束时我俩都已筋疲力尽。她猛地倒在沙发上,而我跑到厨房把手浸在一锅冷水里。

等到妈妈打电话过来提醒我,说送炖菜要迟到了的时候,我已经完成了讣文的打字工作。

"在你离开之前,"沃尔克小姐指示说,"去车库把那箱漂白粉拿来,我可以把血迹从你的衬衫上洗掉。你走出来时顺手把

136

那生锈锡罐里的 1080 毒药带过来,我也需要它。我在我的地下室看到一些害虫,我要清除它们,它们在吃我姐姐留在这儿让我照看的'历史上的伟大女人'针织图,它们已经把克拉拉·巴顿①的红十字会帽子咬出了一个洞。"

我朝车库冲去,抓了她要的东西,然后跑回来。

"我应该把鼻子的事告诉妈妈吗?"我问,并把漂白剂和毒药放在厨房的桌子上。

"等一个礼拜吧。"她建议,"如果它恢复得很好,我们可以用这好消息让她惊喜一下。"

"太好了。"我说,"谢谢。"想到妈妈现在不必再为了我的手术而省钱我很高兴。

我以最快的速度把讣文送去格林先生那里,并准备转身往家冲,可是他却一边读讣文一边要我等一下。他一读完讣文,就摆出了一张令人沮丧的脸。"很悲伤的故事。"他说,"这篇讣文可能会吓到那些要死的老人家的。"

我想,可能这正是她想要达到的效果,不过我却说:"她只是打算要人人保持警惕吧。"

---

① 克拉丽莎·哈露·克拉拉·巴顿(1821—1912),美国教师、专利员、护士和慈善家的先驱,在职业妇女还很少的年代,开始从事助人的职业,其中最大的成就是创立了美国红十字会,帮助战争和灾难的受害者。

"好吧,告诉她我会尽我所能让它见报的。"他说,声音变得越来越轻,"我今天下午得上我兄弟的水貂场帮他剥水貂皮,我可能要迟些出报。"

我可不想听他谈剥水貂皮的事,那会让我的鼻子在恢复前就毁掉。我迅速说了声再见,就跑回家了。

妈妈守着六盘炖菜正不耐烦地在等着我,烘焙盘用锡纸包着,装在一个浅纸板箱里。"它们标示得很清楚。"她指着箱子说,"这一个是给文尼尔太太的,她动过白内障手术,无法看到自己的手;这一个是给林加太太的,她的臀部骨折了;这一个是给苏尔茨比太太的,上个月她仅靠火鸡肉干过日子;而其余的是给'女士靓帽俱乐部'幸存者的汉斯比太太、杜比基太太和布勒得古德太太。"

"全都是女人啊。"我说。

"是的,有点儿令人伤心。"妈妈叹了口气说,"除了斯皮兹先生,所有工作的男人都因在矿井挖煤,年纪轻轻就得了黑肺病死了。煤尘把他们的肺堵塞了,我爸爸也一样。我猜想,能活下来的其他老年男人都是那些拥有煤矿的煤老板,他们住在匹兹堡的豪宅,而不在煤矿。现在走吧。"她看了一下钟说,"斯皮兹先生正等着你呢。我可以肯定,有些饥饿的老太太已经在自家的窗子里向外张望了。"

我举起盒子就开始尽快地向罗斯福社区中心走去。我的手里满满的,于是我用脚踢着门的底部。本妮·胡佛很快打开了门,她穿着女童军的制服,那是她自己缝制的,这使她看上去像一只发光的绿妖精。有另外两个女童军站在本妮的身后。一个叫贝希·霍迪,她穿着一套彼得·潘的戏装,而另一个叫美蒂·卡内基,她全副武装配着肩带,看上去好像"快乐的绿巨人"①。本妮是三个人里面个子最小的一位,但是她开朗的性格弥补了她个子的不足。"我的老天爷!"她吐了一口唾沫,并用拳头打着掌心,"你来得正是时候!那些饥肠辘辘的老人每隔两分钟叫一次,把我们的会议都破坏了。"

"我一直在帮沃尔克小姐做事啊。"我说,"我们在写地狱天使那篇讣文,结束得晚了点。"

"关于他有什么好说的?我用一句话就可以把他写出来了。"本妮举起一根像巧克力棒大小的粗短手指说,"他跳舞进镇,撞上水泥车,谁也不在乎。"

"那件事没那么简单!"我叫着回敬她,"沃尔克小姐在担心,她说他已把一种死亡瘟疫带进了这个镇,大家最好当心点

---

①"绿巨人",是通用磨坊食品公司拥有的速冻和罐装蔬菜的品牌,"快乐的绿巨人"是它的吉祥物。

儿,要不就准备去死吧。"

"你读了太多书了吧。"本妮回答,"好像准备开始讲一个给白痴听的谋杀奇案咧。"

贝希·霍迪听了那话大笑起来,我转过身不看她那张化过妆的、涂着黑眼圈的脸。

美蒂走到本妮身边,用她的美丽来搭救我:"你要买一些女童军小甜点吗?"她温柔地问,一边用眼睛看着我,一边慢慢地把头向一边垂低,使她的右耳差不多要抵住她翠绿色的肩头。她很自然地甜笑着,不过她那难看的斜着的头还是好像是个稀有的医学成果。为了可以对视着与她讲话,我也把自己的耳朵斜靠在肩上。"哪类小甜点啊?"我拉紧脖子,用尽量平滑的语气问她,还给了她一个漂亮的微笑,一个她看不到我缺牙的微笑。她很可爱,我允许自己喜欢她多一点儿,因为我知道她永远不会把同样的喜欢回报给我。

"我有梦幻的巧克力小蛋糕,二十美分一盒。"她回答,笑得更欢了。

"我没钱,不过我打赌,要是你去沃尔克小姐家,她会买很多。"我建议,"她是靠小甜点过日子的。"

"谢谢你的小建议。"她很快回答,并且她的头也突然竖直了,她把嘴唇像蜥蜴似的一舔,收起了微笑。

我也把头直起来,抹去脸上的微笑。我们都迅速退回到我们原来站的地方。

本妮看了看她的手表。"好吧,女孩子们,"她以老板的口吻宣布,"会议结束。现在去卖掉一些小甜点,这样我们就能有钱去汽车影院了。我爸说过,这个周末他可以开灵车送我们上那儿去看《吸血鬼伯爵》,不过我们得自己付电影票钱哟。"

就在她们跑出门后不久,斯皮兹先生从他地下室的房间走了出来。我上前几步,把餐盒交给他。

"谢谢你妈妈提供的食品,甘托斯小老弟。"他用雾中号角般响亮而低沉的声音警告说,"但是也要提醒她杂草罚单那回事。要是再不付,它就要加倍成六美金了。"

我还是一美分都没有。"我可以给您几罐桃子作交换吗?"我模仿着妈妈的样子问,"您知道,就像在过去诺福镇的好日子的时候那样,以物换物?"

"我将把那桃子带去社区会议。"他回答,"全镇将不得不为它投票表决。然后这件事会被写出来登在《新闻报》上。你希望那样做吗?"

"不要。"我迅速回答,"不要。"因为妈妈肯定会读到这个新闻的。

"那么就带钱过来吧。"他命令道,"现在我得走了。"

我跟着他来到外面,开始沿街往家走。一分钟后,他一边摇着他的小铃,一边踩着他的大号儿童三轮车与我擦肩而过,车后拖着装满餐盒的红色货车。

第 11 章 "时间胶囊"

第二天醒来时,我的鼻子摸上去有点儿痛,并且感觉疙疙瘩瘩的。里面的脉搏燥热,好像血正在积聚,随时准备像熔岩的岩浆一样从我烧焦的鼻腔里猛烈喷涌出来。但是到现在为止还一滴血都没有流出来。

"嘿,妈妈。"我在她经过我开着的房门口时,从床上喊道,"今天我可以找点乐子玩吗?"

"当然。你可以学习你的历史书和帮着做点家务活啊。"她一本正经地说。

"可是我年龄还小,却在受苦。"我像小狗一样呜咽着,"我需要新鲜空气。把你的孩子锁起来是不公平的。"

"你在玉米地里干的事也是不公平的。"她提醒我,"花时间去想想饥饿的人吧。你需要新鲜空气,就把窗打开嘛。"她扬了扬眉毛作为她讲话的结语,然后走下楼去了客厅。我听到她走下地下室楼梯去洗衣房的声音。她也没有很多乐趣。

当我听到洗衣机开始转动的时候,我跳起来,走到厨房里抓了一罐花生黄油和一盒尼拉牌华夫饼,一把刀和一大杯牛奶。我打开妈妈放在厨房的收音机,可是它发出了可怕的空袭演习警报,于是我把它关掉,然后又一溜小跑回了自己的房间。我做了几块花生黄油华夫饼,一边慢慢吃自己的早餐,一边翻看报纸。格林先生没有来得及刊登讣文,不过"历史上的今天"专栏真的不错:

1541年6月26日:征服者弗朗西斯科·皮萨罗在秘鲁的利马遇刺,得到了因杀害阿塔华尔帕和所有那些印加人的报应。

1945年6月26日:联合国签署了《联合国宪章》,誓言要建立世界和平。不尽如人意的新闻是,自《联合国宪章》签署以来,似乎每隔一个礼拜就爆发一场新的战争,已造成数百万人死亡。

"而在1962年,"我说,从报纸上抬起头来为自己的命运长叹,"一名正在关着最长禁闭的名叫杰克的男孩,却继续被历史所忽视。"

我用完早餐后,除了照妈妈吩咐的阅读历史外,还是没有什么事情可以做。我从我的"地标"丛书书堆里拿出了《约翰·F.肯尼迪和 PT-109①号鱼雷艇》这本书,决定在床上待上一天,让我的鼻子恢复正常。结果证明阅读的确是很棒的想法,因为这本书超好看。

第二次世界大战期间,肯尼迪和他的鱼雷艇船员驾艇在所罗门群岛周围的海上进行夜间巡航,这时一艘日本驱逐舰从雾里出现,咆哮着全速朝他们冲来,把他们的鱼雷艇拦腰撞成两截。有十一名船员幸存下来,而其他船员在撞船引发的燃料大火中悲惨地丧生。肯尼迪在甲板上被撞翻,背上有一段椎骨骨折,但是还能动弹。

幸运的是,有半截鱼雷艇残骸还能漂浮一阵,船员们吊在残骸上做了个计划。他们唯一的生存希望是游到几英里外的一个小岛上,他们希望那儿还没有被日本兵占领。肯尼迪把一条皮带的一头系在伤势最重的一名船员的救生衣上,自己咬着皮带的另一头,然后游蛙泳游了五小时,把那名伤员拖到岛上。可

---

① PT-109,全名美国海军鱼雷巡逻艇编号 109,由已故美国总统、前中尉肯尼迪在"二战"中最后指挥,1942 年在太平洋战场被日军军舰撞沉,肯尼迪因在海中奋力营救幸存战友成为战争英雄。这一英雄事迹在他当选总统后变成美国文化现象,产生了相关书籍、歌曲、电影和电视系列剧的创作热潮。

是那儿没有食物和新鲜的水。

饿了几天后他们开始吃蜗牛,那东西味道很苦。到晚上下雨了,他们舔树叶上的雨水解渴,而到了转天早上,他们却看到树叶上沾有鸟粪。每个人都得了病,他们的伤口感染了。肯尼迪夜夜游水出海,打算寻找盟军的船只,但是都失败了。他累坏了,可是他并没放弃希望。

最后,他和一名水手游到另外一个岛,发现了一个隐藏的营地,一些当地的岛民把新鲜的水、硬面饼和饼干藏在那里。他们也很幸运地找到了一条独木舟,这样他们可以把补给品给其他水手运去。不过要是得不到快速救援,他们还是得死,因为他们的伤口感染已经很严重,导致伤口发出恶臭并开始腐烂。

就在船员们准备放弃全部希望之前,当地的岛民发现了他们。岛民很友好,想要帮助他们,于是肯尼迪就在椰子上写了一张求救字条,把它交给岛民。岛民们划着打仗用的独木舟赶往盟军基地。又过了几天,正当肯尼迪和他的战友以为他们真的要死了的时候,从新西兰来的士兵把他们营救了。

肯尼迪因为从日本人的手底下救出自己的战友这一壮举,成了英雄。而他现在是总统,在他的总统办公室桌上就放着一个和当时那个样子差不多的椰子。

"嘿,爸爸。"那天晚上,当爸爸经过我的房间时我叫住了他。他向我转过头来,我看到他头顶是白的,那是他帮忙油漆退伍军人俱乐部的天花板时沾上的。我拿起这本书给他看。

他笑了。"那是一个伟大的故事。"他说,并把他那只斑斑点点的脏手挥到眼眉上,行了一个漂亮的军礼。

"您那时不也在所罗门群岛吗?"我问,"那您认识他吗?"

"很抱歉向你报告,我们从未见过。"他回答,"不过就像无数其他士兵一样,我们相互从来不认识,却在同一个国家开辟的同一条战线——胜利的战线上打仗。我很以此为荣。"

我笑了。能为自己的祖国服务真好。

第二天早上,格林先生在报纸上发布了地狱天使的讣文。我坐在前门的台阶上读讣文。

无名摩托车车手

作者 E.沃尔克

如许多诺福镇镇民所知,一名地狱天使在我们的镇上死了。6月24日清早,在诺福镇路上,他被一辆十吨重的水泥卡车撞倒,因大面积的头颅骨折当场死亡。他曾被送去胡佛殡仪馆辨别身份,不过除了彩色的文身表明死者是魔鬼崇拜者外,死者身上未发现任何身份证明。胡佛先生已做了文身记录,而有关照片只可以供成年人在警察局观看。希望有人可以认出文身来识别死者，以便能够通知死者的家属。

他在本镇行为奇怪，但是他的死因令事情变得更为离奇。据警察记录，情况是这样的：他在快乐山波兰裔美国人俱乐部吃了火腿黑麦三明治、喝了一瓶啤酒后，突然扔掉酒瓶痉挛地开始跳起舞来，好像得了什么急病一样。他跳舞跳出大门、跳上大路，有很多目击证人，他们全都证实他整整跳了三英里路程，从快乐山跳到了诺福镇。这就是在他内心里的音乐突然终止之前，我们所知道的有关他的全部情况。

我们应当关心的后果是，这个人可能已经给我们社区带来了可怕的瘟疫。我不认为6月24日——这位奇怪的人的死亡日子——是一个巧合，就在1374年的同一天，于德国爆发了一场名为"圣·约翰之舞"的瘟疫。这一场舞蹈瘟疫始于一名单身的狂人，他连着好几日不停跳舞，无法终止。他所到的街道都会有人加入他一起跳舞，有数百人因此而遭受折磨。关于舞蹈瘟疫有很多说法，但是最流行的说法是由医生和牧师提出的，他们认为那是魔鬼——地狱天使的前身——向平民施放的一个邪恶的咒语。

舞蹈瘟疫于1518年传播到法国。为了加快治好这种病，当地社区搭建了一个舞台，请来乐师演奏温柔的舞蹈音乐，让舞者可以慢慢地旋转舞动，恢复健康的良知。可是结果适得其反，在舞者跳得筋疲力尽时，他们一个接着一个因心脏病发作、中风和器官的极度衰竭而相继倒下死去。没有一个染上舞蹈瘟疫的人能幸免于难，但是随着他们的死去，瘟疫也消逝了。不过纵观历史，瘟疫已经卷土重来了。

还记得1284年哈姆林的花衣吹笛人①的故事吗？当他用魔笛解除了哈姆林城里的鼠害后，国王拒绝支付他酬劳，于是他向孩子吹起了不可抵御的魔笛音乐，让他们跳舞失控，穿越城镇，进了一个藏满蝙蝠的洞穴，并从此消失无踪。不要以为我们美国人对这种舞精附体的神秘瘟疫有免疫力。请记住我们在马萨诸塞州塞勒姆镇的清教徒前辈，他们就受到了不由自主地跳舞、抽筋、失控傻笑和痉挛地打着异教徒手势的磨难，而那一切不正常的举动被判断为是魔鬼附体的标记，结果导致"女巫审判案"②的发生，当地有二十名平民因染此病丧生。

---

① 哈姆林的花衣吹笛人，中世纪德国哈姆林镇有关大宗孩子失踪或者死亡的传说，后演变为童话，散见于格林童话等欧洲文学作品。故事可能折射哈姆林镇丧失孩子的历史事件，一说是瘟疫或灾难导致孩子死亡的象征，一说是当时移民潮造成的结果。

② 女巫审判案（1692—1693），美国殖民地时期的系列冤假错案，以1692年马萨诸塞州塞勒姆镇法庭的审判案最臭名昭著，是美国史上最有名的集体歇斯底里案件，常被引为对政治上的孤立主义、宗教极端主义、诬告和法定诉讼程序失误所造成危害的警示。

或许现在我们已经有瘟疫的现代版探子——一名地狱天使降临诺福镇。他带来了什么传染病呢？他已在我们的镇上施放了什么咒语、疾病或者流行病呢？请小心！死亡已经来到我们的大门口了！

这是一篇令人紧张的讣文。我想许多人会读它，而读过后会很沮丧。就在这时我听到了什么东西，好像一群愤怒的蜜蜂发出来的声音。我想爸爸已经把 J3 型飞机发动起来了，我听到的是发动机发出的震耳的高音。

但它不是爸爸的 J3 型飞机。那是发动机轰鸣的地狱天使的摩托车车队，它们越过山坡，经过鲍伯·范登的加油站。他们一定已经读过了讣文。

我跑下了前门台阶，穿过我们的园子，这样我就可以看到长长的摩托车队路过。车队里大约有五十名我所见过的最冷酷、最强硬的家伙。他们穿着有拉链的黑色皮夹克，背上横打着铬合金钉珠，拼出"地狱天使"这几个字。他们腿上套着油腻的蓝色牛仔裤，脚蹬厚皮靴，沿靴边有着重重叠叠的银搭扣，而手上套着能伤害人脸的铜指节套，为了让人知道他们是邪恶的势力，有几个车手甚至戴了黑色的画有纳粹图案的头盔。

不知出于什么疯念头，我开始一边做出弹出盒子的玩偶一般的怪举动，一边大喊："欢迎来到诺福镇！我们是一个友好的小镇！"

在发动机的轰鸣中，没人能听到我的声音。不过有一个家伙，他的摩托车的汽油箱上漆着一个头盖骨，他转过身来朝着我用手指在脖子上比划了一下，就好像他是一名海盗，准备要切开我的喉咙。

"对不起。"我小声说着，蹲了下来，躲到一片薰衣草翠雀花后面去了。

到了山脚他们把排挡调低，但是发动机的轰鸣声还是很大，花枝上的花瓣都被震落了。那股噪音像波浪一样滚过我的皮肤，就像你往池塘水面扔石子产生的波纹。他们除了上胡佛殡仪馆不会去别的地方，我知道那意味着麻烦来了。我很想立刻跑下去，从后窗刺探殡仪馆，看看有什么事会发生，我真的想要知道这个故事。但要是我这么做了，妈妈就会杀了我。我只好在我家院子四周跑来跑去，像一条拴着皮带的看家狗一样。

没多久摩托车又开动了，很快整队人马加速冲上山坡，像刚才一样从我身边开过，不过这次有辆摩托车上装着一支像PT-109号艇上鱼雷一样的东西，它被绑在一辆摩托车跨斗上面。死了的地狱天使一定就装在它的里面。他的帮派朋友一定为了给他一个合适的葬礼，别管是怎样的葬礼，过来把他的尸体带走了。我这次没有向他们招手,我只是趴在地上看着他们,直到他们消失。

我仍然趴着,直到我转身看到本妮正往诺福镇路跑。我站了起来等着她跑近,这时我看到她还穿着粉红色的条纹睡衣。她一边转头往后看,一边跳过排水槽,跌跌撞撞地跑过我家的院子,好像有人要从后面朝她开枪一样。她全力奔跑着,我以为她的脸色应当是鲜红的,可是它却苍白得像一碗牛奶似的。

"噢,我的上帝!"她叫着,汗水沿着她的前额像瀑布一样淌下来,"你应当看看刚才发生的事情。他们那些人一拥而入,冲进殡仪馆,要求见我爸爸,然后他们要他把尸体从冷柜里拿出来,接着他们从展示台偷了一具棺材,把冻住的地狱天使放进棺材里抬走了。"

"我看到过那棺材。"我说,"它看上去就像一枚银色的鱼雷。"

"那是'时间胶囊'棺材!"她脱口而出,"是这个系列的顶尖产品!"

"哦。"我说,有点儿不以为然。

"爸爸给斯皮兹先生打了电话。"她补充说,"因为他是辅警。他会追踪他们直到他们的俱乐部,或者地窖,或者他们住的魔鬼洞窟,并把他们全体拘捕,要他们赔棺材,然后把他们送进监狱。"

当她说话的时候,我向前看过去,视线越过她的头顶往下看着诺福镇路。斯皮兹先生正在路上骑着他的大号儿童三轮车。他努力蹬上诺福镇路斜坡,在他从我们身边骑过时,我看到他把一枚警章别在他的卡其衬衫上了。我看不到有枪在他腰带上,不过我发现有一根棒球棒在他后面的拖车里滚动。

"快!他们是朝着那个方向走的!"本妮大声叫喊,并指着诺福镇路,"要教训一下那些做魔鬼跟班的傻白痴,他们不能偷了我们的死人和棺材就一走了之。"

斯皮兹先生只是点了一下头。他在喘气和流汗,我猜他并不真的想要追上去并用一根棒球棒抓捕那帮地狱天使,而且现在的情况比较尴尬,因为他们骑的是飞快的摩托车,而他骑的却是一辆儿童三轮车。

"我想他干这活儿可能太老了些。"当斯皮兹费力地爬坡翻过山头时,本妮悄悄地对我说。

"我也这样想。"我回答,"爸爸说过他下一辆车应该是一架轮椅了。"

"你知道地狱天使还干了些什么吗?"她问,明明知道我不知道,"他们说这个死家伙已在诺福镇买下了一座空屋,要把它改造成地狱天使的俱乐部。你会相信那话吗?临走前,他们的头儿站上一张桌子上说,他认为他们的'兄弟'是被人故意杀害的,是为了不让他在这儿开俱乐部。他们要为他复仇。他还给这个小镇下了一个魔鬼的诅咒。他说我们大家都要受尽折磨痛苦地死去,到了那时他们就会回来,接收这座小镇,并把它重新命名为地狱天使镇。"

"噢。沃尔克小姐在给这个死家伙写讣文时说过,要留神提防诅咒。"我提醒她,"而且那个诅咒肯定很毒。"

"那么,她偶尔也可能是对的。"她附和道,"我今晚要召开一次女童军特别会议,我们可以把有关诅咒的话传播开去,这样人们就不会害怕死亡了。"

然后她转身以一种奇特的方式——一边跳跃一边拍手并旋转着身体,朝殡仪馆跑去。

第 *12* 章　灭鼠行动

礼拜四下午，妈妈下山去诺福镇裤厂填写缝衣工申请表。她和工厂经理一起长大，所以确定自己会获得这份工作，可以挣点外快来应付她所谓的"杂七杂八的事"。第二次世界大战前，工厂为农民和煤矿工人生产厚棉裤和衬衫；战争期间，他们为军队生产笔挺的军礼服；现在他们已经减员了，缩编成爸爸所谓的"基本成员"规模，为办公室人员生产棕色或灰色的宽松裤。

爸爸正在车库给他的 J3 型飞机油漆机识号码，所以当电话铃响时，没有人接电话，只有我来接。

"喂？"我渴望地对着电话说道。

这正是我想要的——我离开屋子的通行证。

"救命啊！快来呀！"沃尔克小姐在电话里大叫。她呼吸急促，不过很难说她是不是染上她所预言的舞蹈病了，还是她为打电话而筋疲力尽了，因为在她打电话的时候，她得把电话推

155

到地板上,然后用她的大脚趾来拨电话转盘上她要的号码。她要花大约五分钟时间来拨完这五个数字的电话号码,等到完成这个程序时她也已经累垮了。

"怎么回事啊?"我问。

"到处是死家伙啊!"她叫着,"快来帮我忙,快来呀!"

"谁死了?"我问道,"斯皮兹抓到地狱天使那帮家伙,并用他的棒球棒把他们杀死了吗?"

"不是!"她喊着,"那些害虫死了。还有大耗子!小老鼠!甚至还有一只负鼠啊!噢,我的上帝,真像大屠杀呀,快点来吧!"

"我马上到。"我一口答应,"我没到时别进地下室。"

我回到自己的房间,系上我那厚重的冬靴的鞋带,我不想让一只中毒的耗子在临终抽搐时咬穿我的跑鞋咬到我。接着我出门跑到爸爸在干活儿的车库。他已经干完了J3型飞机的油漆活儿,只是机翼还需要用螺栓安上。他得把J3型飞机拖出车库才能完成那最后一项工作。

"待会儿见,爸爸。"我喊着,"沃尔克小姐急着要我去帮忙。"

"她需要帮忙的事情超出你的能力。"他用一种嘲讽的口吻说,"她需要找一个和她自己的年纪匹配的男朋友。"

我觉得我的脸红了,忙转身跑走了。大约两分钟后,我踩着我的靴子重重地走过她屋子的门廊。门廊上有一个大花瓶装了鲜花,并用一条红丝带绕着花瓶打了一个蝴蝶结。斯皮兹还是在尝试消磨沃尔克小姐的斗志。我俯下腰去读卡片,刚要碰那附在花瓶上的信封时,沃尔克小姐用肩顶开了门,门边正好啪地撞上了我的脑袋侧面。我往另一面倒了下去,但是马上一边弹跳起来,一边掸了掸身上的灰。

她一看到花就抬起她的两只坏手,把自己的头发搅乱。"不要再来啦!"她呻吟着,"他要把我逼疯了。"

"谁?"我问。我肯定她说的是斯皮兹先生,不过我还是想让她把他说出来。

"别让我吐出他那起泡声音似的名字吧!"她大声地说,"现在赶快,可能有些老鼠只是假死而已。"

我赶紧跟着她进了屋子。

"抓住火炉的拨火棍,然后到地下室去,如果还有老鼠在动,就用拨火棍打它们,把它们送去无忧乡。"她命令道。

我站在那儿没动。我不想下到那个潮湿的地下室去,帮她往那些可怕的小啮齿动物的可爱小脑袋上再补打一次。我转过身对她说:"我怕死的东西。"

"振作点!"她命令道,"我不想它们漏网逃脱后又去繁殖。"

"可是我一旦害怕起来,我的鼻子就会出事的。"我求饶说。

她盯着我的眼睛看着，双手叉着腰。"先生，我需要你像一个男人！"她声音铿锵地说，"不要令我失望。"

我要像一个男人，我不能被死的东西吓倒，而且我当然不想令沃尔克小姐失望。于是我拿起被火熏黑的拨火棍，打开了地窖的门。我打开灯，慢慢地走下木楼梯。

"喂。"我低声说，好像小老鼠、大耗子、负鼠和金花鼠会开始跟我对话似的，"要是你们还活着的话，那你们就最好跑回你们快乐的老窝去吧，因为我想我会杀了你们的。"我拿着拨火棍，咚咚地走下第一级楼梯。接着我静静地站着和听着。我没听到任何东西在黑暗的角落里乱窜。

"要记住，"我唱了起来，"比起你怕我来我更怕你。"接着我走完每一级楼梯，下到地下室，当我走到底时，我知道了为什么我听不到有东西乱窜的声音。它们全都死光啦！一个没剩。小老鼠、大耗子和负鼠，它们可怕地把肢体张开着，躺在肮脏的地板上，好像在一场狂野的舞会上突然倒下死去一样。这有点儿令我伤感。

"你看到什么了吗？"沃尔克小姐从楼上急切地叫着。

"一批死了的东西。"我回叫道，"您对它们做了什么呀？"

"你看到一个开着的装情人节巧克力的红色盒子了吗？"她问。

"是的。"我大声说。

"千万不要吃它,因为我在它们上面撒了一些1080毒药,这批小动物一定中了剧毒了。"

我看了看巧克力。它们被咬过了,一块块、一片片地散落在盒子的周围。

"您不是喜欢甜食吗?"我问。

"我不喜欢那个整天绷着脸像猿人似的老家伙送来的甜食。"她回答,"不过,我喜欢买美蒂的女童军巧克力小蛋糕,我还吃小蛋糕当晚餐呢。"

"我该怎么处理这些小动物呢?"

"把它们扫在一起,放进盒子里,然后我们把它们埋掉。"她说。

"您对它们做了这样的事之后,您还会埋掉它们?"我有些怀疑地问。

"好吧。"她思考了一下说,"就像绝大多数凶手一样,我心中充满了愧疚。要是我们给它们举行一个像样的葬礼,我毒杀它们的犯罪感会减少一点儿。"

我做了一个深呼吸,然后把小动物和残余的巧克力块打扫在一起,铲进盒子里。但是负鼠放不进去,于是我看了看地下室四周,发现了一个便利店的袋子。我用巧克力盒上的红丝带捆住负鼠下垂的尾巴,把它拖进了袋子。做这件事使我有种毛骨悚然的感觉。

当我把盒子和袋子拿上楼的时候,沃尔克小姐让我把它们放在门外的门廊里。"你待会儿可以把它们放到花园里去。"她说,"我还有些事情要你做。"

好极了,我想,因为老在自己家的四周打转快要把我逼疯了。

当我回到沃尔克小姐的屋子时,她在厨房里。她朝着一大盒从美蒂手上买来的女童军小甜点点点头,又朝一堆三明治蜡纸袋点点头。"我们需要把一些小甜点打包。"她说,"你把它们拿到社区中心去,把它们和你妈妈的炖菜一起送给老人家。"

"您心地真好。"我一边洗手一边说。

"我心地其实没有那么好。"她回答,"在我的内心深处,我真希望她们全都倒下死掉,那么我对埃莉诺·罗斯福女士所负的责任也就算完成了。"

"但是那时您就得嫁给斯皮兹先生了。"我提醒她。

"你的话没错。"她考虑了一下,"不过要是他是一个真正的绅士,他就会人间蒸发,让我脱身,然后我就可以去探访我的姐姐了。"

"杜比基太太说她准备离开这个世界了,所以您去佛罗里达的时间可能会比您预想的要早。"我说,打算让她高兴起来。随后我数出五个巧克力小蛋糕,把它们放在一个袋子里,然后把袋口封紧。

"或许可能吧。"她回答,"但是她们死得还是不够快啊。"

"我爸说过同样的话。"我加了一句,"只是我妈要为这话打他。"

"他是对的。"她赞同说,"说老实话,这个贫穷的小镇遇到了麻烦。我们这些老人家只是等了又等,我们没为社区做任何事情。我们的屋子像有人居住的炸弹,要是没有年轻移民来这儿,这个小镇就会消失。建立诺福镇是为了让一些人的家庭生活可以有一个新的开始,但是现在这些人已经变得很老了,他们等待得越久,这个小镇生存的机会似乎越小。我宁愿看着这些人死去,好过看着这个小镇死去和从历史中消失。"

"就像一个'失去的世界'。"我说。

"确实是这样。"她同意地说。

"诺福镇也许可以盖一座煤炭采矿主题公园,沿老矿井建高速过山车。"我提议说。

"已经没人再关心采煤了。"她说,"而且它会要了你的命的。"

"那么盖一座古罗马斗兽场或古埃及金字塔怎么样?就像

一个'失去的世界'那样的主题公园?"我说。

"我们不需要主题公园!"她叫着回答,"要做的最好的事情就是我已做了的事。我在几个月前把我姐姐的空屋子卖给了一个友好的年轻人,我希望他可以吸引更多的年轻人过来。他说他有很多朋友。"

"那听起来很像一个好的开始。"我不想惹她心烦。

"我也希望那样。"她回答,"这儿有很多空屋子可以成为年轻夫妇的家。"

在我装了大约一打食品袋的小甜点时,她让我住手不要再装了。"我们不要让它们变得不新鲜吧。"她说,"我累了。是我小憩的时间了。"

"那么我把这些食品袋拿到斯皮兹先生那儿去,再回头来取这些小动物。我会把它们埋在我家,因为我已经把我家花园里的地挖开了。"

"告诉斯皮兹不要吃这些小甜点。"她严厉地说,"他可以自己买的。这些小甜点是给那些老太太的。一个好吃的小甜点就像能让你长寿的药,尽管我很不愿意说这样的话。"

"我会告诉他的。"我向她保证。

"再给你一个忠告,"她补充说,"在埋葬那些小动物的地方,你不要在上面再种任何蔬菜了。它们身体里的毒量足够把一头象毒倒。"

"谢谢。"我说,同时想,要是它们真的这么毒,我最好还是把它们埋在垃圾场算了。

第 13 章 生日礼物

这是七月的第一个礼拜天,我脸上挂着微笑,因为今天是我的生日,我收到了我期待的礼物。妈妈给我买了一些工业用的、以石油打底的强力油脂清除剂,他们在裤厂也用这种清除剂。它装在一个圆的锡罐里,看上去像黑色的凡士林。妈妈说这种清除剂很神奇,可以清除所有的东西,甚至我T恤衫上的血迹和爸爸工作服上的飞机油,当然也能把"战争首领"身上令它发痒的油漆圆圈一起除去。她在我生日的前夜就给了我这礼物,如果我能赶在上教堂前起床,就可以开始在小马驹身上使用清除剂了。

我真的起得很早,在马驹栏里我把油漆清除剂涂抹在"战争首领"的身上,接着用板刷在它身上刷出一个个闪闪发光的圈圈,然后用肥皂和清水冲洗掉。油漆化解了,"战争首领"显得很快乐,我也很开心。大约半小时后,妈妈带着培根芝士三明治来看我,她把它包在纸里不让它冷掉。"我想你可以吃一点儿东西了吧。"她说,带着一种怪怪的疼爱的眼神看着我,好像她正在回忆我出生的那个早晨。

"我是饿了。"我回答,放下刷子,用肥皂和水清洗我的双手。我打开包三明治的纸咬了一口,因为我的手上还有油漆味,所以三明治尝上去和我手上的气味差不多。

"你最好再洗一遍。"妈妈说。

"您能拿着三明治喂我吗?"我问。

她笑了。"就像喂一只小鸟。"她亲切温柔地说,一边为我拿着三明治,一边轻轻抚摸我的头发。通常我不喜欢妈妈这种关心的样子,不过今天是我的生日,妈妈曾在这一天赋予了我生命,所以我应该像她对待我一样很甜蜜地对待她。

"我上这儿来还要告诉你一些别的事。"她说着用一块餐巾擦了擦我的嘴,"我已打电话叫马掌工过来,看他能不能把'战争首领'的马蹄修理一下。"

"您给他开价用裤子来做交易了吗?因为您在裤厂干活儿的缘故。"我直直地看着她的眼睛。

"嘿,我在这个家是管事的,所以你就别自作聪明了。"她说,并捅了捅我的肩膀,"我给他出价拿你做交易。我告诉他,我以他一个小时的时间换你三个小时。我想那很公平吧。"

我停止咀嚼。"他怎么说?"

"他大笑。笑完后说,他生活在一个'非现金不可'的世界里。"她没有显得惊讶。

"不过您不知道他会那样说的吗?"我说,"我可知道他会那样说的。"

"知道又不知道。"她回答,"我告诉他,他可以教你这门手艺,而他说已再没有人想要学他的手艺了。他称自己是一个古董。我告诉他,当我还是一个孩子的时候,古董人最吃香,因为他们知道如何照料马、耕耘土地、盖屋子和修理汽车。"

"我打赌他会说那些日子已经死了,过去了。"我插嘴说。

"一点儿没错。"她回答。

"您会承认这类物物交易的做法已不再有用了吗?会承认人们要的是现金吗?他们一直要现金,或黄金。我还没有读到过一本书,说人们不要有价值的东西而要免费的工作呢。"

"那穴居人呢?"妈妈问,"他们要黄金吗?"

"不要,但他们要食品、火和安全。这些东西对他们来说胜似黄金。"

"好吧,他们对我也胜似黄金。"她争辩说,"所以你会叫我穴居人了吧?"

"穴居女人。"我纠正她说。

"谁是穴居女人?"爸爸大声说着从谷仓的拐角走过来,进了马驹栏。有一个棕色的包裹夹在他的腋下。

妈妈指着爸爸,对我使了一个我明白的眼色。"他肯定是一个穴居人。"她低声说。

"儿子,生日快乐。"爸爸一边说着一边把我的头发拨乱。

我笑了,但是妈妈摆出严肃的样子,意思是在允许我开心之前,还有些事需要先教育我一下。"现在你已经十二岁了。"她开始了,"我知道你会感激我必须告诉你的这些话,关于生日礼物和送礼物的话。我的母亲曾用这些话教导我,它是诺福镇的老规矩。"

我看了爸爸一下,可以看出来,他并不想打断她。

"每次过生日的时候,我们总是会得到三件礼物。"妈妈解释说,"它们是好礼物、更好的礼物和最好的礼物。一件好的礼物一定是一件有用的东西,所以你爸和我每人都给了你一些有用的东西。"

就在那一刻爸爸溜到马驹栏外面,抓了一件藏着的东西。而当他回来时,他递给我一把新的圆头铲子,一根漂亮的蓝带子绑在手柄上。我还没来得及惊叫,他又给了我用棕色肉铺包装纸包着的那个包裹。

"打开它吧。"妈妈允许我把它打开,而且她的脸上掠过一线喜色。我马上知道它肯定不是什么有趣的东西。

我猜对了。当我把包装纸撕开,眼前的盒子里呈现出一套洗碗碟用的毛巾,上面还缝着我的名字。

"别担心。"在我还没来得及脱口抱怨之前,妈妈赶紧说,"这些是好的、有用的礼物。你用得越多,参与屋子周围的活动越多,你就越能够理解整个家庭是怎样像一个团队一样工作。"

"那能算得上是礼物?"我怀疑地问。

"不要做一个忘恩负义的人。"她开玩笑地说,"后面还有更好的礼物呢。"

这消息还算有点儿希望,于是我等着更好的礼物揭晓,但是它却是一个我甚至都无法看到的礼物!

"更好的礼物是一件你要去免费做的好事。"爸爸说。

"或者,"妈妈用她那积极乐观的声调说着,没理会我脸上的微笑已经变僵,"这是一件你为了帮助别人而做的事,它会使你成为一个更好的人。你爸和我想,今年秋天你应当去快乐山的弗里克医院做义工。你一直在阅读,读了很多书,我们为你签了约,去医院给那些无法自己阅读的病人读书。你出生在那家医院,人人都那么好地照顾过我们,所以这是一个对他们和社区说'谢谢你们'的好方式。"

"好吧。"我说。我知道为病人读书是一件好事,但是我还是希望能得到一件真正的礼物。

"好了，现在，"爸爸宣布，"是最好的礼物登场的时候了——这是我们认为最适合你的礼物。"

我可以肯定它是两条内裤或者一对袜子或者两件 T 恤衫，只有它们才会碰巧最"适合"我。

但接着爸爸把手伸进他的后裤袋，抽出我平生看到过的最小的白色信封。它的大小和火柴盒差不多，放在手掌心里正好。

"全都是你的。"他很炫耀地说，并且深深鞠了一躬，好像我是中国的皇帝似的。

"你想想那里面会是什么？"当我拿着信封的一个角，把它像一面小白旗一样挥来挥去时，妈妈冒出了一句，"猜一猜。"

我想要说"我投降了"，但我还是得猜一下礼物到底是什么，因为那样做会让妈妈感到愉快。

"怎么啦？"妈妈问，"你为什么不吭声？"

"来吧，儿子，"爸爸应声说，"试着乱猜一下吧。"

可是我不知道说什么好，因为我的内心在拼命地叫，我希望它是一辆汽车，汽车，汽车！接着突然有什么在我的脑海里闪了一下。"一张维京汽车影院的电影票！"我叫着。

妈妈的微笑失去了光彩。"猜得好。"她说，但是好像已经失去了兴趣，"现在把它打开吧。"

我把信封边撕下，然后把它摇了一下。三张手制的小票子滑进了我的手掌。我低头看看它们。第一张写着"出狱自由"。我还没来得及说什么,妈妈已经解释开了。"这是一张通行证,你可以离开你的房间一天。"她说,"一张禁闭假释的票子。"

"假释整整二十四小时?"我问。

"是的。"她肯定了我的问题。

"那很棒啊!"我喊着,我两边的腮帮子鼓得老大,遮住了我的视线,可是在我的心里,我可以看到自己在自由地奔跑,跑遍了整个诺福镇。

我停顿了一会儿,接着低下头去看另外两张票子。一张写着"乘坐J3型飞机飞行一次"。

妈妈忽然狠狠扫了爸爸一眼。"我本来是同意你给他一张去狂欢节的票,这样他可以乘坐狂欢节上的游乐设施玩。"妈妈说。

"我认为他乘坐J3型飞机比乘坐那些陈旧的摩天轮要更有趣。"爸爸回答,避开了妈妈的眼光而朝我看着,"对不对,儿子?"

"对,爸爸。"我大声回应。

"但是是由我开飞机。"爸爸肯定地说,"不过我会给你一些小建议的。"

他说小建议的样子让我想到,他心中肯定藏着什么好玩的东西,那可不能当着妈妈的面告诉我,她看上去不是很开心。

第三张票子上写着"维京汽车影院双片连映"。

"我猜中啦!"我一边说一边忍不住咧嘴笑了,"我真的猜中啦!"

"当然你猜中了。"妈妈说,俯身吻了我一下,"你老是盯着那小银幕看,我怕你会把眼睛看坏了。但是记住,这张汽车影院的票,可是靠物物交易才换成功的。你可以免费看电影,不过到电影散场时,你得留下来,把人们从他们的车窗里扔出来的垃圾全部捡干净。"

我说不出她是开玩笑还是说真的。"是真的吗?"我小声问,"我必须捡垃圾当作我的生日礼物吗?"

"只是开玩笑啦。"她说,"我本来是打算用你的劳动来换取电影票,但是后来他们提醒我儿童劳工法的问题。该死的!所以你爸和我想,我们最好还是开始给你点儿报酬,免得让斯皮兹先生因为你在屋子周围劳动,而把我们扔进牢里。"

爸爸掏出了一张两美金的钞票,把它塞进我的手中。"你在这儿周围干了不少的活儿,所以你应该得到一些回报。"他说。

"噢!"我说,把眼睛都瞪大了。我以前还从来没看到过一张两美金的钞票,而现在我知道了在两美金钞票的正面是杰弗逊总统。

"嘿。"爸爸说,"我讨厌有人来破坏这个家庭聚会,不过沃尔克小姐刚打来过电话,说她需要坐车去她的教会。杰克,你能开车送她去吗?"

"当然。"我说。通常我会随妈妈和爸爸走下山去诺福镇基督教会,可是可以给沃尔克小姐开车却和收到一件生日礼物一样的开心,因为她的小天主教会在镇外的乡村,必须开大约半个小时才能到。

妈妈走出了马驹栏,抬头看着天。她可以通过天空中蓝色色度的深浅不同和排列来判断时间。"你最好冲一个凉。"她建议,"你到那儿得开半个小时,而你身上的气味像煤油味。要是他们点起了蜡烛,你就会在火焰中升天了。"

"那么我们就会有圣烟了。"我说,因为心情大好,我对自己开的玩笑都笑了起来。"谢谢这些超好的礼物。"我加了一句,然后跑开去准备了。

我很快冲完了凉,妈妈也把我所有的衣服都准备好了。于是我打扮好后,就往沃尔克小姐的屋子跑去。我打开大门,她正背对着门在等我。

"你能把我的衣服扣好吗?"她问,"我刚还想,我干脆穿着一身浴袍到处走算了。纽扣啦,拉链啦,扣钩啦和风纪扣啦,我是无法再使用它们了。"

"那就是为什么您要我做您的男朋友的原因吧。"我说,一眨眼工夫就帮她把衣服给扣好了。

"我想你比起男朋友来更像宠物。"她咯咯笑着说,"这个主意不错。在我这样的年纪,一头宠物就是我所需要的一切。"

我帮她坐上了车,接着跑到车的另一边启动发动机。在她开始说话前,我们已经出了诺福镇。"你知道我不能写东西。"

"我知道。"我回答。

"但是如果我能写的话,我会把这样的话写在纸上。我想要你拥有这辆漂亮的小车。"她说。

我差点儿驶离大路撞上信箱。"真的吗?"我说,并轻轻地拍拍方向盘,好像它是我温柔的新生儿。

"别太兴奋。"她继续说,"你得在我死了以后才能拥有它。"

"但是我宁愿要您活着而不要车。"我说。

"你真可爱。"她笑着说,"不过你会发现这辆车会有更多的用途。我给你一些生日的忠告吧。"

"是什么?"我问。

她指着我的鼻子。"我希望你不要再吃所有那些补铁的药物了。"她郑重地说。

"可不是嘛。"我说,"妈妈让我整勺整勺地吃那样的东西。"

"好啦,可以把药水倒进排水沟了。"她说道,"马上去做!我对你的鼻子已做过一些研究,有一种病叫血色沉着病,你得这样的病正是因为你的血里有太多的铁质!它会破坏你的肝和胰腺,结果导致严重的抑郁症。猜猜是谁得了这个病?"

"不知道。"我说。

"厄内斯特·海明威!"她大声说,"这位伟大的美国作家在去年夏天用一支装了子弹的来复枪向自己开枪!"

"那是一次意外吗?"我一边问一边联想到自己的小意外。

"不是。"她实事求是地说,"是自杀。"

这可真是一个完全让人郁闷的生日忠告啊。我一直想着我该怎么说才能让妈妈停止给我服用补铁的药水,所以车速开始减慢下来,斯皮兹先生踩着他的大号儿童三轮车超越了我们。在我们到达时,他已经停在教会里了。

我把有一天会属于我的这辆车非常小心地停好后,护送着沃尔克小姐走到前门。她有一个靠近祭坛的特别为"老人家"设的位子,于是沿着中央走道慢慢走上前找到位子坐下。我就像她的司机一样留在后面,坐在后排的长椅上。从我坐的位置我可以看到所有的大人,他们有的坐立不安,有的在打瞌睡,有的在摆弄自己昂贵的帽子,有的在走腔走调地唱歌。坐在后排的最大好处是,我的心灵可以无目的地漫游,因为教会是个很梦幻的地方。过真实的生活就像在做一道数学题:一加一总是等于二。但是教会有着一种不同的数学,你可能永远无法确定总数会等于什么,那意味着总数全在你的想象中,而且坐在教会的长椅上和神父的布道其实一样重要,甚至可能更重要。它就好像当你在读一本书的时候,你知道文字是重要的,但是在你的想象中绽放的图像才更重要,因为是你的心灵让文字有了生气。

由于我曾经在教会里流过大摊鼻血,通常我会花很多时间坐在长椅上,把头全程仰高,眼睛笔直地看着光亮的白色天花板。它很像一张上帝的电影银幕,可以让我在它上面想象天堂可能的样子。

对我来说,天堂的样子最可能像我读过的有关古罗马尤利乌斯·恺撒的"地标"书上的插图。人人身穿彩色的长袍,驾着战车到处转,住在有着高耸的圆形石柱的大型石头建筑里,周围有著名的领袖、将军和思想家的雕塑。中午的太阳老是把云块打散,显露出一片淡青色的天空,人们不走很多的路,他们只是隔着一英寸的距离悬浮在全白的石头道路上飘移。他们从来不会走错路,因为在天堂你做的每一件事总是对路的,而每一件事的结果也是它应当有的结果。为了某种原因,面包是天堂的唯一食品,不过面包有你能想象得出的各种样子,有为漂亮姑娘做的小面包、热烘烘的晚餐面包卷、长条的法式面包、编织的面包圈、大而圆的像车轮的厚重面包,甚至整片全麦色的农舍都是用硬皮面包盖起来的,就像巨型面包山里的发酵洞穴。当你住在它们里面的时候,为了在天堂里喂饱自己,你全部需要做的只是从墙壁上把一卷卷柔软湿润的面包抽出来就可以了,而且在那儿从来都不会有像"最后的晚餐"一类的事发生,因为每天晚上,当你睡觉的时候,你的面包屋就会重新再制造一次新鲜面包,就像我的母亲常说的那样,要是你每天都有新鲜的面包,那你就永远不会有任何的烦恼了。而没有任何烦恼,那就是天堂的定义。爸爸说他要搬去佛罗里达住,在那儿他能买一小片天堂,而妈妈说诺福镇就是地球上的天堂。我猜我的天堂是我能想象到的每一样好东西。当我凝视着那白色的天花板,想象着纯净美丽的地方,在那儿单纯生活的回报就是一大条温暖的面包,这感觉总是那样的美好。

但是接着,当教会时间结束的时候,在我想象中的所有这些美好的东西好像都崩溃成了一个失去的世界的尘埃了,在接下去的礼拜天我又不得不把生活的酵母混合起来,烘焙出另一个天堂的幻境。

第 14 章 一篇关于屋子的讣文

当晚继续庆祝我的生日。爸爸、妈妈和我吃蛋糕和冰淇淋，玩"大富翁"游戏，爸爸宣称它是游戏史上最伟大的发明。"它是一个盒子里的美国梦。"他说，看得出他为自己的简洁概括而沾沾自喜。

妈妈不同意。"它教会你怎样破坏别人的生活而不予关心。"她反驳说。她拥有低租金的地产——在波罗的海和地中海地区。我拥有铁路、公用事业和橙色地产。爸爸拥有红色、黄色和绿色地产，他还在这些地产上加盖旅馆，就等着把我们弄破产淘汰出局。其他地产不平均地分散在我们各自的手里。

妈妈和我握手联合，相互免租，不过爸爸还是很快把我们两个的地产都收购了。他没有幸灾乐祸，可还是咧嘴笑了，并且唱了一首他心爱的关于工作辛苦的歌："你装载了十六吨的货，你得到了什么？人一天比一天老，负债却一天比一天多。"接着他把游戏小心地收拾好，好像他正在把小镇收拾起来一样，准备在自己变老和负债增多之前打包上路。

  我上床后，不知什么时候听到了摩托车翻过山、朝诺福镇中心开过来的声音。我听出他们没有回到胡佛殡仪馆，而是去了更远点的其他地方。他们调低车挡的巨大声音一定惊醒了所有的人，即使离得很远，他们发动机的咆哮声都把我们家的窗子震得嘎嘎作响。我不知道他们为什么回来，不过我知道这不可能是好事。但是他们在那里没有待很久，好像才过了几分钟，我又听到他们把发动机油门加大，接着传来爬上山回去的隆隆声，稍后转向通往快乐山的大路。跳舞出事的第一个地狱天使就是来自快乐山。

  我猜想他们可能迷路了，但那只是我自己一厢情愿而已。因为就在我几乎又要睡着的时候，志愿者消防处传来的刺耳口哨声打破了宁静。我跳下床跑到走廊，正好妈妈和爸爸也冲了出来，穿着睡衣的我们好像站在泰坦尼克号的甲板上一样。我们一起走进客厅，妈妈把窗帘拉开到窗子两边。我期望能看到海浪、海鱼和冰山，但是很快我们就看到有火焰从社区中心那边冒了起来。

  "一定是 D 区的一个屋子着火了。"爸爸说着跑回自己的房间。没多久他穿上工装走了出来。

他飞快地吻了妈妈一下。

"小心点。"在他走出前门的时候妈妈说。当他走过前门廊时,我听到他穿着靴子的脚步声走得很急。过了一会儿,我们看到他倒车时卡车的车头灯晃过窗子,接着卡车开走,汇入了其他志愿者的车队,帮助救火去了。

妈妈和我都有点儿紧张,一直茫然地盯着窗子外面。我们离得那么远,无法知道火场的任何细节,只能觉察到火势似乎越来越大。

突然妈妈转身对着我,好像记起了什么。"去把那副日本望远镜给我拿来。"她吩咐道,并把我朝后门轻轻一推,"快!但别碰来复枪。"

"当然不会啦。"我喊着,"我可不是个自杀狂。"

我从厨房的洗碗槽下拿了手电筒,一边把它拧亮,一边走下后门廊的台阶。因为夏天的高温,空气有点儿潮湿,像蒸汽一样从草地上升起。我光着脚,踩在我脚下的铺路石头既温暖又平滑。我从一块石头跳到另一块,一路上像在数"大富翁"游戏中的格子一样静静地数着它们的块数,就这样来到了车库。爸爸没锁门,门半开着。我溜了进去,把拉线开关拉了一下,打开了头顶的灯。我绕着沉睡的J3型飞机跑了一圈,然后走向放纪念品的箱子。我抬起箱盖,把它朝后靠着车库的墙。来复枪用日本旗包裹着放在最上方,这是爸爸常放的位置,我能看到它深色的枪管从白色的丝质旗帜里面戳出来。我晃了晃电筒,发现望远镜的镜片在箱子的角落深处闪着光。我一把抓住它,然后回到厨房。

"让我先看。"妈妈紧张地说,把望远镜从我的手中拿了过去。她站在厨房的窗边,把望远镜举起来看着,好像她是战舰上的舰长。

"您看到什么啦?"我焦急地问。

"整栋屋子……陷在火海里。"她一边透过镜头聚精会神地看着,一边慢慢地回答,"车库也着火了。"

"是谁家的屋子?"我问。美蒂和另外几个我在学校认识的孩子住在那个方向。

"沃尔克小姐姐姐的老屋子。"她说。

"可是沃尔克小姐已经把它卖掉啦。"我回答,"卖给一个年轻人了。"

妈妈放低望远镜,很严肃地看了我一眼。"她是把它卖了。"妈妈有点儿沮丧地说,"不过不是卖给什么'善良的年轻人',而是卖给地狱天使了,就是给水泥卡车撞倒的那个家伙。后来大家才知道,他被碾过时正跳着醉吉格舞前往他的新家去呢。"

"那太有趣啦。"我说,眼睛都瞪大了,"真的太有趣啦。因为本妮告诉过我，当地狱天使团伙露面要把他的尸体领走时，他们真的气疯了。"

"我看到胡佛太太去过裤厂,她显得很担心。"妈妈补充说,"她说他们发过誓,他们会回来复仇的。"

"您听到了今晚的摩托车声没有？"我问。

"那一定是他们。"她说,"我敢打赌是他们回来放火烧屋子的。"

"但是为什么他们会给他们自己的屋子放火呢？"

"吓唬我们呗。"妈妈说,"烧掉一个屋子是你对某些人所能做的最恐怖的事情,因为它说明你不会尊重人的生命,或者不尊重任何东西。"

我不懂那是为什么,不过在那个时刻,我想到了《失去的世界》那本书。入侵的军队总是会把城市烧掉。为什么他们就不能在征服城市后,把它保存下来作为他们自己的城市呢？为什么古希腊人会烧掉特洛伊城呢？或者为什么入侵的哥特人会烧掉罗马呢？最聪明的做法应该是占领城市,并把它收为己有。要是地狱天使搬进那个屋子并且住在我们的小镇,那会比烧掉屋子更让我惊恐。不过可能妈妈说的话是对的,烧掉一些东西是你能做的最恐怖的事情,因为把一个屋子夷为平地,跟把一个人置于死地是同样的意思。

"这真是太让人伤心了。"妈妈说着打了一个冷战,并转过身来把望远镜递给我,"瞧着它燃烧就好像瞧着人被折磨。我不能看了。"

"您能看到爸爸吗?"我问。

"看不到。"她回答,从洗碗槽倒了一杯水,"那儿有辆消防车,不过已经无能为力了。屋子完全烧毁了。"

"我应当去告诉沃尔克小姐吗?"我问。

"让她睡吧。"妈妈说,话音里含着怜悯,"等到早上会够她受的。在你爸回家前把望远镜放回去。我要上床去了。"

我拿起望远镜,走出了后门,不过我没去车库。我快步走到野餐台,登上长凳站到台面上,就像我用狙击手来复枪开火那晚一样。

我举起望远镜,对焦后看着小屋子。我可以看到火焰在空中跳跃,发光的烟灰像彩屑飘撒在火焰上方,好像在一个古代世界的黑夜里正在举行着魔幻仙女的庆典。不过它不是庆典。爆裂的火焰正从屋子冉冉升起,就像在对每一位瞧着它的人挥手告别。即使对那些不在场的人,火焰也在永远消失之前展示了它的一段受屈辱的历史。

太让人伤感了,我像小狗一样喘着气,低下头用手在鼻子底下扫过,看有没有血。什么都没有。可能沃尔克小姐真的把我的鼻子治好了。

我又把望远镜转回燃烧着的屋子,就在这一刻,屋顶塌陷了,金色的如王冠一样的火焰升上了天空。我感到自己好像给困在那个屋子里了,好像我无法逃离那些炽热的墙壁,好像我的生命和那个屋子的生命被一起燃烧殆尽。我在那儿站了一分钟,因为那残酷的一刻已经把我抓在它攥紧的掌心里。但是过了一阵,难过的感觉减弱了,我低着头走下了桌子,穿过枯萎的草地,把望远镜放回箱子,然后走回自己的房间。看着那个屋子燃烧是种折磨,妈妈这样说,有一种好像我们受到诅咒的感觉。我慢慢爬上床,盖好被单,但是却久久没能入睡。

第二天早晨,电话铃刚响,我就大声喊道:"告诉她我一分钟后过去。我得刷牙。"

我下床穿衣,然后冲进厨房,妈妈把她的半个鸡蛋黄油三明治给了我。

"爸爸回家时说了什么吗?"我问,嘴巴里塞满了东西。

"你最好赶快动身。"她回答,"相信我,要是有什么和昨夜有关的事情,沃尔克小姐准会告诉你的。"

我来到沃尔克小姐家的门廊,门边摆着五六个大陶瓷盆。它们覆盖着黑色的煤烟,所有的植物都没有了叶子,烧焦了。有一个盆的形状像一只大猫头鹰的脑袋,盆顶冒出了烧坏的纤细的植物秆,这些植物在前一天还是活着的呢。在植物秆之间有一张卡,我知道我非把它读一读不可。我把耳朵凑在沃尔克小姐的门上,暂时听不到任何动静。于是我低下身拿起卡,把它很快打开。"对不起,这些是我所能抢救出来的全部东西——E.斯皮兹,志愿者消防队副队长。"我把卡合上,放回原处。他总是会给她留下礼物,这些东西一定是他从她姐姐的屋子里抢救出来的。

我打开门。"沃尔克小姐。"我大声喊着,"您打扮好了吗?"

"打不打扮还有什么关系?"她闷闷不乐地回答,"今天我感觉自己已经不是人了,而像个装满冰冷灰烬的盒子。"

当我走进她的起居室时,她正坐在沙发上,身上裹着一大块针织的阿富汗羊毛披肩,眼泪沿着她脸上的皱纹淌下来。看老年人哭和看年轻人哭不同,当老年人已经失去了希望的时候,他们看上去并不像真的受到了很大的伤害,而这种状况实际上更糟。

"我听说了关于您姐姐屋子的事。"我静静地说,"您可以把它重建起来的。我爸能干这活儿。"

她倚着自己瘦骨嶙峋的肩膀擦了擦脸。"不用了。"她轻轻回答,"它消失了也好,但是它不会被遗忘。坐下来,拿好铅笔和纸,今天我们要写一篇另类的讣文。"

我找到位子坐下,准备好纸簿,然后削尖铅笔。"我准备好了。"我说,舔了舔笔尖。

"这不是你们平常读到的讣文。"她开始说话,我可以听出她的声音恢复了力量。接着她振作起来,像一名鼓乐队队长领着她的队伍大步前进,"这是关于一座屋子的讣文——一个生时充满爱意,却亡于仇恨之手的家庭的讣文。这座小屋位于十一号地块,在翠雀花湖 D 区,建于 1935 年。罗斯福夫人是大家的教母,一位伟大的教母。当政府提议在诺福镇盖屋帮助穷人的时候,建筑师起草的设计方案是想把所有的家庭圈在一个像谷仓一样的空间里,同农场的动物没什么两样,洗澡间在屋子的外面,所谓的厨房位于物业的后面,只是一个可供烧木柴煮食的简易房。政府的原意是想帮助穷人,给他们一个居所可以生存而已,并不是让他们过上一种有尊严的生活。

但是罗斯福夫人出面拯救。她保证人们有真正的住房——新英格兰风格的小屋——而且有睡房、起居室、实用的厨房和有浴缸的洗澡间,甚至有配备洗衣机的洗衣房。政府称这样的生活太奢侈了,但是罗斯福夫人把它称作有尊严的生活。

我姐姐和我住在这儿,一起住在我的三号地块 A 区的屋子里,直到她于 1941 年遇到了切斯特·哈帕先生并嫁给了他才搬了出去。切斯特·哈帕先生是诺福镇的首批居民,他为新的城镇接受的原因,是因为他是新镇需要的电工。他帮助居民,为他们的屋子安装电线,他们反过来帮助他盖屋子。这是真正的诺福镇作风,他用他的技术与其他居民交换技术,直到当地的二百五十幢屋子全部盖成。

哈帕家有过很多美好的时光,所有的节假日都有艺术的装饰来欢庆。当时我姐姐负责诺福镇联邦艺术计划,她先在她的车库建了艺术工作室,后来在学校和社区中心教陶艺、绘画和装饰美术。他们的家像一个美丽的巴比伦花园[①]。他们有葡萄凉亭,有各种苗圃,芦笋、莴苣、西红柿和马铃薯,还有果树和玉米、大豆田。这片场地因有种植了不同花卉的花圃而更显美丽。物业的四周有杜鹃花为界,它配着这个屋子就像一个金色的画框配着一幅美丽的油画。

在这样一个有创意的家,它拥有了美、爱和理解,但是却少了一样东西——一个孩子。我姐姐想当母亲时年纪已稍嫌大了些,但是就在那时,在珍珠港被炸后的1942年,当时日本裔的

[①] 巴比伦花园,又称作巴比伦空中花园,古代世界七大奇迹之一,也是最富传奇色彩的世界奇迹之一,传说由时任新巴比伦国王的尼布甲尼撒二世为爱妻于公元前605—前582年间,在古代城邦国巴比伦今伊拉克首都巴格达以南90公里处所建。

美国人遭到了围捕并被送进了拘留营,有一对新生孩子不久的日本夫妇,把自己的男婴儿交给了我姐姐和她的丈夫领养。这样,这个孩子就会有一个充满爱的家,而不必被送去战俘集中营吃苦和接受那种生活带来的屈辱。我记得那个漂亮的婴儿,我姐姐同她的丈夫赐给他无限的关爱。他们一起过了六个月天堂般的日子,直到联邦政府追踪到那个婴儿的下落并把他带走,全部的原因就是因为他有日本的血统——一个束尿布的美国的敌人!"

"我们永远不知道这个婴儿后来的命运,也忘记了我们自己政府的冷酷无情。"沃尔克小姐说着,双臂抱着胸脯紧紧交叉成一个 X 字,"它深深伤了我们的心,因为我们爱那个无辜的男婴,他生活在一个只想对他的无辜给予奉献的屋子里。而现在这个屋子已经被地狱天使的一个团伙烧为平地了,他们已经把他们令人憎恶的仇恨转向我们的小镇。他们把汽油倒在屋子和车库上,把它们点上火,然后像胆小鬼那样趁黑夜逃走了。一座屋子除了灰和尘,泥和土,变得一无所有,对于它来说这是一种惨死,但是在诺福镇的我们永远不会忘记它曾经有过的点点滴滴。"

我的眼睛里含着眼泪,但是沃尔克小姐很振奋,好像屋子的那场火还有一丝丝火热的余烬正在她体内发光。"孩子,"她一边说着,一边试图把双手握起来捏成两只瘦骨嶙峋的拳头,向空中猛力挥去,"我感到我好像已准备好向世界宣布——我要用一件或两件事让那帮地狱天使们看看我的厉害。"

我加了把劲,打完了讣文,然后跑去送到《诺福镇新闻报》报社。格林先生从我的手里拿过文章读着。"一篇关于屋子的讣文?"他问,重新点着了他的烟斗,"她疯了吗?"

"没疯。"我说,"她只是说出了她的心声。"

"但愿如此,阿门。"他说。

第 15 章 1080毒药

妈妈在阅读报纸上刊登的关于屋子的那篇讣文,她呷完最后几口咖啡后就要去干活了。"这真是一篇令人感伤的讣文。"妈妈在我走进厨房打开冰箱门时说,"说老实话,沃尔克小姐真应该离开这儿,同她姐姐住到佛罗里达去算了。"

"只要最后一名诺福镇的原居民还健在,她就不会离开。"我解释说,然后把牛奶拎了出来,"她向罗斯福夫人许诺过,她会把这个小镇看护到底。"

爸爸要出门时无意中听到了我们的谈话。"好吧,她要是发现了我那新的绝密工作,"他压低嗓音神神秘秘地说,"她可能就会改变她的想法了。因为没有城镇再需要看护了。"

"你那是什么意思?"妈妈和我叫着说。

"你们会知道我的意思的,晚些时候啦。"他说着压低嗓音来戏弄我们。然后他就走了。

我朝妈妈转过身来,她耸了耸肩膀,"好吧。"她一边冲洗着自己的咖啡杯一边说，"我不想看到这些老人离开这儿去另一个世界，不过对他们中的某些人来说，这可能是最好的结果。"

"您怎么说死亡会是好结果呢？"我问。

"当生活变糟了的时候就是如此。"她实事求是地回答，接着她向门转过身去。"先把你的房间整理好，然后干你的户外杂活儿，可别忘了喂火鸡哟。"她说，"它们饿了会抓狂，然后就会拿'战争首领'出气。"

我点点头。我一吃完就溜回自己的房间，穿上工作服，它们因为肮脏而有点儿发硬。接着我来到户外，拿着我的生日礼物——那把新铲子，回防空洞去铲土。我问过爸爸防空洞需要多大，他说应当有一个游泳池那么大。但现在它大概才只有一个浴缸大小。

我刚从洞里掘出一铲土，就发现有一个人影悬浮在我的头上。我抬头一看，是斯皮兹先生。他拿着一个照相机按在他眯着眼睛的脸上。

"您在拍什么？"我问。

我听到咔哒一声，接着他放下照相机。"甘托斯小老弟，看看那条跑道。"他指着跑道大声地指责说，"那架飞机和这条跑道会给你爸带来麻烦的。"

我看了一下跑道，爸爸已经把它平整好了，并且他把J3型飞机也都装备好差不多可以起飞了。他必须做的工作就剩下安装机翼、发动发动机，然后从后门振翅飞走。我知道，要是斯皮兹先生发动全镇反对他的计划，他会伤心死的。

"我从你的脸上可以看出，你不想要令你爸失望，是吗？"斯皮兹问，"我也听说他正在凯克斯堡上飞行课，所以我也不想他把这条新跑道给扒拉掉。"

爸爸上他的私人飞行课这件事，他只告诉过我一个人，他不敢告诉妈妈。可是嗅觉敏锐的斯皮兹先生好像知道所有的事。

"您说得没错。"我说，"我不希望我爸失望。"

"那么我有一个办法可以让你帮他避免麻烦和保留跑道。"他像狗叫似的大声说。

他话说得越响，我嗓音压得就越低。"那是什么办法？"我问。

他把他的耳朵转向我。"跑去五金铺给我买一罐 1080 毒药，我要把垃圾场里的一些害人虫杀掉。"他指着范登的加油站方向说。垃圾场就在加油站后面，有时老鼠从昏暗的老矿井里跑出来，云集在垃圾场上，然后散布到各家各户的屋子和花园里。看到它们在后门廊成群挤在一起的那种饥饿的样子，是很让人恶心的。

"为什么您不能自己去那里买呢？"我问,"您有三轮车啊。"

"我的腿受伤了。"他抱怨着说,并拉起了裤腿。在腿肚子一侧,从脚脖子到膝盖都肿着,有深色的淤伤,"当我追赶那些地狱天使时,其中一个人落在后面,他驾车从我旁边开过,脚猛地踹我的腿,我就从三轮车上摔了下来。哦,这倒提醒了我,你到五金铺再给我带一支管装补胎套件。小老弟,要是我手里有那根棒球棒,我准会把他那顶纳粹钢盔从他脑袋上敲下来。"

我想幸好他没有那根棒球棒。地狱天使会夺过棒球棒,把他的头打飞到隔壁镇去的。

"而就在那晚的火灾中,"他继续说,"在我打算去抢救一些陶瓷盆时被绊倒了,腿又伤了一次。"

"好吧,可是我在关禁闭啊。"我低声解释,并耸了耸肩膀,"不能离开这房子的。"

"你说什么？"他叫着,把手指伸进耳朵转了转,然后拿出来,眼睛盯着发亮的琥珀色指尖,"现在,你是想要帮我的忙呢？还是想要我向你保证你爸也会被关一下禁闭呢,你懂我的意思吗？"他那讨厌的声音使他的话威胁味更浓。

"这排水沟的罚单怎么办？"我抬高了声音问,让他可以清楚地听到我的话。

"我也会让它飞走啦。"他不情愿地说,并因为腿疼咧了一下嘴。

我曾计划用我那两美金的钞票向他开价支付部分罚金,但是现在我可以省下这笔钱给自己用了。"一言为定。"我说,从洞里爬了出来。我站直身子后伸出手,他把五美金拍在我手里。我把铲子交给他。"靠着它吧。"我建议说,"我会马上回来。"

"别对你女友说一个字。"他淡淡地说,"要不有你的麻烦。"

借着树篱的遮挡,我沿着后院的小路拔腿就跑。当我经过沃尔克小姐的屋子时,我一边跑一边弯着腰,因为我不想让她问我去干什么,然后从我的嘴里套出我是在帮斯皮兹先生的忙,那会引发她长篇大论,我可没时间奉陪。我要抓紧时间。在靠近五金铺时,我对着它的前门做了一次疯狂的冲刺,迅速溜了进去,因为妈妈要是从裤厂敞开的窗子看到我过街,她会再禁闭我一年的。我屏住了气,接着很快在货架上找到了管装补胎套件,然后走到收银台前。我不认识柜台后面的这个人,因为五金铺已经售出,新店主雇用了诺福镇以外的人做店员。

"我能帮到你吗?"他一边问,一边用一把红色小折刀在弄干净自己的指甲。

"是的。"我回答,同时看着那生锈刀边上的一圈圈小脏物。我倒吸了一口气。

"我可以要一罐 1080 毒药吗？"我把管装套件和皱巴巴的五美金纸币放在柜台上。

"那需要你父母出一张证明，然后我才能把毒药卖给你。"他很清楚地说，"那东西会致命的。"

"这是替斯皮兹先生买的。"我解释道，"他在公益处工作。他弄伤了腿，我在帮他跑外勤，他得消灭所有的老鼠。"我像稻草人一样指着垃圾场的方向。

"我想那就没问题了。"他同意了，"我认识老斯皮兹。不过你还是得在这张纸上签个字，证明你买了这些个东西。这是新的法律。"

什么我都会愿意签。我只想在有认识妈妈或爸爸的人进铺子之前尽快溜之大吉，省得他们会提到在这儿看到过我。

我念着纸上的名单，看到胡佛先生是签过字的最后一人。当我在签自己的名字时，一想到住在他的棺材里的老鼠，我的胃就开始痉挛起来。我从纸上把头抬起来的时候，店员正直愣愣地盯住我看，好像他从邮局的通缉犯布告上认出了我一样。

"你的鼻子在流血。"他慢慢地说，用他的皮柄小刀刀锋指着血，"左边。"

就在这时，一滴血从我的嘴唇滑落下来，啪嗒一声掉在软纸上，就掉在我刚写过自己名字的地方。我低头凝视血的红点子,它在纸的纤维中散布开来。我不喜欢血的那个样子。

我用手臂擦了擦自己的鼻子,看到从手腕到肘部有一条红润的痕迹。"谢谢。"我大声抽着鼻子说,然后神经兮兮地加了一句,"我有海明威的肝脏疾病。"

他看着我,好像我已经精神错乱了。

我从柜台上抓起纸袋,快速向门转过身去。我跑出铺子,血流得更多了。我想我的鼻子流血可能是因为我一直在跑。但是我感到,它有更多的意思在里面。血滴在自己的名字上是一个坏兆头:或许是因为我破坏了规矩,离开了院子,我有点儿为这事担忧;或者可能是因为我并不真正相信和斯皮兹先生达成的这些交易;又或者是因为这个五金铺的家伙要我在纸上签自己名字的那种方式,再次说明他觉得我肯定是在干坏事;再或者,看到胡佛先生的名字这件事让我联想到恐怖的事情。我无法肯定。我所能知道的是,我一边的鼻子流血了,而且我不想要沃尔克小姐再来尝试给我治疗了。她的手变得越来越糟了。

我快步跑回小路,发现斯皮兹正困难地坐在野餐台的长凳上。他摩擦着伤痛的腿,露出痛苦的表情。当我走到他前面停下来时,我用一个手指摁着我的鼻孔不让它出气,用另一个鼻孔发出哨音进行呼吸。我把袋子交给了他。

"你应该和我一样给自己配备一辆三轮车。"他建议,"这是一个很好的做法,四处跑也不会劳累。"

我不想说"三轮车是给幼儿园小朋友骑的——快点儿长大吧你"之类的话,免得冒犯他。我只说了一声:"我会问圣诞老人要一辆的。"

他凑过来拍拍我的头。"我希望你被列在好孩子的名单上。"他大声喊着,随后发出一串浑厚的"嗬……嗬……嗬"的圣诞老人似的笑声。

我没幻想过我会被列在好孩子的名单上。

这时他痛苦地站起来,在把身体重心移到伤腿上时有一些许畏缩。"我应该搬到佛罗里达去的。"他咕哝着一个字一个字地说,"要是沃尔克小姐知道什么对她好,她也应当搬到那儿去的。"

"可是她决心要成为诺福镇的最后一名原居民的啊。"我说。

"别提醒我那话。"他不耐烦地说,"我知道她向罗斯福夫人立下的这一切执拗的许诺。"

"是的。"我承认,"她是有些执拗。"

"那些老太太有些可能要活过一百岁呢。"他说。

"您说过您要活到一百零三岁的。"我提醒他。

"那只是说说大话罢了。"他回答,紧闭着双眼开始移动自己的腿,"现在我最好还是快点瘸着去垃圾场,不要让那些老鼠再繁殖了,要不然它们要占领小镇了。罗斯福夫人会怎么想这件事呢?"

我指了指跑道。"对罚金那件事,"我说,"谢谢您了。"

"好人有好报。"他回答,开始一瘸一拐地离开了。接着他转身停了下来。"千万注意,别向任何人提起我到过这儿,或者让他们知道我看到过跑道,这会给我惹上麻烦的。而要是我有了麻烦,"他说着停顿了一下,并指了指跑道加强语气,"那么你也就有麻烦了。"

我转过身去,就在这时我放开了摁住鼻子的手,血像爆裂的水管一样喷了出来,全洒落在我的牛仔裤和跑鞋上。这让我有点儿紧张。我就知道会有什么不好的事在等着我。

妈妈刚下班回家,就像抛锚一样扔下她的小手袋冲进了走廊。

"你太令我失望了!"她在还没走到我的房门前就大声嚷嚷开了。她踩着重重的步子走进了我的房间。我只能说,从她严厉的脸色看,她是不会过来亲我的了。"把你的假释卡交出来。"她吩咐着,并伸出了她的手,"我从工厂的窗子看到你从五金铺跑出来。"

我不敢同她争辩，因为接下去我就得把所有的事情告诉她，斯皮兹、罚单和 1080 毒药，所以我只能眼睁睁看着她说："对不起，我不得不离开屋子在周围跑一圈。我很愚蠢。"

"是很愚蠢，不过至少你没说谎。"她说，"但是你破坏了我对你的信任。而要是我不能信任你，你也会无法信任你自己的。记住，一个人首先是对自己撒谎，然后才会对别人撒谎。去好好儿想想吧！"接着她转过身，踩着重重的步子走出了房门。

我知道她对我失望多过生气，那是最让人伤心的。但是我就是不能把真相对她和盘托出，关于罚单和斯皮兹先生，以及他威胁要把爸爸的跑道关闭。一个谎言总是会导致另一个谎言，而此刻历史的真相好像成了历史的咒语了。

第 16 章　列娜·杜比基太太

"我们正忙着呢！"沃尔克小姐冲着电话大声说，接着我听到电话话筒掉了，在她的地板上弹跳着，好像一条扑通一声掉下去的鱼。"可恶的没用的手。"她在后面低声叫道，"抓住它！"

我十分敏捷地把话筒抓住。"怎么回事？"我问，随手把嘟嘟响着的话筒放回了电话机座。

"今天我们又失去了一位老人。"她激动地说，"已获得证实，是一位诺福镇的原居民。"

"是谁？"我问。看她似乎很高兴的样子，我肯定她会说是斯皮兹先生。可是我错了。

"你的死神朋友，杜比基太太。"她说了出来，声音还是很兴奋，"这死讯你预言过，这次由我的线人证实了。据说他'摸'过她了，她已像石头一样冰冷。他们已经把她搬到胡佛殡仪馆去了，所以即使她没死，他们也会把她杀了。"

"我想我们得给她写讣文了。"我提议，并走进客厅，在写字桌旁我的座位坐下。

"我有段很好的历史给今天留着。"她充满热情地说,"但是我们会先用她的个人事迹开头。"

我拿起了我的铅笔准备开始写,而她走来走去,狂热地即兴发表讲话,同时用双臂斜劈着空气,很像空手道的劈砍动作。

"列娜·杜比基太太于今天去世,终年八十六岁。她于1876年出生在斯洛文尼亚。在一次因小麦歉收而引起的致命大饥荒中,她务农的父母决定移民美国。他们带着自己的储蓄,买了他们能买得起的便宜船票上了一艘远洋邮轮,并收集了他们能收集到的点滴食物开始了长途旅行。他们的狭小房间位于阴冷潮湿的船底,邮轮航行了几个礼拜,沿亚德里亚海而下,绕过意大利这只靴子,横过地中海,穿过直布罗陀海峡,并横渡大西洋。

在旅行途中,他们吃光了所有食物,只能靠厨房的残羹剩饭和施舍为生,当船被拖进纽约市时,他们几乎只剩下半条命了。他们为成功来到一个新的国家而兴奋激动,在经过自由女神像时,他们高兴得流泪哭泣。但是他们也在为一个可怕的悲剧而哭泣,他们在旅途中莫名其妙地丢失了自己的女儿。杜比基太太当时只有六岁大,而且个子很小,她的父母已经好几天没见到她了。他们害怕告诉任何人有关她失踪的事,生怕说出来他们会被逮捕,然后被送回斯洛文尼亚去等死。杜比基太太是一名梦游症患者,她的父母担心她在某个晚上已不幸失足从船上掉进海里,让鲨鱼吃了或被鲸鱼吞了。在最后一次搜寻她没有结果后,他们不得不随其他乘客下船离开。船装满货物掉头而去,返回斯洛文尼亚。她的父母心碎了。他们的女儿能在哪儿呢,他们到处问,可是没有答案。但是他们并没有放弃希望。

没错,大约在邮轮被拖进斯洛文尼亚港口的时候,发胖了的杜比基太太从她藏身的地方溜了出来,原来她躲在船长私人厨房的食品储藏室里了。几个礼拜前,当食品储藏室的门开着的时候,她悄悄地溜了进去并躲了起来,可是门后来锁上了,她被困在了里面。她尽情享用着船长的美食,当她跑出来回到甲板上去找她的父母时,她对一个水手说,纽约和斯洛文尼亚看上去也没什么两样嘛。大家这才发现,她是一个忘了在纽约下船的走失的女孩。于是她被安排到一个寄宿家庭,在邮轮掉头驶回纽约时,她又出现在船上了。最后,她在移民局找寻到了她的父母,他们全家终于团圆了。这就是杜比基太太如何两次来美国的故事——照她喜欢说的,'两次已经够了,所以我再也不会离开了'。

她后来嫁给了塔度兹·杜比基,他们一共有七个子女和五个孙子孙女。杜比基先生是卡露梅特的一名煤矿工人,因患黑肺病而去世。在他们搬到诺福镇后同他们住在一起的孩子们,已经全部搬走,但是杜比基太太留在了自己的诺福镇老家。近期她患了一种肌肉病,有颤抖、抽筋痉挛和难以控制的抽搐症状,导致她因心脏停搏而死亡,死亡时间就在她的孙子7月3日生日的后一天。

她是接济穷人的罗斯福食物银行的成员、虔诚的卫理公会教徒、女童军的女训导员和志愿者消防队的女厨师。她将得到所有认识她的人的追思。她的遗体将于7月5日在胡佛殡仪馆火化,大殓仪式会很快在圣乔治墓地举行。"

我把所有的话都写了下来。"还有什么吗?"我问,因为我对杜比基太太的家长里短有点儿厌倦了。

"有的。"沃尔克小姐回答,"不过关于她本人已经够了。我们有其他的事情要思考,在7月4日死亡真的会引出一些有趣的历史来,我们得把它一并写进报纸。"

我赶快削尖我的铅笔,扳扳指关节、打打哈欠、伸伸手臂,做好一切准备。

"令人惊奇的是,"沃尔克小姐发挥她通常的肢体热情开始讲话,"约翰·亚当斯(我们的第二任总统)和托马斯·杰弗逊(我们的第三任总统)都死在1826年7月4日,正好是《独立宣言》签署第五十周年的纪念日。当亚当斯死的时候,他的最后一句话是,'杰弗逊还活着'。可是杰弗逊却早在两个小时之前就已经死了,而他的最后一句话是,'亚当斯还活着'。为自由而战使他们俩成了亲兄弟。两位总统都是伟大的爱国者和《独立宣言》的签署者,他们两位死在全体美国人都在庆祝这个国家新生的同一天,真是一次伟大的巧合。这两人还是激烈的政治对手,特别是在奴隶制的问题上。可是随着他们年龄的增长,他们成为伟大的朋友。因为我们美国人认为:关注的焦点不在于分歧,而在于我们共同的目标——生活、自由和对快乐的追求。"

她停顿了片刻以便呼吸,我像在学校里上课那样举起自己的手。"对不起,沃尔克小姐。"我大声叫道。

"什么事?"她严厉地说,"我正在讲话。"

"您讲的关于亚当斯和杰弗逊在差不多同样的时间说了差不多同样的话,这件事是不是真的?"

她呼出一口气并看着我,好像我是一个白痴似的。"我所讲的绝大部分话都是真的。"她回答,"但是要是你不了解历史,你就不会知道真理和凭主观意愿的想法之间的区别。"

"好吧,不过这是什么意思啊?真理和凭主观意愿的想法又是什么?"我大着胆子问。

"自己去查吧。"她不耐烦地说,然后转身背对着我,"现在让我们继续写讣文,可以吗?"

"当然可以。"我赶快说,并拿起了铅笔。

"罗斯福夫人,"她大声说,"特别中意杰弗逊派的一条原则,它后来构成了诺福镇的蓝图。杰弗逊相信,每一个美国人都应该拥有一间屋子和一块足够大的肥沃田产,这样在艰难的时期,当很难有钱入账的时候,一个男人和一个女人总是可以种种庄稼,并有足够的食物养活自己的家庭。杰弗逊相信,农民是美国的关键,一个管理得好的家庭农场是一个管理得好的政府的楷模。罗斯福夫人有同样的感受。而我们在诺福镇继续遵奉着这一信仰。"

讲完最后一个字,沃尔克小姐低下她的头默默祈祷。祈祷完毕,她扑通一下倒在了她的沙发上,好像一个提线木偶断了线。她那些乱七八糟的东西突然全都掉在了她的身上,她把她的前额抵着她弯起来的膝盖,沉沉地睡着了。

可是我还有工作要做。我把讣文和历史教训用打字机打出来,然后走到地图前面,把最后一颗红色图钉按在杜比基太太的 C-27 号屋子上。"对不起,杜比基太太。"我悄悄地说,"您是一个很好的好人,我希望真正的死神会仁慈待您。"

就在这时,沃尔克小姐从她的膝盖上抬起了头,她一边眯起眼睛看我,一边打着哈欠。

"在我离开前,还有什么事我能为您做的?"我问。

"有的。"她回答,"我要你把巧克力小蛋糕的盒子拆掉,把它们在厨房台面的边上排列起来,然后在我饿的时候,我就能弯下身子把小甜点扫进我的嘴里。"

"牛奶怎么办?"我问。

"就把一根吸管插在瓶子里吧,把瓶子留在台面上。那就是一顿非常不错的晚餐了。"

"没错。"我说,在把她安顿好后,我向报社跑去,格林先生正坐在那儿抽着他的烟斗。一团烟云飘浮在他的头上,好像漫画上表示思想的气泡框,里面充满了在旋转的、未成形的思想。我把讣文交给他,他读完后放下文章,微笑着看着我。

"活儿干得不错啊。"他说。

"这工作全是沃尔克小姐干的。"我回答,"她在构思讣文的点子上,真的很不错。"

"我不是指讣文。"他说,"我是指打字。你打得越来越好了。"

我很高兴。"谢谢。"我一边说一边用手指轻轻敲打着台面。

"要是你还有空闲时间,我这儿总需要帮手的。"他提议,"我可以教你怎么为报社工作。"

"我这个暑假关禁闭。"我解释说,"可是让我想想有什么办法可以帮您。"

"那你想到了就告诉我。"他说,"我在这儿等着你。"

第 17 章　棒球赛泡汤了

"你的整个暑假都要泡汤了。"一个礼拜后,本妮带着她那种蔫蔫的令人反感的老一套声调冲着我抱怨。"想想吧。这可是你一生中一个无所事事的暑假啊!不对,我收回我刚才的话,"她突然改口,伸出手指责难地指着防空洞,"在这个暑假里你是在自掘坟墓!"

她的攻击几乎奏效,我差点儿也要跟着自怨自艾了,但是我一想到我上个月做的事,便对她说:"你错了。我在过着一个很有趣的暑假。"

本妮不喜欢被人反驳,而且她从来就不是一个肯轻易认输的人。她好像遭人看扁一样,开始像一根愤怒的树桩,用短而粗的树枝作武器实施反击。

"不,是你错了。"她说,像小前锋一样冲刺,狠狠撞向我的前胸,"你好像是我的朋友,可我们俩从来不合拍!"

"当我在那个死地狱天使身旁的时候,你可是抓着我的手的呀。"我提醒她。

"那是因为你当时蠢得像一个胆小鬼。"她回答,"为什么我们不能一起做些开心的事呢?"

"哪类开心的事呢?"我问。

"就像打打棒球啊。"她说,"今天下午我们正好有一场对阵赫克拉队的赛事,可我们只有五个队员。我们肯定会一败涂地的。斯皮兹先生说,他可以当我们的投手,但在一个少年队里,有一个老掉牙的家伙也太离谱了吧。"

"他还不至于那么老吧。"我俏皮地说,"他还在骑儿童三轮车呢。"

"你懂我的意思的!"她说,并推了我一把,"现在证明一下,你是我的朋友,我们会齐心协力做事。"

"先等一等。"我对她说,"我马上回来。"

我跑进屋子,经过大厅冲进自己的房间。我脱掉T恤,穿上"胡佛殡仪馆棒球队"的T恤衫,然后抓住自己的棒球手套和球帽,还有我的那张"搭乘J3型飞机飞行一次"的机票。妈妈在厨房里剁蘑菇和茴香,准备为老太太们煮鸡汤。

我走到她后面,轻轻拍拍她的肩膀。她转过身来。"我能用这张机票交换一场棒球赛事的机会吗?"我问,"本妮需要我归队。"

刚开始她的样子在我看来好像没什么希望了,可是当她认出了我手上拿着的机票时,马上高兴起来。"我们当然能做一次交易。"她说,"而且,不去坐那架飞机我想也是为你自己好。这件事可把我吓坏了。"接着她迅速看了一眼炉子上的钟。差一点儿就是正午了。"不过不要玩得太晚了,记得你还得帮沃尔克小姐给今晚主餐上用的小甜饼装袋呢。"

"您是最好的妈妈。"我说着冲出了门,随后用我的棒球手套猛拍了一下本妮的背,差点儿没把口香糖从她的嘴里给拍出来。"走吧!"我大叫着,"现在我可以像鸟一样自由了。"我们朝着棒球场跑去。

光跑步而不必去想打棒球以外的事情,这种感觉真是太棒了。关禁闭已经把我给击倒了,好像把我从一个孩子变成了一个"失去的世界"。可是当我一边跑着、微笑着,一边想着棒球的事,我把那过去的孩子的自我又找回来了。我们跑过了沃尔克小姐家的前门廊,这时我隐约听到她在呼唤我的名字。我继续跑着,接着我又听到了她的呼唤。

"杰奇!"这次她从空中传来的声音已经含有命令的语气了。

本妮瞥了我一眼。"你就装没听到算了。"她鼓动我。

"我不能。"我回答,并放缓了奔跑的步子,"她需要我。"

"你不会把今天的事给搞砸吧！"本妮一边发出警告,一边朝我的跑鞋上吐口水,"别理她！"

我不能不理她。于是我掉头转换方向,冲着沃尔克小姐的家跑去。她正站在前门廊。"杰奇！"她又在叫了,还挥动着她的一只畸形的手,"我怕我们又得给死亡人数加上另一位原居民了。林加太太。E区,第17号屋。让我们走吧。"

"这真太不幸了！"本妮叫了起来,"我整天和死人生活在一起。我不要再看到新的死人了。"

"来吧。"我乞求说,"这也算我们能一起做的事情呀。"

"好吧。"她叹着气说,"不过要快些完事。一个小时内我们就要开赛了。"

"没问题。"我说,但是我对时间并没太大把握。沃尔克小姐做事向来从容不迫。她厨房钟上的两根指针对她根本不起作用,就好像她自己的两只手对她不起作用一样。

我把她们两人在座位上安顿好,马上就发动车子驶向林加太太的家,没多久我们就到了那儿。不过胡佛先生比我们早到一步接管了死者的尸体。多谢他已经用一条白被单盖住了林加太太,死者僵硬的双膝和双肘从被单下尖削地耸起,使得被单的样子好像一座小冰山。我看着她,不禁想起在春天雪融化的时候,我在树林里发现的被霜覆盖的小动物的残骸。

我把视线从被单上移开,注意到厨房桌子上一份已经快被吃光的妈妈做的炖菜,旁边是一个已经打开的装有巧克力小蛋糕的纸袋,那是我帮沃尔克小姐包装的。

"嗨,小甜心。"胡佛先生看到了慢慢走过门廊的本妮。

"嗨,爸爸。"她一边闷闷不乐地回答,一边漫不经心地跨过林加太太,走过去打开冰箱。冰箱是空的,除了冒出阵阵霉味,它们比从胡佛先生海绵似的套装里发出来的一股股怪味更有死亡的味道。

"你认为死因是什么?"当我们大家围着被单站在厨房里时,沃尔克小姐问胡佛先生。我的视线从桌子移到铺着橘黄色油毡的地板,那地板看上去好像烤芝士三明治里面夹的芝士的颜色一样。

"髋关节骨折引起的并发症。"他手拿着雕刻了一半的木雕水鸭和雕刻工具,有板有眼地说,"看上去好像她正边吃饭边雕刻,然后一不小心从座椅上滑了下来,撞到了头。"他指着桌子的一角,那儿有一抹鲜血。我一看到血,马上仰头看着棉花一样白的天花板,并捂住了自己的鼻子。

"我想你是对的。"沃尔克小姐同意道。这时胡佛先生把手伸进他的外套口袋,拿出了医疗检验文书和死亡证明书。

"您能签一下字吗？"他问，"或者您得先煮一下手？"

沃尔克小姐朝他皱了皱眉。"杰奇。"她吩咐说，"拿着那支笔，把它放进我的手里。"

胡佛先生笨拙地倚在林加太太冰冷的尸体的上方，拿着文书靠在厨房桌子的桌角上，正好是让林加太太撞到头倒下死掉的那个桌角。我把笔摁在自己的手和沃尔克小姐扭曲的手掌之间，两人一起控制笔，一笔一画慢慢地涂画出她的名字，仿佛它是我们从一块占卜板上收到似的。

"签好啦！"她签完后对胡佛先生说，"现在你可以把她抬走了。"

那正是他所期望的。

在走出门时，我瞥了一眼起居室，那儿得有近百只水鸭雕刻。它们活灵活现，好像一群野鸭飞翔在窗子上和栖息在死者的家具四周。

"雕刻得真不错，你说呢？"我朝着在门边走来走去的本妮说，"我要是也能雕刻鸭子就好了。"

"上帝啊，我多么希望这个镇上有更多的孩子啊，这样我就不必苦苦地吊着你这样一个怪人了！"她说道，"现在让我们赶去球赛吧。"

可是当我们上了车时，沃尔克小姐却准备口述讣文了。在我从汽车前部的储物箱里取出便笺簿和铅笔时,本妮不高兴地叹了口气。

"凯伦·林加太太于7月9日去世,终年七十二岁,"沃尔克小姐开始口述。她不能像以往那样,在自己的起居室里踱来踱去,于是她只能以跺脚来代替,好像在一下一下地踩灭营火似的,"林加太太有一位了不起的文雅丈夫,他有一条漂亮的木腿。当她丈夫还是单身的时候,他在一次煤矿塌方中失去了一条腿,在残肢康复后,他不得不为自己安装一条合适的新腿。当时有不少人雕刻木腿,而林加太太就是一位雕刻师。人人都知道,她是一名水鸭雕刻冠军,她还为所有的总统刻过雕像,它们现在悬挂在学校的图书馆内。于是她为林加先生雕刻了一条新腿,那就是他们邂逅的原因,并从此踏上了婚姻之路。

他继续在矿井里工作,不过不再挖煤了。他照管生活在矿井里的所有骡子,它们拖拉装满煤的小轨道车,穿过隧道把煤送到升降机口,煤就从那儿被送上地面,供分类和运走。这些骡子一旦进入矿井,就很难再见天日了,直到死后才会被运上地面,卖给动物处理厂去处理。林加先生对这些骡子可谓呵护有加,而林加太太也常常和她丈夫一起下到矿井,帮助清洁骡子、喂养它们和打扫畜栏。他们俩为骡子提供照料、治疗和仁慈的陪伴。矿井里很寒冷,林加太太把饲料袋缝合在一起,做成毯子给它们御寒。在林加先生过世后,她还继续花时间当义工,照料这些骡子,直到它们逐渐被更现代的机械所取代。"

我刚写完这段话的最后一个句子,抬起头透过挡风玻璃望出去,我一下子惊呆了,我看到爸爸正缓缓开着一辆大平板卡车,后面宽大的拖车上躺着一幢诺福镇的屋子。他把车速再次放慢并朝我挥手。"嗨,杰奇,"他兴高采烈地大声叫着,"来向老诺福镇的一分子道别吧。"

"您要把它送到哪儿去啊?"我一边跳下车,一边大声叫着朝他跑了过去。

"西弗吉尼亚的埃莉诺镇。"他大声说,音量大到足以让沃尔克小姐听到,"我们一伙人已经被那边的一批人雇用了,他们要把诺福镇所有空了的房子全部买下来,并把它们投入他们自己的房产中去。"

我迅速转身想捕捉沃尔克小姐的反应。"你……你……你!"她一边结结巴巴地说着话,一边拼命地想抓住把手打开车门,可是她的手指已经锈得粘在一起了,她只好放弃开车门的尝试,而从打开的车窗探出身来。"你应该为自己感到羞耻!这些是诺福镇的房子!"她大声叫道,"罗斯福夫人说过,我们的房子应当留在此地,留在镇上,永远不能遭到毁坏。"

"我没毁坏任何东西。"爸爸大声回应着,"我不过把镇里死了的部分搬到一个还活着的新地段去而已！而且,看看这个屋子的背面吧,它被烧焦了。地狱天使一定没放过它,只是这个屋子的火在烧通透之前被它的一个邻居给扑灭了。"

"嘿!"本妮从车的后椅上滑落出来朝我的爸爸叫着,"载我到一个新地段去怎么样？"

"跳上车吧。"他回答,"就坐在拖车的后面,当我穿过镇子的时候,你可以再跳下去。"

本妮转身对着我,我能看到她眼睛里的失望神情。

"我下次再玩吧。"我有点儿假惺惺地说道,"其实我真的很想去玩。"

"你比我爸的一具死尸都不如。"她这样回应,"至少他们知道自己是死的。可你甚至还不知道,你是活着的。"说完她就冲着拖车跑去。

我有些害怕坐回车里,因为我知道沃尔克小姐在发火,她很生我爸爸的气。她可能会收回她的汽车,我并不怪她。在整个一生中,她什么都没做,只是信守着她对罗斯福夫人的承诺监视本镇的健康状况。现在眼睁睁看着镇上的房子被变卖、被拉走送去情况更好的埃莉诺镇,这一定很伤她的感情。

"我一直在想,"当我有足够勇气坐回方向盘后的座椅时,她愤愤不平地说,"我们应当让格林先生打印一份申请书,开始设立一项保护诺福镇基金,哪儿有空了的屋子就募款去把它买下来,以维护这个镇,不让它被变卖或烧毁。"

我发动了汽车发动机。"那是一个好主意。"我说,并开始给汽车换挡,不过在这一刻我还不知道诺福镇上有哪个人会有这么一笔钱。除了胡佛先生,只有他会有钱,因为人人都在死亡。

"你不能同时边写字边开车吧。"沃尔克小姐对我说,"所以我想我们得跳过讣文末尾的这段历史了。"

"没错。"我说,企望回到她家后我仍有可能有时间赶去球场,打上两局球赛,讨本妮的欢心。

"不过假如我要给林加太太的讣文加上一小段历史的话,它应当是一个伟大的爱情故事。"她说,"我喜欢爱情故事。"

"那会是一个好故事吗?"我问道。

"是我喜欢的故事中的一个。"她说,"它是关于亚历山大·贝克曼和爱玛·戈德曼[①]——两位伟大的美国无政府主义者的故事,他们想要改善全体美国人的生活。"

"我可从来没听说过他们。"我说。

"因为学校不教社会改革者的历史,他们才是真正的美国

---

① 亚历山大·贝克曼(1870—1936),爱玛·戈德曼(1869—1940),美国无政府主义者,以无政府主义政治活动、写作和演讲著称,是20世纪上半叶北美和欧洲无政府主义运动及其政治哲学发展的领军人物。

英雄,为工人的权益和正义而打拼。"她义愤填膺地说,双手一个劲地在空中劈砍,好像在驱赶大黄蜂似的,那是她为写作主题而热身的一个确定信号。"好吧,"她接着说,"让我来讲故事吧。"

"好的。"我同意,并把车速减慢到足可以让松鼠在车轮之间来回跑接力赛玩都不会被车压扁。

"亚历山大·贝克曼是一位漂亮和火热的革命青年,他要为矿工和工厂工人争取更好的报酬和安全保障。他头脑里充满了热情的想法——太热情了,真的。为了让矿工和钢铁工人获得平等的权利,他在1892年决定,他必须暗杀超级富豪亨利·弗里克,这个富豪拥有很多煤矿和工厂,而那儿的人民和儿童却遭受很差的待遇。他假设一旦弗里克被杀,那里受虐待的工人就会起义,发起一场革命夺取国家政权,然后人人都会有一份美好而安全的工作,有受教育的机会,有房子和其他他们应得的所有东西。"

"有点儿像埃莉诺·罗斯福夫人的想法。"我插嘴说。

"他们的想法可能有相似的地方。"沃尔克小姐回答,"可是他们的行动肯定不一样。罗斯福夫人是不赞成暴力革命的。"

"那后来发生了什么呢?"我问。

"噢,那要看你听的是哪一个版本的故事了。贝克曼和弗里克约定,在弗里克位于匹兹堡的办公室会见,而在会议时,贝克曼拔出了一支手枪,但是他太紧张了,他的手在发抖,所以当他开火时,他只射伤了弗里克的颈部。于是他又掏出一把刀,往弗里克的腿上捅了几下。或者,按故事的另外一个版本,贝克曼拔出了手枪,可是它卡壳了,于是他掏出了刀打算捅弗里克。无论哪一个版本,结果是弗里克和一个助手夺下了贝克曼的枪和刀,然后贝克曼被捕,被送进了监狱。"

"那有没有爆发革命呢?"我问。

"没有。"她说,"没人敢革命,这真让贝克曼太失望了。"

"那么在这个爱情故事里,哪来的爱情呢?"我问,"我肯定弗里克为了要把他杀了,是不会给他机会来一个拥抱和一次接吻吧。"

"请耐心些。"她回答,"我还没讲完呢。"

"好吧。"我说。

"但是,贝克曼的女友是爱玛·戈德曼呀,她可是我赞赏的人啊。她是一个真正的社会改革家,为妇女做了各种各样的好事。她决定帮助她的男友越狱。贝克曼给她发信,信中布满了如何实施这一计划的密码。首先,爱玛和一些朋友在监狱围墙的对面租了一个屋子。接着,他们雇用了一名钢琴手,整天不停地大声唱歌和弹琴。然后,他们开始挖掘一条地道,从屋子的地下室通往监狱,而弹琴声掩盖了挖掘声。到这里,又有两个版本的故事了。"

"什么?"

"一个故事说,他们的地道挖到了监狱里面的一个小角落,那儿只准许贝克曼一个人做运动。爱玛在那儿等着他日间放风,等他能够偷偷钻进隧道逃走,然后双双远走高飞,从此过上一种为全世界工人的权益而奋斗的浪漫生活。"

"不过那个结果并没有发生,是吗?"我怀疑地说。

"没有发生。没料到有一个监狱卫兵踩进了地洞,发现了地道,于是所有挖地道的人都逃到山里去了。"她平静地说。

"那另一个故事是怎么说的?"我催促着。

"还有一种说法,他们在掘地道,这时有两个在屋子周围玩的孩子走了进来,他们想听钢琴手弹钢琴。可是他们发现了地道,于是跑去告诉了他们当监狱卫兵的父亲,所有挖地道的人不得不逃走了。无论哪种说法,贝克曼还是在监狱里待了十四年。"

"那他的女友后来怎样了呢?"我问。

"她是一个了不起的女孩子。"沃尔克小姐带着赞美的语气说,"她继续在世界各地旅行,为改善穷人的生活奋斗,最后在贝克曼释放离开监狱的时候,她已经在火车站等着他了。"

"那真是一个很美的爱情故事。"我一边说一边把车开进她家的车道,"为什么我们不能把它加进讣文里去呢?"

"噢,"她说,"那要看你听的是哪个版本的故事了,因为事败出逃日期的说法各有不同。一种说法是发生在7月5日,另一种说法是在7月16日,所以很难把这个故事和林加太太的死亡日期连在一起。"

"那太可惜了。"我说,"不过要是有一条地道可以从我家的地下室通出去,那就真的太棒了,那样我就能逃之夭夭不用再关禁闭了。"

"我也希望有人能为我挖掘一条逃生通路离开这儿。"她说,神情迷茫地凝视着窗外,"我想要踩进一个地洞,和一个漂亮的革命家一起消失,从此过上一种异国他乡的冒险生活。"

"就像同斯皮兹先生?"我问,"他好像很想要带着你一起离开。"

"他不是一个浪漫的人。"她轻蔑地说,"他是一个很平庸的人。他关于革命的想法就是把路线改一改颜色。哼!真的是一个很令人厌烦的人。"

"那好吧,您并不需要一条离开这儿的地道,一旦这些诺福镇的老人全部死掉,"我说,"那时您就可以同任何您想要在一起的人,做任何您想要做的事了。"

"请相信我,"她忧心忡忡地回答,"我也很清楚地知道那一切。顺便提醒你一下,你的鼻子又流血了,不过只有一边流血。"

"我讨厌发生这样的事情!"我叫了起来,赶忙用手凑在鼻子底下。我的手指上满是血。

"把手电筒从手套箱里拿出来。"她吩咐道。

我把车靠边停下,取出手电筒,把头往后仰,用手电筒从上面照着自己的鼻子。"噢,是的。"她盯着我滴血的鼻孔说,"我可以看到一些毛细血管已经破裂了。我会很轻松地把这事处理好的。"

"很轻松地处理好这事"的话音像回声一样在我的心里萦绕,而当那回声停下来的时候,我知道它不会是件很轻松的事。

第 18 章 惹恼本妮

失去了我的"出狱自由"通行证,我只能被钉死在家里,等着沃尔克小姐召唤我去她家做讣文笔录的工作。可是所有的老太太都过得好好的。她们正常地呼吸、吃饭、聊天和唱歌,根本没任何要死的计划。我不能怪罪她们,因为我自己也不想死,即使我已经厌烦得要死。就这样又过了几天,在后院顶着酷热的太阳挖地,我突然记起格林先生曾经说过,我可以在《诺福镇新闻报》报社为他工作。

但是当我要求妈妈让我去为他工作时,她说:"不。你在这儿还有很多事要做呢。"

"可是他会付钱给我的呀。"我说。

"可我们现在不是也已经允许你可以在这儿四周干活儿了嘛。而且你还关着禁闭呢。"她真是不通情达理。

"我现在要去哭了。"我边提高声音说着边走出了后门,去继续挖掘防空洞,"要是你出来,你是看不到我的眼泪的,因为太阳这样火辣,我伤心的眼泪在它们有时间从我哭肿的红眼睛里流出来之前,就早早蒸发了。"

"这种说法很漂亮啊。"妈妈咧嘴笑着说,"真是糟透了,可你为什么不在割倒我的玉米那阵子也多动动脑筋呢。"

"行行好吧。"我乞求着,"让我去帮帮格林先生吧。"

她把态度放软了。"晚点儿再说吧。"她说。但是"晚点儿"是永远不会到的。我被钉死在一个世界里了,那儿的时间已经静止,除了有时间让我不停地挖掘。我的鼻子时不时流血,于是我在工作时用一块白色手帕的布角来塞我流血的鼻孔。我用一支黄色铅笔把它捅实捅紧。从远处看,好像我正在打羽毛球,有一个羽毛球堵住了我的鼻孔。

每天早晨我都盼望下雨,可是天空老是蓝蓝的。一天早晨,当我边读着"历史上的今天"专栏边用早餐时,感到有点儿不对劲。我发现格林先生重复了上月登过的一篇专栏。他在报纸编辑方面肯定能用上我帮忙。

1829年6月16日:杰罗尼莫①诞生。他成为一名伟大的阿

---

①杰罗尼莫(1829—1909),美国阿帕切部落著名领袖,为阻止墨西哥军队以及后来的美国人染指阿帕切部落领地,抗战数十年,后向美国人投降。

帕切部落勇士，为美洲印第安人的自由而战。

1858年6月16日：亚伯拉罕·林肯在伊利诺伊州春田镇发表了他的"家庭不睦，万事不兴"的演讲，意味着国家无法以部分地方支持奴隶制，部分地方反对奴隶制的形式而存在。

1903年6月16日：福特汽车公司成立。亨利·福特宣布，完美的组装线工厂的工人可以是一名盲人，因为他能学会一项确定的工种，并不断重复毕其余生。

那是在讲我。我可以闭着眼睛挖洞，就这样度过我的余生。

早餐后，我洗净手帕，把它重新塞进我的鼻子，然后离开屋子朝防空洞走去。

我先用一把鹤嘴锄把泥土捣松，接着用铲子把泥土抛进独轮手推车，而当手推车装满后，我把它推到妈妈已经标志出来的地方，她要在那儿兴建新的花床。

我挖啊挖啊，直到防空洞四边的深度快到我的膝盖了。每天下午大约两点钟的时候，我就盼望着俄国人会来把我炸死，让我可以脱离苦难。

我一边铲着土，一边在给自己写讣文。"杰克·甘托斯，"我稍稍屏着气说，"出生在宾夕法尼亚州快乐山弗里克医院，在宾夕法尼亚州诺福镇长大，那是一个正在慢慢消亡的小镇，就像胡迪尼①的魔术那样，它很快会重新出现在西弗吉尼亚了。杰克是一个好学生，不过他从阅读书本学到的东西远比从在学校看着窗外而学到的要多。他的父母是十足的陌生人，只是在他出生时把他领走了。"

当我把这些话大声说出来的时候，我没注意到本妮正偷偷地靠近我。

"你是被领养的吗？"她突然发问，把我吓了一大跳，我跳向空中好像一只发狂的猫。

"不是。"我在四肢落地反弹起身后说，"不是。我不是被领养的。"

"那为什么你说你的父母是陌生人呢？"

"因为他们就是陌生人嘛。"我回应说，"在我出生前的一刻，我还从来没见过他们呀。"

"你就是这么一个奇怪的陌生人。"她一边说，一边指着我的脸，"加上你鼻子下耷拉着那个血淋淋的东西，你成了超级怪人了。"

"对不起。"我说着转过身去，用力把干了的血手帕从鼻子里拉出来，并把它塞进我的牛仔裤后袋。

---

① 哈里·胡迪尼（1874—1926），美国特技演员和魔术师，以创造耸人听闻的逃生表演著称。

"我上这儿来,"她说,"是想知道你妈会不会让你去我家。我爸需要人手帮忙清扫尸体防腐处理室,他已处理了一批大巴旅游团的死人,他们是在联合桥发生的迎头相撞车祸中丧生的。他会付钱给你的。"

我狠狠咽了一口口水。"这次的脏乱程度会比地狱天使的那只水桶还恶心吗?"我问。

她用她粗短的手指算着死人的人数。"超五倍的内脏。"她说,"还不包括宠物狗,我们没有给它做防腐处理。"

我突然感到头晕,空气在我的耳朵里发出嘶嘶的声音,就好像在我的耳朵后面下大雪一样。我一边扶着她的肩头保持平衡,一边做着深呼吸。

她闪开了。"别用你沾血的手碰我!"她叫了起来。

我倒下来跪在地上,把手帕从口袋里拉出来。"看到这血了吧,"我痛苦地说,并摇动着手帕,"它是我自己的血,是它令我头晕眼花的。即使我多么想要离开我家去挣钱,我也不能为你爸干活儿,我会流血流到死的,而你爸会把我扔到阿兹台克的祭坛上,给我做尸体防腐处理的。"

她耸耸肩。"瞧,我上这儿来再给你一次机会,一起做些开心的事情。"她说,"你已经在受惩罚了,你不得不挖掘这个防空洞,还有什么能比他们让你做的这件事更糟的?"

"他们可以让我挖掘两个防空洞。"我说。

"别这么沮丧。"她说,"我有一个计划。现在你会开车了,让我们借用沃尔克小姐的车出去玩,开到匹兹堡去玩海盗游戏。我有买票的钱。"

"钱不是问题。"我说,"如果我开车去匹兹堡,我会被捕关进监狱。警察不是傻瓜,他们知道我还是一个孩子,而我的父母会杀了我。"

"我爸说过,'人迟早要死',那为什么不在开心的那一刻死呢?"

忽然我想起我们可以在我家做些什么却不会惹出麻烦,那也可以很开心的。"上我的房间来吧。"我热情地说,"我会给你看一些有趣的东西。"

"比你那血淋淋的塞鼻布更有趣吗?"她一边问,一边把脸皱起来。

"比它有趣多了。"我说着慢慢地重新站了起来,"来吧。"

她犹豫不决地跟着我进了屋子,走下客厅,然后进了我的睡房。"瞧,"我得意地说,指着我房间的后角落我一直忙活的地方,"我用我的书盖了一个印第安人的圆顶小屋。"

"那个小屋看上去更像一个狗屋。"她评论说。

"它是印第安人的圆顶小屋。"我说,"是用书当冰块盖的。"

"当你出生的时候，很奇怪你的父母竟然没拒绝你的到来。"她说,"要是我早就把你重新塞回去了。"

"你要读一会儿书吗？"我问。在孤独地挖了几天防空洞后，我急于想把她留在家里。爸爸正忙着把第二座诺福镇空屋拖去西弗吉尼亚,所以他不在家,而我在妈妈面前老有犯罪感,所以我避免和她交谈。

"你知道我不喜欢读书。"本妮说。

"你想知道一个秘密吗？"我问。

"当然。"她心不在焉地说。

"我爱闻书的内页。"我压低声音说,"因为每一本书都有它自己的特殊香味。"

"你现在变得更怪异了。"她也把声音压低来回敬我,并向后退了两步避开我。

"让我做给你看。"我说。我抓起《东京上空的三十秒》那本书,把它快速打开,把脸埋进书页中间,用我那患鼻塞的鼻子深深吸了口气。当我把脸从书上抬起来的时候,我做出陶醉的样子,如梦如幻地说："啊,这种书香真是好极了。现在你来闻。"

她迟疑地拿起了《卡斯特的最后一战》那本书,把它打开,并把自己皱起的腰果般大的小鼻子贴在书页中间。她使劲闻了一下书,然后立刻把它扔了出去,踉踉跄跄地走到我的衣柜靠着。"历史,"她说,张口停顿了一会儿,"肯定是世界上最差的气味。或者这就是为什么在你死的时候,人们说你已是历史了,他们的意思是,你的气味糟糕得像一个腐朽的老年死人。"

"历史不是死的。"我说,"你到处看到的都是历史。它是活着的。"

"好吧,我正在看着历史呢。"她指着我说,"你曾经是我的朋友,可你现在是散发着恶臭的朋友!我来这儿是给你第二次机会,而你却让我闻一本旧书的裤裆味。"

"对不起。"我说,"但是我已经被困在这儿了。只要我能证明我并不知道那支枪里面有子弹,我就可以不用关禁闭了,我们就能做你想要做的任何正常事了。"

"明白了。"她说,"可是你怎么能证明你并没把子弹装进枪里呢?"

"我也不知道。"我说,"完全不知道。"

"那太好了。"她生气地说,"这样,天才先生,你什么时候想出办法来就什么时候再打电话给我,我可不能老坐在你的小狗屋里,花整个夏天的时间来闻书味,因为到那时我早已经精神失常了!"

她开始起身走出我的房间。"别走。"我乞求着,"行行好。"

她垂低肩膀,生硬地伸出手臂不让我挡道,然后踩着重重的步子走下客厅,离开了我的家。

从客厅的另一头传来妈妈的叫声:"杰奇,谁在那儿?"

"一个陌生人。"我含糊地说。

我把我的手帕重新塞回我的鼻子,然后跑了出去。我先喂了火鸡,确保"战争首领"已喝过了水,然后拿起我的铲子开始继续挖起地来。

那天晚上,当爸爸从西弗吉尼亚回家时,他进了我的房间。"嘿,杰奇,"他叫着,"你在房间吗?"

"我在印第安人的圆顶小屋里。"我说。

他走到我房间的角落。我是从那儿蜷缩进我的印第安人的圆顶小屋的,我只能看到他的靴子。

"它看上去更像一间室外厕所。"他评论道,"或一个坟墓。印第安人的圆顶小屋是圆的,可是你的书是方的,没有弧线。你需要玻璃吗?"

我知道我正在想的东西是错的,甚至是罪恶的,但是在我的一生中,这是第一次我希望有另一位诺福镇老太太会在这一刻倒下死亡,这样我就可以离开我的房间了。

"我发现了一些有趣的事情。"他说,"猜猜看是谁把所有的诺福镇空屋子买下来,然后把它们搬到西弗吉尼亚去?"

那可把我难住了。除了自己的父亲,我想不出还有其他人会做那样的事。"是谁?"我问。

"胡佛先生。"他说,并大声笑了起来,"他正在把所有的屋子卖掉,但把土地保留下来。你想想他为什么要那样做?"

我站了起来,我的印第安人的圆顶小屋瞬间塌了下来,躺在我的脚下。"他可能在计划把诺福镇变成一个大墓地吧。"我猜测。

"很有可能。"他朝我挤了挤眼睛说,"但是他不必为那个计划干得太辛苦。这个地方本身已经半死不活了。"

"我会问问本妮的。"我说道。

一分钟后,我给她打了电话。她一听到我的声音,就无情地把电话给挂了。

第 19 章 女童军的防火巡查

我在 7 月 17 日打电话给她,她把电话挂了。

我在 7 月 18 日打电话给她,听上去好像她把电话扔到房间的另一头去了。

我在 7 月 19 日打电话给她,她态度有点儿软化了。"你知道我正在干什么吗?"她在电话那一头叫喊着。

"不知道。"我回答。

"我正把电话扔进盛人体内脏的水桶里去呢!"

我听到了似水溅起的声音和水流下的汩汩声。我挂上电话,直接冲进了浴室。我的鼻子反应很准时,我朝镜子里看,第一滴鼻血刚好滑落下来挂在我的上唇。

我在 20 日打电话给她。我一定惹她厌烦了。她一边拿起一对牙齿,让它们发出咯咯的声音,一边在后面弄出毛骨悚然的鬼声来。然后她再次挂上了电话。

我在 21 日打电话给她。

"好吧。"她说,声音里有一丝恼怒,"你知道是谁把子弹装进你的来复枪了吗？"

"我正在查呢。"我说,"可你知道你爸爸为什么要把所有诺福镇的屋子买下来,并把它们搬去西弗吉尼亚吗？"

一阵沉默,但我能感受到她的脑子在转。"好吧。"她说,"这么着吧,我爸爸说过要保守秘密的,不过我可以告诉你,只是你得在今晚溜出你的屋子,同我一起参加女童军防火巡查。今晚轮到我监视空屋,防止地狱天使把它们烧毁。"

"你就不能在电话里告诉我吗？"我问。

"不能！有胆量就溜出来吧。"她说。

于是我下定决心准备豁出去。"我会溜出来。"我平静地回答,"告诉我在哪儿碰头,什么时间。"

"在学校的另一边。"她说,"我们十点钟从D区出发。"

"十点吗？"我重复了一遍。

"要是不准时到,你可得小心点儿！"她说,然后把电话砰的一声给挂上了。

我又钻回我重新搭建的印第安人的圆顶小屋,给当晚设想了很多种遭遇。接着我计划和准备了一下,在九点三十分跳了起来开始行动。我走进妈妈的房间,吻了她道晚安。

"睡个好觉吧。"她说。

"您也是。"我回答，真心希望她会睡个好觉。然后我走回客厅，经过自己的房间朝地下室的门口走去，我早已把地下室的门半开着，防止开门时发出门锁声。我沿着墙边溜过门廊，然后拾起之前留在上层台阶的手电筒。我打开手电筒，小心翼翼地走下地下室的台阶，然后绕过洗衣机和火炉，走进已废弃的曾用来放煤的旧储藏间，那儿有一条像滑梯一样的输煤滑道，通向一个像大号邮箱开口的金属窗口，煤就是从那儿输送的。我跑上滑道，打开锁把窗子抬起。它没发出吱嘎声，因为我先前已把铰链上了油。我把手电筒关了，扭动着身子钻了过去，然后再把窗子轻轻地放下。把手电筒塞进后裤袋后，我悄悄地来到车库后面，我在那儿放了一个口袋，里面有我的死神化装戏服。我穿上黑色的袍子，戴上面具，并把它暂时推到头顶。

从车库后走出来，我看到妈妈房间的灯已经关了。虽然爸爸可能晚些时候回家，但他从不深夜检查我的房间。我抬脚离开，往学校走去。

本妮已在那儿等了，正在抽烟。"哈，看看这个下决心要有个改变的男人。"当她看到我时评论说。她把香烟递过来："来一支？"

"怪不得你的身体发育受到了抑制。"我边说边把她的手推开。

233

"管住你的嘴，要不然我还是会要你好看的。"她开始还击。

"我们走吧。"我说，"把烟灭了。我们不是上这儿来放火的。"

她把烟丢在地上，然后用她的鞋子把它踩灭。"好吧。"她说，"既然你已经现身了，我也遵守承诺告诉你我爸爸的秘密。他之所以买下所有诺福镇的空屋，并把它们卖到西弗吉尼亚的埃莉诺镇，是因为那是一个更大的镇，会有更多的人死在那儿，那儿的生意会更好。他设想他将不得不结束这儿的生意，我们全家会搬到那儿去住。"

"嗯，那倒有点儿道理。"我说，"不过把屋子搬走会把沃尔克小姐逼疯的。她爱这个镇，无法忍受看着它死亡。"

"相信我，"本妮摆出一副老道的样子说，"我看到过很多人目睹了事物的消亡，他们后来都挨过去了。所以她也会挨过去的。"

"那土地怎么办？"我问，"你们将建一个大墓地吗？"

"不会。我爸爸想要建一座名为胡佛维尔的大开发中心。"她说。

"你在开玩笑吧？"我问。

就在这时本妮一把抓住我的肩膀，我们停下了脚步。"听。"她说。

"这是一辆汽车。"我说,"不是摩托车。"

"他们一直是开着汽车溜进镇里的。"她说,"有六起发生在镇上的小火灾并没有被报告,因为爸爸不想吓到大家。"

汽车正慢慢地朝着我们的方向开过来。我们低下身子藏在树篱后面直到汽车开过去。接着刹车灯亮了。一名地狱天使从副驾驶的位置走了出来,砰地打开车尾的行李箱。

"我们下一步干什么?"我悄悄地问。

她没回答,只是给我看了看她用绳拴着挂在脖子上的银色哨子。"发秘密信号。"她悄悄地回答。

那名地狱天使抓着一罐汽油,走到屋子的门廊,开始往木板和栏杆上泼汽油。

我看着本妮,可她没动。我用手肘顶了顶她。她把手伸进口袋,拿出两块拳头大的石子。她把石子给了我一块,我点点头,然后她站了起来并大叫着:"嘿!"

那家伙停住手,转身朝着我们,她把她的石子扔了出去,击中了屋子。他扔下了汽油罐,我听到他把金属打火机打开的声音。

"嘿!"我大叫着,也扔出了我的石子。我不知道石子去了哪里,但是转眼间整个门廊都着火燃烧起来,好像我刚扔了一颗手榴弹似的。本妮吹起了她的哨子,那名留着狂野头发和浓密胡须的地狱天使借着火光看到了我。

他指着我。"你小子,"他低声咆哮着,"我要杀了你!"

到这个时刻我才发觉,我的面具给推到了脑袋的上面,他可以看到我的脸,而我能看到他正在冲我的方向奔过来。

"保命要紧,快跑!"本妮喊着,并撒腿跑起来。

我朝着另外一个方向跑。我想地狱天使不会跟着来了,因为我能听到他们的汽车启动和轮胎在大路上急速摩擦的声音。

我放慢脚步跑了一会儿,这时我听到本妮的哨子又开始吹响了,接着别的哨子也跟着响起来。女童军们创建了一个很好的系统,可是我已没时间去赞美它了,因为我知道会有人给消防队打电话,火灾警报会响起来,把全镇的人给叫醒。我知道妈妈会跳起来,她要做的头件事就是冲进我的房间看我,确定我的房间没有着火。

我拼命跑着,把化装服卷起来夹在手臂下面。我的面具从我的脸上飞走了,可是我没停下脚步。就在我跑过沃尔克小姐屋子时,我听到火灾警报大声响了起来。我知道妈妈不会在我的房间里找到我了,我也无法快速跑到那儿,我现在可以做的只有一件事了。我跑到我家车库后面,打开小门,把化装服从头上扯下来扔到一边,然后我飞快打开收藏纪念品的箱子,抓起那副望远镜,接着跑回小门离开,一转眼我已在厨房里了。妈妈这时正好打开了灯。

"你上哪儿去了？"她问，我能看到她脸上透着关切的神态，因为她已到过我的房间。

"就在这儿呀。"我一边拿出望远镜递给她，一边避开她的问题，"快看！哪幢屋子着火了？"

妈妈把望远镜举到眼前。当她站在厨房的洗碗槽旁扫描着全镇的时候，我溜过客厅，进了自己的房间，踢掉了鞋子，把手电筒扔到床上，然后用枕头把汗水从脸上抹去。

在我回到厨房的时候，妈妈已在和斯皮兹先生打电话。火很快被邻居们扑灭了，就像它很快被点着一样。屋子有些地方被烧焦了，但是没有被烧坏。

趁妈妈还没有打完电话，我已进了浴室。

"晚安。"她说。

"祝您睡个好觉。"我从关着的门后说。

第 20 章　马掌工

从那个晚上后,我就老老实实地待在家里了,像个乖乖的天使。妈妈问我为什么会这么快离开自己的睡房拿到望远镜,我就摆出一副天真无邪的样子说:"乖乖,您当时一定睡得很熟吧。火灾警报响了很久您才醒的吧。"那话好像令她满意了。就像任何谎话一样,细节越少越好。

但我认为要干掉我的人并不是妈妈。当我正推着满载着土的独轮车绕过屋子的时候,一名高大的男子驾着一辆摩托车呼啸着冲上了我家的车道。他有一把长胡须从中间梳开,一直拖过两边肩膀,在脖子后面揪在一起打了个结。他看上去就像那名说过要把我杀了的地狱天使。我想我这回死定了。这时他走下摩托车,把手伸进挂在摩托车两旁的其中一个挎包,拖出一把锤子和钉子,耀武扬威地朝我走过来。

我设想他会把我拎起来,摁在一根树干上,把钉子敲进我的前额,让我就这样挂在树上,然后把我们的屋子一把火烧了。

我能用来反击的所有武器只有鹤嘴锄和铲子,而且我是这么的疲惫,已经很难举起它们中的任何一个来防卫了。我的唯一遗憾是我还不曾把我的讣文写下来,但是我想沃尔克小姐会给我写一篇好讣文的。我已读过她写的"历史上的今天"专栏,7月28日那一天的历史有:英国的亨利八世把托马斯·克伦威尔处死,法国的罗伯斯庇尔被人斩首,美军的一架轰炸机意外飞进帝国大厦的七十九层楼导致十四人死亡。这一天可是死亡的好日子,我或许会被历史记住的。

"嘿,孩子。"他大叫着,冲我扬了扬他的锤子,好像他是雷神托尔①,打算用重重一击把我的小头给砸碎,"'战争首领'在哪里?"

"什么?"我大叫着回敬,并准备好撒腿就跑。

"你们的小马驹。"他一边说着,一边踩着重重的步子朝我走来,"我是马掌工,上这儿来给你们的小马驹修理马掌的。"

"我还以为您是一名地狱天使呢。"我说。

"我一度是地狱天使。"他回答,"但是每时每刻的打打杀杀、酗酒和令人恶心的生活方式让我很厌倦。所以现在我只关心动物了。"

---

①托尔,挪威神话中的雷神,也主雨水和农耕,手拿锤子,伴随着雷电和霹雳。

"小马驹在那边。"我轻松地大声回应,指了指"战争首领"待的地方,它正在试图用嘴抓苍蝇。

他转过身,从自己的挎包里把更多的工具拿出来。妈妈正在裤厂干活儿,所以我就围着马掌工打转。他把"战争首领"马掌磨损的旧蹄铁取下来。"好家伙,这马蹄铁肯定是到时候了。"他一边说,一边开始小心地修理着马掌。把老皮去掉后,他把马掌锉光滑并整了整形,接着把每只马掌的蹄叉部位逐一清洁干净。做完了这一切,他把新的马蹄铁给"战争首领"的马掌安装好,然后回到他的机车,拿了把胡萝卜回来。他一边摩挲着"战争首领"的鼻子,一边喂它胡萝卜,他转身对着我问:"你妈妈是在这儿付钱吗?"

这也许是我逃走的机会。"她告诉过我,她用我来交换您的工作,所以您可以把我带走。"我用礼貌的语气说,"我比钱更有价值。"

他看了我一眼,咧开嘴笑了。"我肯定你更有价值。"他回答,"不过把钱留在口袋里要比喂养一个孩子省钱得多。我会等着拿现金。"

"我保证她会付您钱的。"我说,"她真的工作得很勤奋,是我知道的最诚实的人,比我更诚实。"

"她在电话里告诉过我,要是她不在这儿,就去裤厂找她。"

他说,"所以我还是上那儿去找她吧。"

这时我绝望地脱口而出:"您要看看我用书搭盖的印第安人的圆顶小屋吗?"

他看着我的眼睛,然后身子往前倾,把他那柔软的大手放在我的前额上。"我想你在户外的太阳下待得太久了。"他说,"你最好去你的印第安人小屋里休息一下吧。"

第 21 章　行李箱中的"骷髅"

电话铃终于响了,一分钟后我已来到沃尔克小姐的屋子。

"谁死了?"我问,语气有些太过热情了。

"没人死。"她说,烦躁地看了我一眼,"开车去一次美蒂家吧,告诉她我要更多的小甜饼。"她指示着说,然后朝我的书桌挥了挥手,那儿放着一张十美金的钞票。"这些老太太真的很爱把它们当甜点,而我再也不能烘甜饼了。我这样做至少可以给你妈烹煮的精美佳肴帮上点儿忙吧。"

"没问题。"我回答,把十美金的钞票捏在手心里。我急着要去见美蒂,我喜欢她冲我微笑的样子,好像令人眩晕的向日葵。

这是我第一次一个人开车,所以有点儿紧张,而要去的是美蒂家,这令我更紧张了,因为我有点儿喜欢她,可我从来没告诉过她,因为我甚至无法对自己说我喜欢她。虽然我把车开得很慢,但我觉得我好像已经在全速冲刺一样地向她家跑去,因为在我到达她家时,我已经全身是汗并且呼吸困难了。我用手扫了一下鼻子,看有没有血,然后离开汽车走向她家门廊。我摁了门铃,当她打开门看到是我时,露出了她独有的微笑,她把头往旁边慢慢低下,挨着她晒黑的肩头,就像太阳落在美丽的海滩上。"嗨,"她轻柔地说,"见到你很开心。"

"嗨。"我像鸟一样叫着,笑容满面,好像初升的太阳,可脑海里一片空白。

她眯着眼睛看着我,我知道我应该开始和她交谈,可是好像突然遇到日全食一般,我的心被遮蔽了,变得说不出话来。静静地过了几分钟后,她抬起头来问我:"嘿,你为什么摁我的门铃?"

她的问题猛然把我拉回现实。"哦,沃尔克小姐需要更多的巧克力小蛋糕。"我回答。

"今天一定是我的幸运日。"她说,我的话终于可以让她开心了。"我卖了一盒甜饼给斯皮兹先生,一盒给胡佛先生,而现在沃尔克小姐可以把我剩下的甜饼全部买走了。"美蒂说,"不过我们正在搬家,所以我不能和你一起送去了。"

"你们为什么要离开?"我问,声音里有一点儿过分的惊恐。

"我爸爸需要一份工作。"她解释说,"我是说,我靠甜饼赚钱是不错,不过它还不足以维持我们的生活。只有当诺福镇人人每天吃大约一千个甜饼时,我们才可能支撑下去。"

"我会吃一千个甜饼。"我说,"只要你可以留下。"

"你拼命增加重量也无法让我的感觉真的变好。"她一边说一边鼓起了双颊,装成一个大胖子的样子。

"好吧,你要离开我感到很遗憾。"我说。

"我并不感到遗憾。"她回答,"诺福镇有点儿像座死镇。我们会搬去匹兹堡。"

我不知道还有什么可说的,于是我把那十美金的钞票给她看,它被我攥得有点儿汗津津的了。"沃尔克小姐要把你的巧克力小蛋糕全部买了。"

"太好了!请在这儿等一下。"她回答,接着关上了门。

一分钟后她又打开门,她的爸爸拿着三个棕色大盒子走到门廊。"你要把这些盒子放在哪儿?"他问。

"车后的行李箱。"我回答,并指了指汽车,"我去帮您把行李箱打开。"

"是你自己把它开到这儿来的吗?"当我们走下车道的时候他问。

"是的。"我骄傲地说。

"跟你的同龄人比你一定很成熟。"他说。

"我是很成熟。"我很自豪地挺起了胸脯。

我们走到汽车旁,我打开了行李箱,而当我抬起后车盖的时候，我发出了像女人似的自己平生最高音的尖叫。"噢，天哪！"我叫着，双臂挥动着跳上跳下，"在行李箱里有一个死了的老太太！"

美蒂的爸爸扔下盒子，赶快跑到我站的地方。"看上去她好像已经死了很长时间了。"他轻轻地说，脸上有一种困惑的表情，"怎么回事，她已经成了一具骷髅了。"

它就是一具骷髅，一具非常白的骷髅，但是穿着女人带花图案的衣服和红色的鞋子。

"等一下。"他说着忽然兴奋起来，"这是一具假的骷髅呀，就是上科学课时用的那种骷髅。"他探身进行李箱，握着它的脖子把它拎出来，并前后摆动着咯咯作响。"噢……噢……噢……"他嘴里发出凄厉的声音，把骷髅在我的面前摇晃。它的下巴弹脱开来，掉在我跑鞋的鞋尖上。

"哎哟。"我叫着，把下巴捡了起来。我转头去看美蒂，可她已经走回屋子了。透过厨房的窗子我发现她在打电话，很快我知道她可能是在给本妮打电话，因为我隐约听到她的尖叫，"噢，天哪！"接着她双臂挥动着跳来跳去好像我刚才的样子。她就像沃尔克小姐拿斯皮兹先生取笑一样拿我开着玩笑。我感觉我的双颊红了，有一阵子我都感到对斯皮兹先生有点儿歉意了，我碰了一下鼻子，在我的上唇有一点儿血迹。我很快把斯皮兹先生从我的心里抹掉，就好像我用手背把血很快擦掉一样。

美蒂的爸爸把穿着衣服的骷髅放回了行李箱。"我就把这些盒子放在后座上吧。"他提议说，而我从他做作的声音里可以听出，他也在笑我。我绕过他走到车的前座，滑坐在驾驶座位上。

"祝您在匹兹堡好运。"我在他关上车门后说。即使美蒂取笑我，我也要让她爸喜欢我。我启动发动机，加大油门让发动机发出轰鸣声。就在卡内基先生离开汽车往回走的那一刻，我猛踩了一下油门踏板，就像一个真正的男子汉，而不是什么看到一具穿着衣服的塑胶骷髅就害怕的、没骨气的小屁孩儿。当我开回到沃尔克小姐家的时候，我把全部三个盒子叠在一起，并像希腊罗马神话中的大力神赫拉克勒斯一样把它们搬出来。这差点儿把我累死。

我把甜饼放进厨房后并不想回家，于是开始帮沃尔克小姐把所有磨损的老太太鞋子擦一遍。就在这时电话铃响了。

"沃尔克小姐家。"我很有礼貌地说。

"我是胡佛先生。"他说，虽然我看不到他，但能想象他摆出的那种悲伤的表情，"请告诉沃尔克小姐，一辆救护车刚把汉斯比太太送来。她看上去情况很差，她的孩子打过电话，告诉我先动手把她立刻火化。我正在准备去做这件事，如果沃尔克小姐需要检查一下汉斯比太太的话,她得赶紧到这儿来。"

"请等一下。"我说,然后放下电话。

我还没能来得及说什么,沃尔克小姐已站起身来,光着脚小心翼翼地走过地板。"是哪一位?"她问,看着窗外殡仪馆的方向。

"汉斯比太太。"我回答。

"我很喜欢她。"沃尔克小姐用一种平静的声音说道,"问问胡佛先生有没有什么异常。如果没有的话,告诉他先动手吧,过一会儿我会派你去取文件,这样我就能签署它了。"

我向胡佛先生复述了这个口信。"请告诉沃尔克小姐,她看上去是死于自然原因。"他说,"她打电话给接线员,抱怨身体痉挛。救护车随即派出,可是他们发现她已在厨房里断了气。极可能也是因老太太心脏病发作引起死亡的。"

"就这么办吧。"我说,于是他挂断了电话。

接着我继续擦鞋,把它们擦亮,这时沃尔克小姐走到她的针织地图旁,把一根红色地图针钉在汉斯比太太 A-41 号家的屋顶上。她一直站在地图旁,整理着大头针,可我知道那并没什么需要整理的。她只是在一边打发时间,一边整理着自己的思绪。

"最好削尖你的铅笔。"她把我叫过来,"我今天心情不太好。汉斯比太太是好人中的一位。我不愿意看着她走——虽然这样会更好。"

我一直不觉得人死了会更好,但是我没什么话可以对沃尔克小姐说,并改变她的想法,因为我知道她认为老人的离开是为了这个镇好。

"当太阳每天落下山的时候,它是在朝着现在转过身,走入过去。"她用坚强而平稳的声音开始了她的开场白,"但是它永远不会死。历史是自然的一种形式,就像高山、大海和天空。当宇宙随着'大爆炸'而开始的时候,历史也开始了,这就是为什么绝大多数人认为历史是和大事件有关的原因,比如大灾难或者神创的那一刻,但是每个活着的人都是他们自己历史的一部书,放在人类记忆图书馆不断绵延的书架上。遗憾的是,我们无法知道活过的每个人的历史,而且不幸的是,许多有关历史人物的书在永远地消失,就像遗失了的希腊、拉丁和阿拉伯的典籍以及失去的世界亚特兰蒂斯①一样。

但是在诺福镇,我们有着那样的一位图书馆员,她收集着

---

① 亚特兰蒂斯,传说中的一个岛,首见于古希腊哲学家柏拉图写成于约公元前 360 年的著作。据说该岛有着高度文明,富饶美丽,技术先进,后因社会腐败,野心膨胀,开始侵略他国。在与雅典交战时,因自然灾难仅于一天之内就沉入海洋。现成为消失的史前先进文明的代名词。

人类历史的袖珍版图书。于今天去世的汉斯比太太，终年七十七岁，是诺福镇第一位女邮政人员，她收藏了所有丢弃的信件，那些以'无法投递'为终结的历史碎片，她把它们安放在诺福镇一个宁静的角落，但是它们并不是'多余的'。汉斯比太太很小心地把每一封信钉在墙上，所以她家的房间从地板到天花板排满了层层叠起的信件，当你上门喝茶的时候，墙壁上满是贴纸，好像一条古鱼身上重叠着的层层鱼鳞。她总是欢迎你取下任何信封，阅读那孤版的来信，好像在随意浏览一个满载着被遗弃的历史的图书馆。

每个房间有着它自己的邮票主题，于是起居室里贴着人物的邮票，林肯，伊丽莎白女王或圣女贞德这样一些人物就曾经'访问'过那个房间；卧室里有着可爱的风景邮票，你可以在那儿发现你梦中的风景；而在浴室里有着海洋、江河和雨景的邮票。每一张邮票都是一个故事的快照、一段历史的薄片，好像被捕捉到的琥珀上的蚂蚁。汉斯比太太清楚地知道，眼睛的每一次眨动都是一段历史，在丢弃的信件内是写信人折起的灵魂，它被包装在信封里并被寄往未知的地方。为了这个失去的历史的小博物馆，我们诺福镇的市民很感谢她。"

"她真是一个好人。"我带着赞美悄悄地说，终于可以从我的便笺簿上抬起头来，"我希望能看一下她家的内部情况。"

"你也许可以看到。"她回答,"但也许你爸爸会把它拖到西弗吉尼亚去的,在那儿我打赌他们会把每封信从墙上撕下来,然后把它们投进火炉。"

"他们不会那样做的。"我说,"他们会吗?"

"以前就发生过。"她说,"所以这就是为什么我们得挽救我们已有的历史。你永远不知道小小一点儿历史就可能改变你的一生——或者改变整个世界!"

我把我的便笺簿翻到干净的一页,并削尖了我的铅笔。她看着我的眼睛。我也回望着她的眼睛。"接着来吧!"我说。

"在历史上的今天,1944年8月1日,由一个孩子写的一本书几乎在眨眼之间遭到毁灭。就在那一天,一名十五岁的犹太女孩安妮·弗兰克[①]写下了她两年日记的最后一篇。两年里她和她的七名家人和朋友一直躲在她父亲的办公楼上的密室里,当时纳粹党人正在到处搜寻犹太人,并把他们驱逐到集中营。三天后,他们被人出卖而被捕。安妮和她的姐姐玛格特被送去贝尔根-贝尔森死亡集中营。

[①] 安妮莉斯·安妮·玛丽·弗兰克(1929—1945),德国犹太人,随父住在荷兰,后成为德国法西斯种族大屠杀受害者,因留下战时日记而闻名遐迩。日记记录了第二次世界大战时德军占领荷兰时期她和家人的经历,成为"二战"期间纳粹消灭犹太人的见证。

在纳粹党人眼里,安妮的日记是这么的微不足道,他们把它扔在了她藏身地方的地板上。这本日记被她的一个朋友发现了,她把它小心地保存起来,期望有一天能把它交还给安妮,但是安妮和她的姐姐就在集中营临解放前几个礼拜死于斑疹伤寒。

全家人只剩下她的爸爸奥托·弗兰克幸存下来,当他战后回到自己的大楼时,收到了这本被交还的书。他读完这本日记后,决定把它出版,即使很多人并不认为它很有价值。但是在美国,有一个人感到了这本日记的真正力量——一本喊出了六百万犹太人心声的日记。这个人就是我们的埃莉诺·罗斯福女士。她为美国的首版写了序言,并因被这名年轻女孩的话深深打动,而说出这本日记是'我所曾读过的关于战争及其对人类影响的最聪明和最令人感动的现场报道之一'这样的评价。

我们为生活在诺福镇骄傲,这里的男人们和女人们在战争中为解放受压迫的人民而战斗,并给予他们机会用失而复得的声音来记录那段可怕的历史时光。"

"那真的很重要。"我一边对沃尔克小姐说,一边赶快把她的话写在纸上。

"安妮·弗兰克永远不可能被忘却。"她怀着敬意说道,"它也是对我的另一个提醒,为什么我要留下来关照这个镇。罗斯福夫人是历来最伟大的美国女人,她总是在为那些受苦的人做奉献。而到了今天她本人正在受着一种可怕疾病的折磨,在她几乎已把自己的一生奉献给了我们的时候,我怎么还能放弃我的职责呢?"

当沃尔克小姐伸直身子躺在沙发上,为恢复体力而打盹儿时,我抓紧时间给讣文打字。她在叙述完一篇激昂的讣文后,通常需要给自己重新充电。在我全部完成时,她还没有醒。我把那件旧的针织宽松羊毛外衣给她盖上,然后离开她家去看格林先生。

"当你走进我的办公室,只能意味着一件事。"他一边说一边敲着他的烟斗。

"是。"我说,并把讣文递给他。

他当场把它读了。"那些老太太像苍蝇一样在掉落。"他说着又拿了些烟叶压进他的烟斗,"真令人羞耻。该有人调查一下所有这些死亡事件了。"

"那不正是报纸该做的吗?"我问,"去调查发生的事情?"

"我会把这件事登广告的。"他说,然后划着了一根火柴。

第 22 章 试飞

"到时间了。"爸爸一边从早餐桌旁站起来,一边搓着双手宣布,"让我们来提升一下观察诺福镇的视角吧。"

"你这话是什么意思?"妈妈怀疑地问,她从汉斯比太太的讣文上抬起头,眼里还含着泪水。

我知道爸爸的意思。

"是我加入鸟类的时候了。"爸爸摆动着自己的双臂平静地说,"只要看看窗外就知道。"

我从我的座位上跳起来,前额几乎把窗玻璃都给撞碎了。J3型飞机就停在飞机跑道的起飞点上,它被擦亮了,涂抹过了,并且摆好了起飞的架势。"您什么时候把它从车库里拉出来的?"我问,眼睛没有离开过飞机。我急不可待地想去坐飞机。我一定要秘密地飞它一次!

"今天一大早。"他随意地说,又坐回到椅子上,一副因为完成了一件妈妈以为他不能完成的工作而心满意足的样子,"当我把另一幢诺福镇空屋子卸在西弗吉尼亚后回家时,有几个工人帮我移动了J3型飞机,然后抬起机翼安上,这样我就可以给机翼铆上螺丝了。"

"我能和您一起去吗?我能去吗?"我乞求着。我真希望我从来没把我的那张"搭乘J3型飞机飞行一次"的机票和妈妈有过任何交易。

"不,你不能上那架飞机。"妈妈坚决地说,而且她是当真的,"它甚至还没被检验过。"

"噢,天杀的!"我发着牢骚。

"我希望你别用这种虚假的诅咒。"她训斥说,"它听上去真的很不文雅。"

"一次试飞就是它所需要的全部检验。"爸爸回答,"不过杰克可以帮我做做准备工作。"

"只要您需要,"我兴奋地说,"我就是您的地勤工作人员。"

"那么跟我来吧。"他回答。

"如果你们不介意,我会从门廊观察的。"妈妈通知我们,接着站起身来清理桌子。

"我们会摆平它的。"我对她说。这是我能成为飞机工作人员的最后一次机会。爸爸不让我和他一起待在车库里,因为这会惹恼了妈妈。她认为对一个在接受处罚的孩子来说,整修J3

型飞机会给他带来太多快乐。她更喜欢让我在太阳底下挖掘防空洞。

几分钟后我们已经站在 J3 型飞机前面了，爸爸运用军事化的标准来向我解释我的职责。"你的工作会有点儿吓人，"他一边说一边把他的手放在我的肩上，"但是只要你按照正确的方法做每一件事，就好像枪支安全准则一样，就不会有危险了。跟着规则做，没问题吧？"

"没问题！"我回应说，然后就站到飞机后面我该站的位置上。我不想再像我们打猎时那样，把事情给搞砸了。

爸爸把双手放在上过清漆的木质螺旋桨上，把它前后摇晃了几次，让燃料流进发动机。等到一闻到燃料的气味，他就用上全身的力量使螺旋桨快速旋转起来。发动机发动了，旋转的螺旋桨发出的声音大到好像一只千磅重的黄蜂飞行时发出的响声。我的头发被笔直吹向后面，但飞机丝毫没朝前移动，因为爸爸把飞机的轮子都用木柴做成的大木楔阻挡住了。我紧紧抓住机尾看着他，保证他绕着机翼小跑着返回机身，并打开薄薄的驾驶舱门时不会在螺旋桨旋转的范围以内。他跳进了驾驶座，关上舱门，把手伸到窗子外，给我做了一个大拇指向上的手势。

那是给我的信号。我双手和双膝着地，沿着飞机嗡嗡作响的机身朝前爬行。螺旋桨的涡流把一片片松散的尘土和小沙砾吹起，像撒胡椒一样打在我身上，非常刺人，幸好没有大石头。当我来到机身下的左侧轮时，我把轮胎前的木楔拉开，然后在飞机的肚子下打了两个滚到达另一个轮子。当我把右侧轮前的木楔一移开，就赶快跳起来跑回机尾等着。这时爸爸把后机翼上下摆了摆，那是给我的暗示。我跑着跳进了浅浅的防空洞，接着翻转身从防空洞边缘眯眼朝上看着。他把发动机加大了油门，J3型飞机开始抖动着往前倾，而当它一开上跑道，就马上加快了速度。我跳出了防空洞在它后面跑着，好像我是奥维尔·莱特跟在他的兄弟威尔伯[①]后面追赶一样。

"等等我！"我叫喊着。可能他等过我，不过我无法确定。我已经到达了跑道的尽头，我不知道他是离开了地面还是在它的下面，因为我被罩在一层由厚重的棕色松土形成的云雾里。我眯起眼睛，咳嗽着遮住了脸。

"杰奇！"妈妈在后门廊叫着，"他在哪里？"

我还是无法看到他，但是我能听到他。"我也不清楚。"我叫道，并扫视天空寻找着他的踪迹，"有可能他去了基蒂·霍克[②]。"

[①] 莱特兄弟，奥维尔（1871—1948）和威尔伯（1867—1912），美国发明家和航空先驱，发明和制造了世界首架可控动力和固翼飞机，并于1903年成功进行了首次人类飞行。

[②] 基蒂·霍克，美国北卡罗来纳州的一个小镇，因1903年莱特兄弟在当地成功完成首次人类飞行而闻名。

我读过关于莱特兄弟的故事,"或者去了纽约绕着自由女神像打转。"威尔伯就做过那样的事,我敢肯定这是爸爸会尝试的一项特技。

"他会回来的。"妈妈肯定地说,"他还有很多空屋子要拖去西弗吉尼亚呢。我知道他这个人,令这个镇消失的机会他是不会放过的,这个小镇消失了,他就可以从这儿永远飞走了。"

我们能隐约听到远远的有什么东西发出像蚊子一样的声音冲着我们飞过来,而且声音越来越响,我们知道他转回来了,可是还没等我们能捕捉到他的身影,他已经低飞到屋子的上方,妈妈和我赶紧伏到地上。

"笨蛋!"她叫喊着走到门廊,朝他挥舞着拳头,指关节因捏得太紧都发白了,可这时他已经飞在范登加油站的上空了。

"那看上去真有趣。"我脱口而出。我已迫不及待地想搭乘飞机了。

"你的意思是想说真危险吧。"妈妈一边说一边擦去她膝上的尘土。"他一直说那架飞机是我们离开这儿的门票。"她嘲讽道,"可我想要做的一切就是把它从天上赶走。"

"您会怕他坠机吗?"我问。

"这真是一个傻问题。"她说,声音高得飞上了天,"当然我怕啦。他是我的丈夫、你的父亲,他像一只断了线的风筝一样,转啊转地往上飞走了。现在快去给我把那副小日本望远镜再拿来。我要看到他在干什么！"

我赶紧冲进车库，跑到里面迅速打开行李箱，抓起了望远镜，然后掉头冲向车库门。这时爸爸低飞过被气流吹得沙沙作响的树林，刚好掠过后门廊。妈妈尖叫起来，两腿发软，一屁股坐在了地上。

"单凭这个动作我就要杀了他！"妈妈一边发着誓一边猛拍着她裤子后面新沾上的尘土。

"他只是在玩呀。"我说，尝试着让她放松下来，虽然我的心也在咚咚地跳。

"你最好告诉沃尔克小姐开始为他写讣文，因为他这是在自寻死路！"妈妈探过身来拿望远镜。

"但他不是诺福镇的原居民啊。"我在她扫描着天空时说，"沃尔克小姐不管他的事。"

"现在他在干什么？"她带着愠怒的声音说，注意力集中在看望远镜。

我朝她看的方向望去，在我的眼里，他已经只有玩具般大小了。他正在朝一间屋子俯冲，就像日本人当时轰炸珍珠港那样。他咆哮着朝屋顶俯冲而下，接着把飞机提升到半空盘旋，然后又重新来过。

"他现在是真的疯了。"妈妈说,"他刚刚在一座空屋子顶上低飞时,把他的鞋子扔出了窗外。"

"真的吗?"我问,"他朝一个屋子扔鞋子了?"

"是啊。"妈妈说,肯定着她之前看到的景象,"现在他又把另一只鞋子给扔了出去!"

"他可有点儿像第一次世界大战时的那些王牌飞行员,他们会朝他们的目标扔炸弹,就像扔手榴弹一样。"我说。

"或者,"她毫无热情地说,"他就像一名有精神病的罪犯,应该被关押起来!"

"他只是在找乐趣呀。"我叫了起来。

"要是你住在那家屋子里会怎么样?"她问,"你会认为这事很有趣吗?"

"您说过它是空屋子的。"我提醒她。

"我希望我没说错。"她说,"要是有老太太在里面,她有可能现在就倒下来死掉了。"

妈妈说得没错。突然我远远看到爸爸把飞机机头朝下,朝着跑道最远的那头降了下来。我能够感到我的胸口随着飞机轮子离地面越来越近而在收紧。"您能办到的。"我自言自语地说,"来吧。加油!"随着轮子碰到地面,他弹跳了一下,但还是控制住了,一分钟后他关小了风门,到达了我们跑道的终点。

当螺旋桨一停止旋转,我就跑上去迎候他。"您刚才干什么呢?"我问,"我们看着您在一家屋子上空飞来飞去的。"

"噢,我是在抽空找点乐子。"他咧开嘴笑着说,"我得把那家屋子搬到西弗吉尼亚去了,于是我正好用它来练习一下我的俯冲轰炸技术。"

"嗯,我会告诉人们您是把它吹到西弗吉尼亚去的。"我讨好地说。

"下一次我要找一些气球。"他提议,"并把它们灌满水。那会更有趣。"

"我们可以从天上往下浇水。"我幻想着自己已经参与到这次轰炸奇袭的行动中了。

"不行,你不可以。"妈妈在我的身后说,"你不可以跟你爸爸去做那样的事,所以问都不用问!"

就在这时电话铃响了。

"我来接电话。"我叫着,并转身朝厨房跑去。

是沃尔克小姐的电话。"你父亲在干什么啊?"她叫喊着,声音尖锐得好像在吹火警哨子,"我刚接到韦诺太太的电话,她说她以为诺福镇正在遭到俄国人的入侵呢,她已经吓傻了。"

"您叫救护车了吗?"我问。

"当然没有。"她回答,"我告诉她吃一片阿司匹林,喝一杯蒲公英酒,泡个热水澡放松一下。不过你父亲怎么会有一架飞机的?"她问。

"他要飞离小镇,再也不回来了。"我回答,"他说他这片'美国派'在这个小镇里太薄了,无足轻重。"

"他并不知道什么是真正的薄。"她说,话语中满是嘲讽,"在大萧条①时期,你只有碎草做的派。请相信我,要是他离开了,他会发现这是一个人吃人的世界。别的地方的碎草不会总是比这儿的更绿的。"

"妈妈也是那么说的。"我回答。

"好吧,我们期望他够聪明,会听你妈妈的话。"她说,然后电话掉了,摔在地板上发出咔哒的声音。

"您没事吧?"我对着话筒大叫。

"可恶的手啊!"她隔着远距离大喊着,我只能想象她在大发脾气,"再见!"她又大喊起来,接着电话里一片死寂。

---

①大萧条,发生于20世纪30年代的一次全球性经济大萧条,起始于1929年美国股市的崩盘,演变成同年"黑色星期二"全世界的股市崩盘,是20世纪持续时间最长、范围最广和影响最深的一场经济危机,直到30年代末或40年代中才得以恢复。

第23章 疑惑

可能还有些别的事也要"死寂"了。就在爸爸试飞后，连着好几天，沃尔克小姐让我给韦诺太太家打电话进行查询，次数不下二十次，就像当时我们查询杜比基太太一样。最后沃尔克小姐实在太担心了，打电话给我，要我上她家去一趟。一路上我心里充满恐慌，生怕爸爸害死了韦诺太太。

"您不会认为是我父亲造成她心脏病发作的吧？"当我走进沃尔克小姐的起居室时我问她。

"不会。"她回答，"因为第二天我同她说过话，她还订了一份你妈妈做的炖菜当晚餐呢。"

"是啊。"我说，回忆起是我把炖菜拿到社区中心，并把它交给斯皮兹先生的。

"好吧，我们最好还是开车到她家去，对她进行一次家访。"她建议道，"请帮我出门上车。"

"您要我再穿上我的死神化装服吗？"我扶着她的手说。

"别麻烦了。"她说,"我怀疑死神已经造访过 B-19 号那座屋子了。"

这话提醒了我一件事。"为什么您把一具穿衣服的骷髅放在您车后的行李箱里?"我问,这时我们已转上了诺福镇路。

"是我姐姐把它留在那儿的。"她说,"用来做美术模特。"

"噢,它可把我吓得半死。"我说。

"你还算幸运呢,只是半死而已。"她回答,"你本可能完全死了的。"

当我们走进韦诺太太家的时候,我们知道她真的完全死了。因为胡佛先生的活动担架已经放在走道上了。

"那人准有能嗅到死亡的鼻子。"沃尔克小姐说,她注意到了担架。

"她在卧室。"胡佛先生叫着,他听到了我们的脚步声。他那殷勤的细声细语,好像是从地窖泄漏出来的空气,"我已经给她女儿打过电话了。"

"她选择火化吗?"沃尔克小姐问。

"是的。"他回答,话音里带着一种令人不快的语调,"所有这些孩子都离得太远了,所以对给不给他们的母亲一个合适的善后服务并不在意。让我把骨灰寄给他们当然是更便宜和更容易啦,这样他们就可以把妈妈放在壁炉的装饰瓶里,或者衣柜背后的鞋盒里。但是记住我的这句话,人还是入土为安好。一块墓碑就是人类历史书的一面雕刻的书页,它会永远留存于世。而一罐火化后留下的尘土看上去就像从吸尘器里清出来的东西。"发表完他那些不同寻常的讲话之后,他又摆回了他那像小茶壶一样的忧伤姿势。我不知道他是不是真的悲伤,因为他现在可以买她的屋子,并把它搬到西弗吉尼亚去了。不过我没对沃尔克小姐说这个,因为她很可能会气得把他塞进鞋盒里去的。

"您怎么会知道她死了?"我问胡佛先生。

"是斯皮兹告诉我的。"他回答,"他经过这儿停下来收报纸钱,发现她死了。"

"那个好管闲事的人就爱插手人家的私事。"沃尔克小姐轻蔑地评论说,"有可能是他帮她翘辫子的吧。"

"我不这么认为。"胡佛先生说,"看上去好像她在用消夜点心时发过一些脾气。"

"杰克,你留在这儿。"她一边说一边和胡佛先生朝卧室走去,"她可能衣衫不整,我觉得你肯定不想看到一个光身子死去的老人。"

我没争辩,听话地待在厨房,然后像本妮那天做的那样打开了冰箱。在用保鲜膜包裹着的一份份妈妈做的晚餐旁边,没有什么别的东西。我刚要去拿一份蘑菇夹芝士的炖菜,沃尔克小姐已经走出来了,嘴里还抱怨着有人正在把他们的屋子卖给了西弗吉尼亚的埃莉诺镇。

"不过,"胡佛先生说,但没暴露自己,"这个小镇是无法保存下来成为博物馆的。再说这儿还有很多很好的地块,它们可以被再利用啊。"

"我不要它成为一个博物馆。"沃尔克小姐说,"我要它成为一座小山上的一个辉煌城镇,一个所有诺福镇居民都应当为之努力的示范城镇。"

"时代变了。"胡佛先生无力地说。

"跟时代无关。"沃尔克小姐强烈表示,"我们有选择权!只有住在这儿的人才能把诺福镇变得更好或者更糟。"

"没有什么东西可以永恒。"胡佛先生耸耸肩说。

我知道沃尔克小姐将会说什么。我可以听到她的怒气在她胸中燃烧。她的话在她嘴里激荡,等着她张口然后发射出来。"历史会永恒。"她驳斥道,"我们都将受到历史的判决。"

"历史可能会永恒,"胡佛先生用他那谦恭忧伤的声调说,"我们就不会了。"

沃尔克小姐举起双手,把它们绕着胡佛先生的脖子。"要是我的双手还是好的,我会掐死你。"她说,接着她笑了。

胡佛先生也笑了。"您的双手怎么样？还能签署死亡证明书吗？"他问。

沃尔克小姐朝我点点头。"他就是我的手。"她咯咯笑着说。我走过去把笔夹在我的手和她的手中间，努力把签字给涂抹出来。

我们让胡佛先生留下处理尸体，然后回到了沃尔克小姐的家。我在我的书桌旁坐好，而她开始做深呼吸，在起居室里踱步，她前后左右扭动，好像一个螺旋弹簧玩具，很快我就飞快地写起讣文来了。

"十七年前，"沃尔克小姐快乐地叫喊着，好像她正在给一个剧场的听众作演讲，"韦诺太太举办了当年最好的生日聚会。那还是在战争期间，那时能有一个生日蛋糕是很稀罕的，因为当时面粉和糖实行配给制。我们有鸡蛋和牛奶，因为我们有鸡和奶牛。但是不知韦诺太太的朋友们是怎么筹划的，想方设法储藏了足够多的面粉和糖，为她做了一个巨大的蛋糕。他们还亲手做了包着糖衣的蜡烛，这些蜡烛比平常的生日蜡烛要粗，用樱桃、蒲公英和葡萄汁染色而成。总共有多达六十支蜡烛啊！那是一个豪华的蛋糕。我们大家团团围在一起，点起了蜡烛，唱起了《生日歌》。但是就在韦诺太太许愿和吹灭蜡烛之前，那些小火焰汇聚成了一个大火焰，高高升起，把悬挂在桌子上方的灯饰给烧焦和熔化了。我想那些蜡烛里的蜡烛芯一定是用炸药的引信做的。它们燃烧得又热又快,当人人都在尝试拯救灯饰的时候,从蜡烛传送出来的热量把蛋糕表面烧出了一个煤炭一样黑的坑。唉,那样子简直太难看了,可是它并不能阻止我们吃蛋糕啊。结果大家就都有了两片'脆皮'黑嘴唇,好像当时吃的不是蛋糕而是一盘灰。我们笑了又笑,而韦诺太太笑得最响。她是一位伟大的女人,她有两个儿子在战争中光荣服役,我们代表国家向她致敬。"

接着沃尔克小姐低下头祷告,静静地过了片刻时间。当她重新开始说话时,她的声音低沉了,好像有一片阴影在她的心上飘移。

"记住这一天是 8 月 6 日,是一个不可能被忘记的日子,是第一颗原子弹被投到广岛市的周年忌。绝大多数人认为,为了结束战争,对广岛实施原子弹轰炸是必要的。"她继续说着,"那么做有点儿道理,因为日本人准备战到最后一人。但是对广岛实施原子弹轰炸给每个人带来的教训是,你不会因为比你的敌人更有道德或伦理,或者更善良,或者更民主而赢得战争。胜负与上帝无关。世界上有超过四千种宗教,宣布一个上帝比另一个上帝更有力量是不可能的。请记住,有很多好的文明连同当时人民崇拜的神已经从历史上消失了。美国印第安人比殖民者更善良,看看他们在哪儿呢。死了!是的,你赢得战争是因为你比你的敌人更粗暴、更卑鄙和更残忍。你虐打、烧灼和压迫他们,这就是赢得战争的历史规则。看看我们对日本人所做的事。广岛并不是一个大的军事目标。它甚至不是一场战役。它是一次滥杀无辜人民的不折不扣的偷袭。它是一场大屠杀。在原子弹爆炸的一瞬间,我们杀害了七万平民,不久后又有七万人死去。在整个血腥的世界历史上,之前还没有任何一个国家是这么残忍、这么不人道和这么快地一次就把这么多人给杀掉了。

所以当我们纪念韦诺太太和向她的英雄儿子致敬的时候,让我们也记住化敌为友是唯一的正道并值得尊重。"她坚定地说,"永远不要再叫他们'小日本'了。别那样做了。记住《圣经》对我们的教导,'你不应当报复,也不应当对你的人民的孩子怀着任何怨恨,但是你应当像爱你自己一样爱你的邻居'。"

我打着字,这时她已在沙发上把自己安顿好了,像猫一样蜷缩成舒服的样子。接着她用宽松的羊毛外衣把自己包裹起来,低下头好像剧场落幕了。当我打完一页再回头看她时,她的眼睛已经合上了,呼吸像猫那样咕噜咕噜响。

我完成了讣文,跑去格林先生那儿交稿。他浏览了一下,把他的烟斗塞进有烟草迹一边的嘴角,然后张开另一边的嘴角讲话。"韦诺太太才七十七岁啊。"他前后摇晃着厚重的黑靴评论道,"这么好的人年纪轻轻就死掉了真是羞耻。"

"那么昨天死了的玛丽莲·梦露呢?"我说,"她才真是年纪轻轻就死掉了。"

"那是一桩罪案。"他坚持地说,然后把他的烟斗移动了一下,用烟斗柄严厉地指着我。"记住我的话,梦露小姐的死有猫腻,而且我认为在这个镇上也有猫腻的事情在发生。"他把烟斗从他的嘴里拔出来,用它戳了戳空气,好像在给他的指控加一个感叹号。

他用那样强硬的眼神一直盯着我,我禁不住后退了几步。当我触到门时,赶快转身跑回家去了。

第二天早晨韦诺太太的讣文在报纸上登出来了。

当爸爸读报纸的时候,我也能从他的脸上读出东西来,我知道他有点儿恼怒。"像我这样曾在战争中打仗的退役军人,"他压抑着愤怒说,"在忙着努力忘却我们所经历的那场恐怖,而她却要提醒我们那段恐怖的经历。"他用双手把报纸压在桌子上,然后笔直站起来,脸上的表情非常不愉快。

"她也许认为记住它是一件好事。"我小心地说,"因为做了坏事忘记了,可能会再做同样的坏事。要是一直记住它,就可能不会第二次再做坏事了。"

"可能是这样。"他说,习惯性地扳着指关节咯咯作响。"但是相信我。没人忘得了广岛。事实上我们对日本做的事正是我们害怕俄国人将对我们做的事。想一想,一场战争连着另外一场战争,每场战争都只会把事情变得更糟,而且讲到战争,"他把话题转移到我的头上,"你需要回去工作,去挖防空洞。现在沃尔克小姐已经让我们大家被原子弹搞得心烦意乱,我们不得不把我们的精力放在防范原子弹上了。"

"为什么我们就不能把我们的精力放在消除原子弹上呢?"我问,"那不是容易得多吗?"

"要是人人都听我的,它可能会容易得多。"他说,接着用他的拇指猛指着门口,"现在去挖防空洞吧。"

"可是您说过那是假防空洞呀。"我回答,"那为什么还要折腾呢?"

我马上听到了他的回复。"因为现在已经有人提醒了我广岛的事,我不再认为防空洞是假的了。瞧,沃尔克小姐已经改变了我的想法。她关于历史的谈话让我对未来感到害怕!"

我知道如果我现在赶快出门去挖防空洞,情况可能会好得多。"嘿,爸爸,"我问,"我能借用一下您的半导体收音机吗?"

"我才刚刚得到它的啊。"他呻吟着说,"它很贵的。"

"哦,我可以一边听听海盗队的球赛,"我说,"一边挖掘呀。"

"他们上午不打球赛。"他说,"不过试试也不错。"

"我能听新闻吗?"我问。

"电池的电已经不多了。"他说。

"我可以跑去五金店买一节新电池。"我提议,"只要您批准我去。"

"那倒提醒了我。"他说,"我得把林加太太的屋子搬走了。在五金店的那个家伙也为胡佛先生打工,他可以帮到我们。"

"那么我能用收音机了吗?"我最后一次问。

他让步了。"好吧。"他犹疑了一下说,"不过出现广告时把它关掉,这样你可以省电。"

"没问题。"我说,"谢谢啦!"

第 24 章 变化正在发生

过了两天,电池的电慢慢地没有了,可是当我调台换到乡村音乐台时,我还能从收音机里听到小小的一点儿声音,那剩下的一点儿时间刚好够陪伴我挖地和等待电话铃响。

电话铃终于响了。

"快来我家吧。"沃尔克小姐用粗哑的嗓音说,"我们有任务要完成。"

"是谁出事了?"我问。

"F-11 号的布勒得古德太太刚离开她的肉身。"她满怀敬意地说,"她是诺福镇原居民和诺福镇历史合而为一的伟大的集大成者,所以我们拥有大量的讣文材料。"

听上去讣文内容很有保证。"我马上去您那儿。"我回答,然后挂上了电话。

"嘿,妈妈,"我大声叫着,"布勒得古德太太的电池走得比我的还快。"

"对死者要尊重。"她斥责我说,"现在她已在天堂里,能听到你说的话!"

"对不起,布勒得古德太太。"我冲着收音机上的小喇叭大声说。

妈妈伸出手来重重打了我一下。"你正经点儿好吗!"她说,"我们不知道布勒得古德太太对于自己的死是怎么感受的,我怀疑她可能对她的处境有些困惑。"

"死了的时候会对自己的死感到失望吗?"我问,"或者就只是死了,就那么回事?"

"在你年轻的时候,"妈妈说,"你只看到死去的怎么影响活着的。当你变老的时候,你就会开始担心你的死会不会受到那些已经死去的人的欢迎。"

"就像进一所新学校吗?"我叫着说,"担心自己是新生啊。"

我没等妈妈回答就冲出了门。在我经过防空洞的时候,我想起了妈妈刚才说的话。我还年轻,我只要想活着的事情就可以了。要是那洞是为了盖游泳池,我会微笑的,而现在是做防空洞,这使我恐惧得咬紧了嘴唇,因为它所有的一切都是关于死亡。

沃尔克小姐在起居室里等着我。她有点儿兴奋和狂躁,我不知道会有什么话从她的嘴里吐出来,但是我知道她说的会是好事。

"我告诉过你这个镇是怎么得名的吗?"她高兴地问。

我咕哝了一下。"是的。"我不耐烦地回答,"您告诉过我上百万次了。它是以埃莉诺·罗斯福的名字命名的。"

"没错。"她一边继续说着,一边在起居室里游行一样挥动着双手走来走去,像一名交通警察指挥交通一样在指挥着她的思想和言辞,"可是有比那说法更多的故事。布勒得古德太太就是间接地对小镇的命名起过作用的人。这个镇的原名一度被叫作'威斯特摩兰宅地',有点儿冗长和拗口,听上去真的更像是一家精神病治疗机构或老人院。当埃莉诺一得到兴建这个镇的基金,政府就买下了这儿的老赫斯特农庄。当时计划盖二百五十座房子,每个家庭必须申请才能得到一小块土地。你不得不承认当时那些家庭都是一些极贫穷的民众。煤矿在大萧条时期关了,耕作根本赚不到钱,许多农民失去了他们的土地,所以建立宅地的想法确实吸引了大批需要援助的穷苦民众。

就在这时有一个黑人家庭申请了宅地。他们是参加申请计划的第一个黑人家庭,碰巧他们姓'怀特'[①]。我已说过,当时参

[①]怀特,英文是 White,在英文里有白人的意思。

加申请计划的这些家庭全部都是穷苦的白人民众,他们的思想应该已经超越了肤色,人人都处在共同的绝望和贫穷之中,都怀着为了一个更好的未来的同一个美国梦。可是布勒得古德太太不想镇上有任何黑人家庭,她召集了全体白人民众,决定否决黑人家庭的申请。但是怀特太太决心尽力为自己的家庭争取申请的权利,于是她给罗斯福总统和他的夫人直接写信,告诉他们她为了家庭所怀有的希望和梦想。这封信使罗斯福夫妇大受感动,他们保证怀特的家庭会得到一间屋子,并且不会再有种族问题的争吵。好啦,当小镇最后落成时,没有一个人喜欢威斯特摩兰宅地这个名字,于是举办了一次为小镇起名的竞赛。你猜是谁赢了这次竞赛?嗯,当然是怀特太太啦。她把埃莉诺的'诺'和罗斯福的'福'合在一起,为这座新镇创造了一个新词,'诺福'是向埃莉诺这位伟大的女性很恰当的致敬。"

"真是一个伟大的故事。"我夸张地说,"一次真正的棒球本垒打。"

"也是伟大的正义的体现。"沃尔克小姐补充说,她在回忆到怀特太太和她的家庭时还点了点头表示敬意,"你知道的,我总是得加一根历史的大理石柱子来撑起一个故事,所以别把你的铅笔放下来。"

我赶快削尖我的铅笔,把一本新的便笺簿放在我的书桌上。"准备好写历史的部分了。"我说,"开始吧。"

沃尔克小姐前后抖动着她的臀部和肩部跳起了希米舞,并且做了几下抬高腿的上下动作,好像她正在试图把一只蜜蜂从她的衣服里面赶出来。她只是在舒活筋骨而已,一旦热身结束,她就开始说话了。"关于这块土地有些有趣的故事。这块土地原属于赫斯特家族,他们是奴隶主,来自肯塔基,从潘恩家族手中买下了这块土地。他们抵达这儿时,把他们自己的奴隶也一起带来了。不过谁会想到几年后这个农庄会变成借'地下铁路[①]'逃亡的奴隶们的一个停留站。然后,"她激动地说,"谁又会进一步想到会是怀特太太——她或许正是那批奴隶的一个后代——来为这座建立在平等上的新镇进行命名。"

"噢!那倒是应该记住的一些故事啊。"我说。

她朝我眨眨眼,用她残废的手擦拂了一下我的头顶。"永远别忘了你的历史哟,"她唱着说,"要不任何邪恶的人都能对你撒谎,逃避惩罚啊。"

"甚至对死者也撒谎。"我补充道。

[①]"地下铁路",是19世纪美国黑奴在废奴主义者支持下,建立的逃亡自由州与加拿大的秘密路线和避难所网络,在1850年和1860年之间,借助这条"铁路"逃亡的人数达到最高峰,仅据1850年估计,就有十万人成功逃亡。

"现在你渐渐变得明白事理了。"她亲切地说,"你真是一个很好的倾听者和了不起的助手。"

"那布勒得古德太太的尸体在哪儿呢?"我问。

"胡佛先生已经把它抓在自己贪婪的手心里了。"她说,"他已把她平放在灵车里带走了,我看着她走的,并且签署了死亡文件,我想可能就在现在,她已经随着烟云升天了。"

"那么快啊。"我说。

"死神可不是懒汉。"她回答,接着抬头看了一下钟,"不过活着的人落后了。赶快把那故事打成讣文的形式。然后你可以开我的车把它提早送到格林先生那儿去。"

想到可以开她的车令我很兴奋,手指在车钥匙上扫了一下嘎嘎作响。我把关于布勒得古德太太和怀特太太命名诺福镇的故事,以及赫斯特农庄的历史,打成了一篇漂亮的讣文。

"行动吧。"沃尔克小姐站在挂着地图的墙壁那儿鼓励我,她正在把一枚红色的图针钉进布勒得古德太太的前院,"我要那篇讣文登在下一期的报纸上。"

我急忙把纸从打字机上抽出来。我拿起了她的车钥匙,然后跑出去上车,启动发动机并发出轰鸣声,接着摇摆着车尾开出了车道,直上诺福镇路。我踩了一下油门,橡胶轮胎因转速加快冒起了烟,就在我要加速的时候,突然听到一阵"零……零……零"的铃声。声音像脚踏车的车铃,我想可能有一个孩子在踩脚踏车,于是我踩下刹车,把车减速停下。我环视左右,接着去看后视镜。就在我的后面,出现了骑着大号儿童三轮车的斯皮兹先生。他在发狂一样地蹬车,把手臂放在头上挥着,而他的另一只手在不断地打着他的镀铬小车铃。接着我听到他大声叫着:"靠边停车!"

我就停在车道上,因为没有别的地方可以停车,除非停到路边的排水沟草堆里去。他像一只发疯的猴子一样跳下他的三轮车,冲我的车窗跑了过来。

"甘托斯小老弟,让我看看你的驾驶执照。"他说。

"斯皮兹先生,您知道我是没有驾驶执照的。"我回答,"我太小了。"

"这是你的车吗?"他叫着回应。

"您知道这是沃尔克小姐的车。"我回答。

"我可以给你一张超速罚单。"他宣布,"不过我会给你一个警告然后放你离开。"

"什么警告?"我问。

"这警告就是,我听到消息说,'包打听'格林先生计划请县治安官来调查这些老太太的死因,于是有很多县警察正在镇的四周进行侦探。要是他们抓到你在驾驶,你就会惹上大麻烦,他们会把她的车给扣下来。"

"这是我的车。"我强调说,"她已把它给了我了。"

"我们会调查的。"他怀疑地说,"有很多你不知道的事情在发生,即使你是她的小萝卜头男友。"

你不过是在妒忌,我心想,手握紧了方向盘。我真想大踩油门,从他身边咆哮而去。他可以把我看作"小萝卜头",可他永远不可能蹬着三轮车赶上我。

"现在布勒得古德太太已经走了,只剩德鲁吉太太还活着。"他继续说,"所以你可以把你妈做的炖菜留在沃尔克小姐的家里,我只要上她那儿去取炖菜和小甜点,然后把它们送到德鲁吉太太家去就可以了。"

"您肯定沃尔克小姐希望看到您吗?"我问。

"甘托斯小老弟,"他有点儿羞怯地笑着说,"她和我还有一些个人的私事要了结,那可不关你的事了。好了,把车开回她家,然后用双脚做你需要做的事去吧。真的,要是你是一个聪明的孩子,你就应当找一辆我这样的三轮车。历史将证明,三轮车会比汽车更持久。"接着他发出了他那难听的哈哈的笑声。

哈哈,我也在想,我想历史会站在我这一边的。

我开动车,把它停在车库里,然后调头就跑,把讣文给格林先生送去。当他读着讣文的时候,他把头一前一后地摇晃着。

279

"要知道,"他对我说,"这儿周围的事情正在发生变化。"

"大家一直都在说这样的话。"我回答。

"现在是真的发生了。"他简短地说,"记住我的话,变化已经在发生。"

第 25 章　谁是嫌疑犯

到了第二天，我才完全理解了格林先生所说的事情正在发生变化的意思。他在报纸上发表了一篇社论，激起了大家的议论。他提出疑问，为什么所有的老太太都会这么快地死去？他想要知道，是否有过调查？他想要知道，沃尔克小姐是否已经尽责关心过她们？

这个镇正倒在她的脚下死去。所有的尸体都在受到正常验尸前被火化了。我们不知道她们为什么会死。就是因为年纪大了吗？或者还有什么我们应当关心的其他隐情呢？它暗示了地狱天使加在这个镇头上的诅咒起作用了？不过那只是童话式的猜想。我们需要科学的答案，这就是为什么我已经给县警察打了电话。我们是一个建立在正义之上的小镇，所以我们不得不要弄清这一状况发生的原因。

沃尔克小姐把社论看作是针对自己而写的。当我还在一边用早餐一边看报纸时,她已经用她穿着拖鞋的脚开始在踢后门了。"杰奇!"她低声咆哮着,我打开了门,发现她还穿着用绒线织成的粉红色浴袍,"写一封信。我得挫挫那个无知家伙的锐气!"

我飞快地跑出客厅进入我的房间,拿了记事本和铅笔回到厨房的桌子旁。我把铅笔举在纸上,我这个定格的姿势和一名医生准备把外科手术刀戳进一名病人身体之前所摆出的姿势可能没什么两样。

"历史,"她带着同以往一样强烈和自信的声音开始讲话,"常常把更多的光洒在现在而不是在过去。我们很多人对因1918年的大流感而染上瘟疫的那场灾难记忆犹新,那场大流感造成的死亡人数,在美国超过五十万,在全世界有五百万。在不少煤矿城市和钢铁厂,人们在一起密集工作,病毒传播得很快,短短几天就死了几千人。小城镇丧失了一半或一半以上的人口。学校关门了,电影院关门了。教堂也关了门上了锁,生怕在向上帝做礼拜时导致公众的死亡。足球、棒球和冰球的赛事全部取消,整个球队都倒下死掉了。人们在上街时被迫戴上棉质面具罩住口鼻。全国陷于恐怖之中,恐惧造成害怕和不信任,人人都将责任归咎于他人。不过没人有错,是流感有错,它和让你的面包膨胀起来的酵母一样自然。

而在诺福镇这儿,我们因自然原因失去了几位高龄太太。她们度过了有益的、漫长的一生。所以让我们不要像一窝井底之蛙那样过于恐慌,以为天要塌下来,而是把我们的精力用在延续诺福镇的生命上吧。人是会走的,但是我们必须把我们的历史保存下来。停止把屋子运出去,而是把它们卖给年轻的家庭。让我们把学校的每一把空椅子都填满吧。让我们把每一英亩的土地都耕作起来吧。让我们成为好邻居吧,建设美好的社区,把追求快乐当作生活的目的,而不只是为了活着而活着,这样我们就能无所畏惧了。"

我把这封信写完后,就护送沃尔克小姐沿着长草的后街慢慢走回家。

"您认为格林先生在读了这封信后会说什么?"我一边问一边在她的打字机上噼里啪啦地打着字。

"他不会说任何话。"她从沙发上回答,"他是一个胆小鬼。"

"他有什么好怕的?"

"绝大部分人所怕的,"她回答,"是真相。这些人只是死于老太太的高龄。除此之外没有其他原因。"

但是有人认为除此之外还有其他原因。

当天晚餐时,妈妈看着爸爸和我,神情好像她就要被冲到海里去一样。"我有一个可怕的忏悔要告诉你们,"她说,并且放下了她的叉子。她嘴唇颤抖着,接着哭了起来,"我想那些老太太可能是我杀的!"

"什么!"我叫了起来,把食物从嘴里吐了出来。

"你应当把它吐出来。"妈妈说,"因为那是我觉得她们致死的原因——由于吃了我的食物。你们知道我是很节俭的,是的,每到晚上我就会到垃圾场附近去采蘑菇,我想我犯了一个错误,把木耳和被叫作'索命天使'的鹅膏菌给搞混了,因为鹅膏菌吃了会死的。一种是有美好的像天堂般的味道,另一种是会送你进天堂的。我很依赖我采集到的东西,我可能已经在为老人们做的所有炖菜里把那些杀手蘑菇给加进去了。"

"我们应该告诉别人吗?"我拍拍她的手问。

"告诉沃尔克小姐吧。"妈妈建议说,"她是护士。"

"接着她不得不向警察举报您!"我戏剧式地宣称。

"然后他们会因谋杀罪把我关进监狱。"妈妈哭着说,泪珠从她苍白的双颊上滚落下来。"而我永远看不到你长大了。"她呜咽着对我说,"我甚至会怀念你的流血的鼻子,我看它现在又在流血了。"

我抓起餐巾把它摁在我的鼻子底下。

接着妈妈转向爸爸。爸爸正睁大了眼睛看着我们,好像我们都疯了。"我永远不能和你白头偕老了,亲爱的。"她轻轻地说,身子向他的脸靠过去。

爸爸把头慢慢地前后摇晃了一下。"在你们两个绝望的人做出傻事之前,"他不客气地说,"我可以问一个问题吗?你有没有在我们的食物里放过这些有毒的蘑菇?"

"是的。"她不假思索地说,"哦,我的天!我把你们也杀了。"

"不过,我告诉您一条快讯。我们并没死。"我说,"所以快讯把您的毒杀理论给枪毙了。"

"说得完全正确。"爸爸加入了谈话,"要是我们吃了她们吃的东西,可以想象我们也会死。"

"你这样想吗?"妈妈的声音里开始浮现出了放松的语调。

"我想你现在需要安定下来。"爸爸建议说,"不要告诉别人。谣言一传开会很糟糕。假如你把蘑菇的事告诉了别人,他们会告诉其他人,而其他人又会告诉更多的人,很快会有一批愤怒的暴民把我们的屋子包围起来,把它烧了。"

"善良的诺福镇民众不会那么干的。"妈妈回答,"这里周围的民众都是相互信任的。"

"善良的诺福镇民众是不会想到,老太太们就像某种廉价谋杀推理剧那样被干掉的。"爸爸说,"我们不得不面对现实,这里的时代正在变化,我在计划和时代并进。"

"时代可能在变化,"妈妈重复了一遍,"但是我的价值观不会改变。"

"我可没要你改变自我。"爸爸说,"只是改变你的位置。我们可以把我们的屋子卖给胡佛先生,他会付给我钱让我把它搬去埃莉诺镇,而我们可以一起走,把这个镇留在我们背后去消亡,好过在我们眼前终结。"

"让我想想所有这些搬家的事。"妈妈犹豫地说,"不过现在让我们还是在家里讲完这个谋杀的话题。我们可以相互信任,但是有些事情确实是错了,我不能肯定为什么。"

当我上床的时候,我开始觉得妈妈是对的,在诺福镇有些事情是错了。在我读过的许多历史书里,我知道了日期、人物和事件,但是我并不是很明白,为什么人们就做了他们所做的那些事情呢?为什么英国国王和教会不能把他们所有的土地同他们饥饿的同胞分享呢?为什么征服者们认为上帝会同意他们屠杀印加人,盗走他们的黄金呢?为什么有钱的煤矿主压迫矿工压迫得这么厉害,使他们年纪轻轻就因为肺染上了煤尘而纤维化最终导致死亡呢?历史怎么能充斥这么多恐怖的结果却提供这么少的理由呢,为什么?

而现在那些老太太全都死了。但是为什么呢？要是她们是被毒死的，那一定是1080毒药。沃尔克小姐用它杀死了那些耗子，我已经把它们的尸体埋在垃圾场旁边了；斯皮兹在垃圾场安装捕鼠器时用过它，那些老鼠在旧矿井里繁殖，跑出来到镇上泛滥；加上我看到过胡佛先生的名字出现在曾经购买过1080毒药的人名单上，他把殡仪馆的秽物和死耗子扔进他的垃圾桶里，倒进了垃圾场；甚至我的名字也登录在和1080毒药有关的人名单上。要是警察问我买毒药干什么，我会告诉他们我把它给了斯皮兹。

可要是斯皮兹否认怎么办？因为他并不喜欢我。那时我会成为一名嫌疑犯——嫌疑最大的嫌疑犯。人人都有为什么用毒药的理由，就是我没一个为什么要用它的理由。我甚至没保留我买1080毒药的罐子，那在警察看来肯定像是在试图隐藏证据。我把这件事想了整晚，可还是没能为这个问题找到答案——为什么老太太们会全部死掉？

不过在我内心深处的某个地方，我已经知道，我一定卷入了一些恐怖的事情，因为当我早上醒来时，我的枕头看起来像一条大面包布丁，浸透了血。

第 26 章 逮捕

礼拜天从教会回来后,我和沃尔克小姐有一个约会,就是治疗我那个流血的鼻孔。我告诉妈妈,我得上她家去帮她洗衣服,那其实不算说谎,因为她开动洗衣机确实有麻烦,而且她肯定无法把衣服挂在屋外的晾衣绳上。

到她家后,我很快到地下室去帮着洗被单。我打开灯,看到沃尔克小姐又放了些洒了 1080 毒药的巧克力在外面。有几只死老鼠躺在四周,它们只会使我想起已死去的老太太们。我努力不去看它们扭曲的小尸体,而是把洗衣机注满水,加进肥皂粉,让它起动。

我尽快冲上楼梯,跑进了厨房。

"在给你动手术前,你想吃些小甜点吗?"她愉快地问,并朝厨房柜台上的一袋甜点点点头。它们就是她包装后送给老太太们的那一批甜点。

"不……不,谢谢。"我有些迟疑地说。蘑菇、炖菜、巧克力和小甜点突然都从我的食品名单上消失了。

"在手术前让胃里有点儿东西总是好的。"她建议说,"就来一块小甜饼让你可以安定下来怎么样?"

"我只想快点儿把这事了结了。"我回答。我从她的橱柜里拿出一条床单,铺在厨房的桌子上。然后我把她的特殊工具收集齐了。

她把石蜡桶加热,把手浸在热蜡里,而我用麻醉药为鼻子麻醉。当她的手指刚可以活动时,她就把蜡剥掉,然后抓起消毒过的器材,把尖头一端放在火上,直到它烧成令人看着难受的鲜红色。

"现在,"她一边从火炉边快速转身并聚精会神,一边把有些危险的金属丝伸向我的鼻子,"让我们把手术完成,一劳永逸。"

"您肯定吗?"我小声问。

"你知道我是不喜欢被人质疑的。"她严厉地说。

"好吧,开始吧。不过不要弄得很痛啊!"我乞求说,并磨了磨牙齿。当她面对着我左鼻孔的深色洞穴时,她看上去好像心中只抱有一个目的。她可能知道,我认为也许是她毒杀了那些老太太,现在她把我钉在桌子上了,正在计划用那把发烫得吱吱作响的手术刀和金属丝直直刺入我大脑的焦糖色中央部位。

我会立刻死掉,而她可以解释说是我打了一个喷嚏,突然把自己的头朝前倾,结果让金属丝戳进了自己的大脑。

我不知道怎么做才好,干脆什么都不做。她眯着眼睛看着我的鼻子,然后尽可能稳住,把微小的手术刀插了进去。我感到鼻孔内一阵剧热,感觉好像有一个动作,一次小小的停顿。

接着电话铃响了。

"连眼睫毛都不要动一动啊。"她轻轻地说,把我的手小心地举起来碰到金属丝和手术刀的木柄,"就拿着它别动。我会很快回来。"

"可是……"

"嘘!"她严厉地说,然后转身朝向电话,"要是你的手动一动,你就会让自己毁容了。"

她的热手指还够灵活,可以去拿话筒。"我是沃尔克小姐,"她说道,"请快点儿说。我正在给一个鼻子动手术呢。"

有人对她说了什么事。

"好吧。"她匆匆地说,"我会马上去那儿。没问题。我的司机现在和我在一起。"

就在这时我得打喷嚏了。"我的鼻子!"我哀号起来,"快!"

"别动你的手!"她拿着电话大叫。

但是太迟了。我打了个喷嚏,在把刀和金属丝拉出来时,把鼻腔内壁给撞了。

"上帝保佑你。"她说道。

"我想我的鼻子已经被削掉一半了。"我哭着说,"从此我的半边脸会很怪异,我的余生都得侧着脸走路了,就像埃及壁画上画的那样。"

"放松点。"她站着低头朝我说,"只是在你的鼻尖上烫出了一个小疱而已。"接着她用另一只手打着手电筒照我的鼻孔。"嘿,不错啊。"她说,"非常好。看来那个喷嚏帮了你的忙,把其余的毛细血管都烫好了。你以后可能会成为一个好医生呢。"

我坐了起来。我的脸还是没感觉。"您这次没在我的鼻子里按一颗钉子吧?"我问。

"没有。"她有些不耐烦地说,"现在我们走吧。我刚发现德鲁吉太太不会继续在这个星球上同我们一起共呼吸了。"

我们很快离开了屋子,她还来不及发现在屋外门廊的门边,有一盒带着便条的巧克力放在那里。我今天早上到达时那儿还没巧克力,所以斯皮兹先生一定是趁我躺在手术台上的时候,偷偷溜进来的。

同往常一样,我开车她说话。"好了,今天是我花了好长时间一直等待着的一天。"沃尔克小姐说,并叹了一口气,好像有一个很大的重物从她的胸口移走了一样,"现在全部幸存者就只剩我和他了!我们是最后两名还活着的诺福镇原居民。"

"您要用武力解决他吗?"我问。

"那不是我的做法。"她回答,"他永远看不到我的动向!"

可是斯皮兹先生看到了我们的动向。当我们把车开上德鲁吉太太家的车道时,他坐在他的儿童三轮车上,脸上带着得意的傻笑,好像他刚赢了一场超级三轮车拉力赛一样。在他后面有两名县警,他们站在门前,把拇指扣在他们的裤袋里。他们的胸膛在喘气,脖子很粗,就像雕刻出来的脸会前后转动的猫头鹰。胡佛先生站在一边,傍着多枝而有点儿枯萎的杜鹃花,摆出了他通常那种发蔫的茶壶式姿势。

当沃尔克小姐下车时,他们全都注目看着她,不过她已经习惯了成为众人注目的焦点。

"先生们,"她对县警宣布,"这是我的职责范围,我将负责死因检查。"他们点点头,接着五个人鱼贯而入进了屋子。我慢慢地走在后面,站在门口。胡佛先生已经把德鲁吉太太平放在起居室的沙发上,她就是晚餐后在那儿看电视时死去的。当我一看到尸体的时候,就往后跳开,把眼睛转向另外一边,不过我还是能听到人们说话的声音。

胡佛先生把床单从德鲁吉太太沉重的尸体上拉开。"在她的脸上没有不正常的标记。"沃尔克小姐宣布,"除了她从沙发掉到地板上造成的挫伤。她的肚子没有发胀。她的腿有点儿扭曲,不过那是尸体僵硬时出现的结果。"我知道沃尔克小姐的手一定已经冷却,有可能会卡住,但是她只是做了一个深呼吸,向警察证明她可以完成全面的检查工作。

沃尔克小姐把德鲁吉太太从头到脚仔细检查了一遍。我听到胡佛先生把床单重新拉回去盖住她,所以我把头转向房间的角落停住不动。沃尔克小姐笔直地站在那儿,自信地看着胡佛先生、县警和斯皮兹先生。"她是死于自然原因,全都很正常,在我看来像是中风。她的眼睛里有毛细血管爆裂的问题,她的牙龈也感染得很厉害,那种感染常常会蔓延到心脏,所以有可能她患了心力衰竭。她有高血压和轻度糖尿病问题,如果你看她的脚,你会发现有一只鞋子的鞋边部分被切开,因为她那只脚有痛风,她能把鞋子穿上的唯一办法就是把鞋边分开,来容纳她肿胀的脚。先生们,"她总结案例道,"你们看到的是年纪到了八十三岁所产生的自然结果。"

这是一次高水平的检查。她展现了她全部的技术和知识水平,我很为她骄傲。一切都很顺利,直到她转向胡佛先生发问:"和平常一样火化吗?"

就在那时,两名县警走上前去,其中一名说:"我们奉命负责看管尸体,并把它送到实验室去做一次全面尸体解剖。完成尸检后我们会把它还给胡佛先生。"

"悉听尊便。"沃尔克小姐说,"不过你们是在浪费你们的时间和纳税人的钱。"随后她脚跟一转,大步走出了前门,而我紧跟在后面。她在车上很安静,除了指出,"这位可爱的太太死的这一天有一段伟大的历史。8月12日是安东尼①和克莉奥帕特拉②两千年前去世的日子。"

"我知道她是埃及的最后一位法老,是被一条蛇咬死的。"我说,"中了虺蛇毒。但是她的男友是怎么死的呢?"

"自杀而死。"她回忆着说,但没丝毫的同情,"他和另一名罗马将军奥克塔维安打仗争夺罗马帝国的统治权。奥克塔维安刚打败安东尼和克莉奥帕特拉的联军,就有人告诉安东尼,克莉奥帕特拉在战斗中被杀。在悲痛中安东尼倒在自己的剑

---

① 马克·安东尼(公元前83年—前30年),古罗马共和国政治家和将军,独裁者朱利安·恺撒的支持者,在恺撒遭暗杀后,曾和奥克塔维安与勒披德斯组成三人寡头政治联盟。公元前33年因和恺撒继承人奥克塔维安发生意见分歧导致内战,并于公元前30年战败后和情人克莉奥帕特拉双双自杀,从此古罗马共和国转型成为帝国。

② 克莉奥帕特拉七世(公元前69年—前30年),埃及希腊后裔托勒密王国末代法老,曾和恺撒结盟,后投靠安东尼,随安东尼战败自杀,从此埃及成为古罗马帝国的一个省。

上，但是这个自杀工作做得很糟糕，所以他是慢慢死去的。不过克莉奥帕特拉并没死，她躲在一个小城堡的宫殿里。当她听说了安东尼的事后，她把他转移到自己的身边。他呻吟、叹息、哀诉和悲鸣，最后死了，于是她让虺蛇咬她的胸部，因此中了致命的蛇毒。"

"很罗曼蒂克啊。"我说。

"才不罗曼蒂克呢。"她不同意，"在我看来下面这样才罗曼蒂克，那就是安东尼好好儿地倒在自己的剑上，一命呜呼，而克莉奥帕特拉逃走了，沿尼罗河扬帆航行，过着没有他的幸福生活，因为他的野心毁了她的王国。所以对她来说没有他会更好。"

我知道她说的是什么意思。现在是该斯皮兹从他的儿童三轮车上掉下来，倒在他自己剑上的时候了，让她一个人去佛罗里达和她姐姐一起过她想过的新生活。不过我不认为斯皮兹会选择这种方式的。

当我们回到沃尔克小姐的家后，我像我整个夏天做的那样，在书桌旁坐下来。我拿出铅笔，而沃尔克小姐倒在一把轻便的椅子上。

"德鲁吉太太，"她开动了，不过她的声音听上去很累，就像一台不想启动的冷发动机一样。她停顿了一下，做了一个深呼吸,然后重新开始,这次她的发动机发出了噼啪声醒了过来,"德鲁吉太太是一位可爱的女人,过着漫长而满足的生活。她爱她的家庭、她的社区和她的国家,而反过来她也受到每一位认识她的人的爱戴和尊敬。她还是一个孩子的时候,就已是一名小提琴神童,十一岁便和纽约爱乐乐团合作演奏。她和世界上最伟大的交响乐团合作演出过,可是在她二十三岁时,她放下了小提琴,永远没有再拿起来。每当被问起她为什么退出音乐界时,她的回答总是,有一天她发现,她演奏只是为了让自己的父母开心,而她本人从中得不到任何享受。于是她退隐到诺福镇来,在这儿她嫁给了德鲁吉先生。德鲁吉先生以在孩子们的生日派对上扮演小丑闻名,并以他的幽默感著称,而德鲁吉太太也以她的笑声出名。他们成了一对完美的夫妻。"

我等着沃尔克小姐继续说下去,可是她的"汽油"已经用完了,轰然瘫倒在她的椅子里。"那就是我全部要说的了。"她说,"德鲁吉太太是一位可爱的女人,她证明了你不必做你父母要你做或你男友要你做的'开心'事。你得做回你自己,因为没有任何爱比自爱更伟大。"

"我会把它打出来。"我尽职地说,接着我问了一些心里一直埋藏了很长时间的问题,"沃尔克小姐,现在所有的诺福镇原居民都死了,那是不是意味着您不得不按您曾经向斯皮兹先生许诺过的那样嫁给他呢？"

"我也一直在思考这个问题。"她苦笑着回答，"而我发现我忘了告诉那个傻瓜一个关键事实。我也是一名诺福镇原居民。所以我想，他不得不等到我倒下来死了才能娶到我。就像我说的，他的字母汤只能拼写出'傻瓜蛋'这个词。"

"好吧，不过我不认为他会对这样的事实感到高兴。"我说，"因为他已经在后门给你留了一个小礼物了。"

她的脸马上僵硬了。"去把它拿来。"她咆哮着说。她看上去甚至更疲惫了，"我期望有更多的老鼠饵送到。"

我走到门廊外面，找到了巧克力盒和便条，把它们带回起居室。

"读一读便条。"她指示说。

我扯掉了包裹的胶带，打开了信封。"按上帝的意愿，现在只剩下我们俩留在伊甸园了。嫁给我吧。——E.斯皮兹。"

门口响起了敲门声。

"引用克莉奥帕特拉的话，"沃尔克小姐唱着说，"'敌人就在大门口。'相信我，要是我有一条蛇，我一定会把它用到他身上。现在去开门吧。"

是斯皮兹。"甘托斯小老弟，"他大声叫着，"我猜想你会在这里。"他俯视着我，好像我是一片口香糖，他想要把我铲除一样。

"我刚要离开。"我对他说,并朝门廊走去。我还没走远,这时我听到他的蛙鸣似的声音大声在喊,"嗨,气色很好啊。看上去好像我们是派对上最后两只老鸟了。"

我知道沃尔克小姐正打算把自己的想法透露给他,我不想听到这事,我已经听够了。我拿着讣文赶去找格林先生。

格林先生正在用一块破布擦掉手上的油墨。"我告诉过你,有可疑的事情在发生。"他说。他一边对自己的判断力引以为豪,一边把樱花烟草的烟吹成一团有害的云雾,刺痛了我的眼睛,"要是有人杀害了这些老太太,我们会很快知道。"

"或者我们什么都不知道。"我跟着说。

"你想要赌多少?我说是沃尔克小姐杀害了她们。"他宣称,同时掏出了他的钱包。

我拿出我的两美金钞票。"我说不是她。"我回答。

他拿起我的钱和他的钱,把它们放进一张书桌的抽屉里。"赢的人可以得到全部的钱。"他说,吹烟吹得更起劲了。

"得到全部的钱。"我重复了一遍,然后径直走回家去。我已经筋疲力尽了。

我不知道做什么好,除了靠阅读来尝试让自己分心,同时等着尸体解剖报告。我浏览了我所有的书,但是每一本历史书都使我联想起沃尔克小姐。《十字军东征》《大宪章》《联邦调查局》《女性的勇气》《卡斯特的最后抵抗》,将过去和现在、现在和未来联系在一起,我从每本书的背后都可以听到她的声音。但是她的未来是什么呢?这个问题是我为什么一个字都读不进去的原因,因为我正从窗子望出去,看着她屋子的方向,在尝试读懂她的心。我想要溜回那儿去窥探一下,可是我还在关着禁闭呢。

警车来了又走了。斯皮兹的三轮车停在她的后门廊。人们一直在从她的家里搬走盒子和袋子,把它们放进卡车,然后开走。妈妈不会让我给她打电话的,所以我唯一的希望是沃尔克小姐会给我打电话。于是我等待着。

当电话铃响起来的时候,我跑了过去,拿起话筒。"我立刻到您那儿去。"我冲着话筒大叫。

不过打来电话的却是斯皮兹先生。"甘托斯小老弟!"他大声说,声音大到我都能从电话里听到他的呼吸,"我有些坏消息告诉你。"

"是关于沃尔克小姐的吗?"我紧张地问,"她没事吧?"

"她要我打电话告诉你,警察已经以谋杀罪把她逮捕了。他们说她杀了所有那些老太太。"

"她没杀过!"我叫着,"她怎么可能做那样的事?"

"很冷血地,"他说得很慢,"毒死了她们。"

"那不可能是真的。"我重申。

"德鲁吉太太全身中毒。警察已经证明这是你的女友本人干的。"他又说得很快了。

"什么证明?"我回叫着。

"他们在沃尔克小姐家里发现所有的巧克力上都有1080毒药。"他厉声说,"她一定已经把有毒的巧克力给了老太太们。"

"她把你送给她的巧克力都用来毒杀她地下室里的老鼠了。"我也大声回敬,"她恨那些讨厌的巧克力。她给老太太的是巧克力小蛋糕。"

"别太自作聪明啦!他们也在巧克力小蛋糕里发现了1080毒药。"他咆哮着说。

"那又怎么样。很多人用过1080毒药。"我尽可能平静地说,"那说明不了什么。你用过它,胡佛先生也用过它。"

"我们是用它来对付害虫,"他有点儿紧张地说,"不是用来对付人的。我们没用它来煮食或撒在小甜点上或装饰巧克力。"

"可能是地狱天使吧。"我暗示,"沃尔克小姐说过他们给小镇下过咒语。"

"那个骗人的咒语正是她在亲自谋杀那些老太太之前用来掩盖罪行的一种手段。相信我,我知道她的做事手法。她是说一套做一套。"

"我猜想那意味着她不会嫁给你喽?"我推断说,"即使她说过她会这么做。"

"是我在问问题。"他用一种冷冷的声音说,"你帮过她的忙没有?她不可能使用她的双手,所以她一定有过一个杀人的同谋。"

"我没做过任何坏事。"我抗拒地说,"我甚至也不相信她做过。"

"好吧,警察下一个可能要谈话的对象就是你。"他说,"所以你最好把你的故事说得直接点,把真话讲出来。"

"那时我可以告诉他们,那些食物在派送给老太太们之前,最后一个接触食物的人是你。"我提醒他,"你也可能谋杀她们的。"

"我是一名警官。"他摆出权威的架势说,"我不认为指控我谋杀是一个好主意。"

"你让我给你买过1080毒药的。"我说。

"警察已知道那毒药是你给沃尔克小姐买的。"他平静地说,"他们在她的家里发现了那些毒药。"

"你还撒过其他什么谎?"我问。

"要是有人在撒谎,只有你会知道。"他用低沉的声音说,"警察现在和她在一起。他们把她软禁在家里了,而我不得不担任守卫。"

"你最好别伤害她。"我警告他,"她老了。"

"她是老了,但是她是一个冷血杀手!"他吼叫着,然后把电话挂断了。

我走回房间,一边浏览着自己收藏的讣文,一边有点儿闷闷不乐。像沃尔克小姐这样热爱人民的人,会转而伤害人民似乎绝无可能。我对自己曾想到她可能也想要杀害我,感到十分愧疚和难受。

过了一会儿,爸爸走了进来,把他的手放在我的肩上。"我刚听说沃尔克小姐的事。"他说,摇了摇头,表示难以理解,"我知道你很担心她,所以我会给你一点儿东西来分散你对她的注意力。几天后我要飞去佛罗里达找工作。我早先留在这儿,是想把更多诺福镇的空屋搬去西弗吉尼亚,但是现在警察要把这批空屋保留在这儿,同时他们在调查老太太们的死因,这样我们甚至也不能卖掉我们的房子了。这对我来说是一个离开的好时机,而你可以帮妈妈做事,保持忙碌。"

"我还要关禁闭吗?"我问。

"一旦我离开了,她会有差事需要你去跑的。"他说,"我猜想她会给你解除禁闭的。"

"好吧,那我搭 J3 型飞机飞行的事怎么办？"我在发牢骚,"你答应过带我上天的。"

"我想你已经把那张票换去打棒球了吧。"他回答。

"我是换了,但是我们不可以秘密地做吗？"我乞求说,"趁她不注意的时候。"

"可以。"他想了想,"不过我们得找一个说走就走的时间,而且我们不能从家里起飞,因为她会发现我们,然后我俩会惹出更大的麻烦的。"

"我可以偷偷溜走,和你在一个地方会面。"我建议说。

他点了点头。"是的。"他说,并对自己脑子里的某些疯狂想法在偷偷发笑,"我看那办法管用。"

第27章 再次响起的来复枪声

妈妈把身子探进厨房的储藏柜,拿出了一只用细嫩枝条编成的篮子。"这是我采野山莓的篮子。"她一边骄傲地说,一边检查了一下篮子,确定所有编织的嫩枝都完好无损,"我是在这间屋子里编好的,当时我母亲正在地下室主持女童军会议。我因为这个篮子手工最好还获得了一枚徽章。"

"您母亲是法官吗?"我看着她的眼睛问,接着又看了看篮子,它看上去像是由一只浣熊编成的。

"别自作聪明了。"她温和地责备我,"现在我要出去采山莓,就在范登加油站后面的林子里。我会很快回来的,因为我还要为沃尔克小姐做一个山莓馅饼,让她振作起来。把她软禁在家里是犯罪。"

"您可以把一支手枪烤进馅饼里去吗?"我说,"她在那儿同那个让人毛骨悚然的看守斯皮兹先生在一起,一定会发狂的。光听他整天唠叨就会让我想要给他来上一枪。"

"你别担心沃尔克小姐。"妈妈一边朝后门走一边回答,"光她那张机关枪似的嘴用来对付斯皮兹已绰绰有余了。"

她离开家上林子里去了,我坐在桌子旁边慢慢地翻阅着《诺福镇新闻报》。真令人悲伤,现在所有的诺福镇原居民都死了,不会再有讣文可写了,除非为了斯皮兹先生和沃尔克小姐而写,但他们可能会一直活下去,就像他们互相许诺过的那样。报上没什么东西可读。在"聊天专线"专栏里,一只宠物雪貂被卡在一辆汽车的排气管里了。笔者要车主们提供建议,怎样才能让它脱身。有人建议,让一个人拿着捕蝶网守在排气管后面,另一个人发动汽车,这样会让发动机的排气把雪貂轰进网里。我真希望能亲眼看看那件事。然后我翻到背面。同以往一样,我把"历史上的今天"专栏留到最后看:

1935 年 8 月 14 日:美国社会安全法案通过(获我们的罗斯福夫人支持),为退休人士创造了一个退休金制度。

1945 年 8 月 14 日:日本投降,第二次世界大战结束。

我还来不及去看第三个历史事件,就听到一声来复枪的枪声,接着就是我妈的叫声:"杰克!杰克!"

我跑出门来到后门廊。但没看到她,于是大叫:"这不是我干的！我没开过来复枪！"

"快来！"她在叫喊。她的声音是从后面关小马驹的围栏那儿传来的，我还是无法看到她。我冲下台阶，刚出围栏，突然有一头小鹿从灌木丛里逃了出来，冲进了我们的后院。它的脖子上中了枪，血正从那个小枪眼里迅速地往外冒，沿着它毛皮的金色弧线流下，在它因喘气而起伏的胸部柔软的毛里聚集，十分醒目。它一定是被这枪打蒙了，所以一跑进空地就站着不动，好像它根本没有受伤一样，只是在寻找一个安全的地方可以躲藏起来。但是那么多的血不可能有什么好事会发生。

我的母亲从小鹿出现的同一条路径冲出了树林。她手里还抓着空篮子，焦急地回头张望，想看到她身后跟着的东西。当她转回头看到我的时候，她发出了我以前从来没有听到过的尖厉的叫声。"杰克！"她吩咐，"快去把那支来复枪拿来给我。快去！"

我知道她指的不是我爸爸的猎鹿来复枪，因为它被锁在一个特别的柜子里。她是说那把日本人的来复枪。我呆站在那儿有一秒钟的时间，就在那时我看到了有一个人在树林里，穿着狩猎迷彩服，戴着一个滑雪用的面具。他躲在一棵白色的桦树后面，高举着一支深色的来复枪。不过那枪不是对着妈妈，而是对着小鹿。妈妈也看到了，她做的第一件事就是走到猎人和小鹿之间的射击线内，小鹿还在发蒙，一动不动，它的血一点一点滴在夏天的干枯草地上。

"杰克!"妈妈朝我叫着,"快去呀!"

我在惊慌中向车库跑去。爸爸已把正门锁了,于是我转身绕到半截子门那儿,它已经被打开了。我弯下身跑了进去,抬起他保存战争纪念品的箱子盖。日本旗已经给团起来推到了一边,来复枪不见了。我发狂似的把其他纪念品一通乱翻,还是没有来复枪。噢,天哪,我想,不能让那个人向我母亲开枪。

我把日本长刀拖了出来,绕过围栏连滚带爬地赶回去时,一切都没变化,只是我更害怕了。猎人已经转移到树林的边缘,妈妈还是站在鹿的前面,就在此时,那头鹿突然前腿跪了下来,头往前弯了下去,好像死亡是一个游泳池,它可以潜入水中一样。

我看看妈妈,然后看看鹿,又回头看看她,我知道只要一枪妈妈就会倒下。我站着,害怕得有点儿麻木了,但是意志力使我举起了刀,一英寸一英寸举到了头顶,而妈妈这时保持着和猎人目光的对峙。

"离开鹿!"那人命令着,慢慢往前移动,"它是我的猎物。"

我跑到妈妈身边,大口喘着气,把刀递给她,然后跳到旁边,好像跳火车一样。她用手握紧刀,前后猛劈了几下,好像她马上可以把那个人劈得没影儿似的。"我会用这把刀。"她嗓音

307

里带着威胁地说,"所以趁早转身走吧。"

"鹿是我的。"那人用坚决而恐吓的声音说,并朝前走了一步。他离她一共才有十英尺距离,那支来复枪的长枪管直接指着她的脸。这时她也往前走了一步,把她的手臂完全伸直,用刀尖直指他戴着面具的脸部。"转身离开,朝你来的方向滚回去!"她毫不畏惧地说,好像子弹会从她身上飞走一样。

那头鹿静静地侧身倒下,睁大了的有光泽的棕色眼睛对着太阳,粉红色泡沫在它忧伤而微微颤动的嘴边聚集起来。我大着胆子慢慢走到它身边,跪下来把我的手放在它的身上。它现在呼吸已经很困难了,我知道它就要死了,可我们什么都帮不了它。

"你是在非法入侵。"妈妈严厉地说,"你对这头鹿所做的一切都是犯罪。"

"让我拿走我的鹿,你从此再也不会看到我了。"他回答,又向她走近了一点儿。

我的眼睛从鹿的身上移到了那个人的身上。

"如果我是你,我不会再走一步的。"她声明。但接着她的脸从准备打一架的模样转变成了怀疑的神情。她有点儿迷惑地把头倾向一侧,然后朝那个人小心地走前一步,接着又一步,好像她是一名英国军人,迎着齐眼的来复枪枪管前进。在离那个人还有两英尺的时候,她慢慢放下了刀说:"威尔?是你吗?"

他退后了一步,把脸从她眼前转开,接着朝树林里又退回了几步。

"是你!"她愤怒地叫着,"你给我过来!"

他扔下了来复枪,猫着腰,穿过矮树枝和夏季灌木丛,落荒而逃。我们听着树林里树枝的断裂声,直到我们再也听不到他发出的任何声音。

接着我们轻轻转过身来看着死鹿。我的母亲捡起了刀。"拿着这个。"她说。我摸到刀把,从她手里接过了刀。她做的每一个动作都井井有条,好像这一刻已经发生过几十次,她不会再出错了。她大步走进树林,然后弯下腰,把那支来复枪从地上提起来。

这就是那支日本来复枪呀!是威尔舅舅把它从箱子里拿出来的。她打开枪膛检查了一遍。有一颗子弹留在那儿。她把枪管对着地上开了一枪,声音很响,我禁不住退缩了一下。她扳上扳机,把来复枪枪膛又检查了一遍,朝地上又开了一枪,然后又扳上来复枪扳机,又开枪。咔哒,弹夹是空的。

"我讨厌这些该死的战争纪念品。"她坚定地说,"它们才不管杀的是你的敌人还是你的家人。"然后她转身把枪递给我。我伸出更有力一点儿的右臂抓住了它。

"现在把这个东西放回去，就像爸爸那种放法。"她吩咐道，"老实说，他要是知道我那疯狂的兄弟拿它出去偷猎鹿，他会开枪打死他的。"

"我敢打赌，我扣扳机那晚就是威尔舅舅把子弹留在枪里的。"我说，"我知道我没装过子弹，爸爸说他也没做过。"

"嗯，那可能是真的。"她想了想说，"不过我们还是不能告诉你爸。"

"不过这说明我根本不应当被关禁闭。"我抗议说，"从来就不是我的错。"

"我那疯狂的兄弟可从来没割倒过玉米哟。"她很快提醒我说，"那才是把你关禁闭的最大原因。"

"是爸爸叫我做的呀！"我叫着为自己辩护，"而且爸爸以为是我把子弹装在枪里的。这不公平，现在我的整个暑假都被毁了。"

"没毁吧。"妈妈说，"你交了一个新的女朋友呢。"

"是谁？"我问。我真的很喜欢美蒂，可是关于这事我没告诉过妈妈。

"沃尔克小姐呀。"妈妈取笑着我说，"你老是上她那儿去，把整天的时间都花在那儿。所以我猜你是不是整天都在那儿亲吻她。"

"别那么说。"我说,"我才不想吻她呢。另外,是斯皮兹先生想要娶她。"

"嗯,在过去的日子里,他们一直是对情侣。"妈妈说,"现在他把她软禁在家里了。谁知道,有可能那正是他想要的。"

"我打赌,他们整天在争吵。"我说。

"你知道人们是怎么说爱情的吗?"妈妈很智慧地说,"你越惹什么人讨厌,那说明你越爱他们。"

"真的吗?"我问。

"那是爱情十诫之一啊。"妈妈肯定地说,"所以你可以相信这一点。"

"我去把枪放好,还有这把刀。"我说,"趁爸爸还没回来。"

"嘿,"她说,"看着我。"

我看着她的脸,不过没直接看她的眼睛。

"你的鼻子……"她说。

我赶忙把手遮住它。

"为什么它不流血了?"她问。

"我说过要保密的。"我回答,"不过我可以告诉您。沃尔克小姐给它动过手术,把它治好了,我也帮了她一把。"

"噢,我的天!"妈妈带着恐怖的表情说,"用她的手?"

"您应当看到过她用来治疗我的那些兽医工具的。"我说,并睁大了眼睛,"它们就像从西班牙宗教法庭①那儿搬过来的刑具。"

"我听够了!"她说,"别再说一个字了。今天已经太疯狂了。"

我点点头。"是的。"我说,"那您会怎么向爸爸解释那头鹿呢?"

"我会告诉他,它就是从树林里跑出来的。老是会有猎人从那条道上路过的。他可以处理它,而我们也可以在他出门的那段时间吃它的肉。"

这时我瞅准机会:"嘿,妈妈,我们可以用老派的诺福镇方式做一些交易吗?"

"你想做什么交易?"她问。

我走过去给她一个大大的拥抱,然后退后几步。"现在,怎么给一个回报?"我说。

于是她朝前走了几步,用她的手臂搂住我。"要是关于我兄弟和枪的事你敢说一个字的话,你就会被关禁闭关到十八岁,

---

① 西班牙宗教法庭,又称宗教调查特别审判庭,由西班牙天主教国王菲迪南二世和王后依莎贝拉一世于 1480 年建立,旨在维护王室领土上的天主教的正统,归王室直接管辖,至 18 世纪影响力大为减弱,于 1834 年被在位的依莎贝拉二世永久废除。

不管你爸爸怎么替你说好话。你听到我的话了吗？"

我听到她的话了。

她一走开，我就转变方向回身走了几步。我俯身直直地看着死鹿，在它发光的眼睛里我可以看到自己的倒影。但是我没有因害怕而转身离开，我跪了下来，把我的手盖在它的眼睛上。我爱这头鹿。它在它的一生中从来没干过任何错事，除了出现在一个错误的地方。历史可能就是那样，特别对无辜者来说更是如此。

"我很抱歉。"我说，轻轻地把它的眼皮合上，手按在那里，直到眼皮不动了。然后我提着来复枪和刀站起来，走开了。

第 28 章 结局

我醒来时,爸爸已经用拖拉机把鹿拖进了车库。他一生都是猎人,知道该做什么。他上午把它大卸八块,好坏分开,然后把肉包装好。

我不想看,就禁闭在自己的房间里,意志像是更消沉了。我觉得很烦闷,希望电话铃会响起来,是沃尔克小姐打过来的,告诉我说斯皮兹先生已经倒下来死了,我得到她家去写完最后一篇讣文。但这事好像不大会发生,而且这也不是代表我就此应该停止写讣文了。我想我可以写一篇关于那头鹿的讣文。我尝试把自己当作沃尔克小姐并开始工作,我把手臂甩了甩,做了几次深蹲,可是我没有她那把沙沙的嗓子,也没有她那些无穷的美好词汇,我只是拿出了一张纸,开始写一些似乎老老实实的东西。

鹿,名"鹿",约一年前出生,在树林里自由地成长。它把时间花在嗅闻、倾听、吃喝、感觉太阳温暖的手在它背上抚摸以及数千年来鹿一直在做的所有事情。直到有一天它静静地站着，听着一只鞋子踩断了一根细枝，接着是一声日本来复枪的枪响，它感到一颗子弹打中了它的脖子。它跑起来，可是没地方可以躲藏，因为它的生命离去的速度远快于它找到避难所的速度。我们感谢它提供了食物，甚至以死哺育我们的生命，对这样一头动物真是感激不尽。

这是一段哀伤的历史，就像沃尔克小姐教会我的，我尝试想出点历史上的著名故事与之匹配，可是所有我能想到的故事只有"小鹿斑比[①]"，那可不是真正的历史，那只是一个催人泪下的卡通故事而已，而且它并没能阻止人们猎杀鹿。要是我把这篇讣文拿去给格林先生请他登出来，我得想出一些好的历史故事来和它配合。

为了发现好的素材，我在我的书里搜寻着，就在这时爸爸走进了我的房间。

"嘿，我有一个小礼物给你。"他不经意地说着并做了一个

[①]"小鹿斑比"，美国沃特·迪斯尼电影公司于1942年拍摄的同名动画片中的主角，后成为森林大王。影片曾获奥斯卡电影奖三项提名，在沃特·迪斯尼经典动画片系列中排名第五，在美国家喻户晓。

手势,然后把手伸进口袋拿出一样东西扔给我。我用单手一把接住,而当我把手张开时,我看到了一颗子弹,并感到了它的重量。

"它还留在鹿的脖子里。"他说。

"谢谢。"我回答,并微笑了一下,因为我知道他想要看到我的微笑。

"我知道你没给那支小日本的来复枪装过子弹。"他说,"但是你扣过扳机。你保证你永远不会再干那样的傻事。"

"历史不会重演。"我说,"我保证。"

他转身走出房间,去准备他的旅行了。我站起来把我的房门关好,然后坐在床边体会非常不同的自己。我感觉自己像一座遭受入侵前的城市,或者一条沉没前的船只,或者乐极生悲前的欢乐。我无法说得很清楚。不过有些变化是注定将要在我身上发生的。

那变化发生在两天后电话铃响起的时候。我用力打开房门跑到厨房,一把抓起话筒,把它紧贴在耳朵上。

"甘托斯小老弟!"斯皮兹冲着电话大叫。

"沃尔克小姐怎么样了?"我屏住了呼吸问。

"别说话,就听着。"他指示说,"上她家去,并到地下室去。她被绑在下面了。"

"为什么您自己不去她那儿？"我有点儿困惑地问,"您本人就在她的家里呀。"

"我不在她家。"他说,"我已经消失了。"

"那不可能。"我说,"一个成年人是不可能骑着儿童三轮车消失的！"

而这时电话被挂断了。我一阵恐慌,不知不觉中已经出了门,全速冲下小坡往沃尔克小姐家跑去。我飞快打开她家的后门,冲到地下室门口,把门拉开。

"沃尔克小姐！"我一边大声叫着,一边跌跌撞撞地走下楼梯。

"从容些好吗！"她告诫说,"要是你跌下来摔死了,我可能就要像这样五花大绑的被饿死了。"

当我到了最后一级楼梯时,我看到了她。她坐在一张餐椅上,手臂给松松地绑到身后。打开着的心形巧克力盒散放在她四周的地板上。有几只大胆的老鼠正在慢慢地啃咬着它们。

"这就是他折磨我的方法。"她说,"他知道我不喜欢老鼠。"

我朝盒子踢去,驱散了老鼠。"我要扭断他的脖子。"我说,走到椅子后面把她解开。

"别伤害老斯皮兹。"她温和地说,"过去几天我同他一起相处,真的度过了一段很好的时光。"

"那很难让人相信。"我回答。但是可能他确实不是这么坏。她的手被巧克力盒上拆下来的红丝带轻轻地绑在一起,像一把柔软的弓。

"是的。"她继续说,"老斯皮兹非常合作,我没做太多的工作就让他忏悔了,承认所有的毒都是他下的。"

"是他杀了她们吗?"我叫了起来。

"对。"她肯定地说,"他甚至让我口述他的忏悔书,由他自己写下来。老实说,当他告诉我他是怎样干掉所有那些老太太的时候,我们可从来没有相处得这么好过。他有点儿讨好我,说他杀她们是为了我。他不想让她们挡道,这样我对罗斯福夫人应尽的义务就可以完成,而我也可以自由地同他远走高飞了。你能想象那个情景吗?我们两个坐着他的大号儿童三轮车飞走了!哈哈!"

"他临走前和您说过什么没有?"我问,"比如他会去哪儿什么的?"

"他就说先把我绑起来,让他有六个小时的时间可以悄悄离开这个镇。"她说,"就说了这些。"

"我认为他走不远,因为他的三轮车还在您的屋子前面。"

"噢,他不用三轮车。"她记起来了,并且冲我做了一个苦脸,因为她知道我大概能想象得出是怎么一回事了。

"他是开我的车逃走的吗？"我尖叫起来,在地上狠狠地踩了踩脚,又吓跑了几只老鼠。

"对。"她肯定地说,"我想象得出你会对这事感到沮丧的。"

"噢,天哪！好吧,现在我倒真的希望他们在他撞车前把他抓住了。"我说。

"我也希望那样。"她说,"不过在这一刻这是我最不担心的事。现在帮我站起来吧,我得到楼上的沙发上坐,坐在这把椅子上我的屁股都痛死了。"

我帮她走上楼梯,并帮她在沙发上安顿下来:"有什么我可以帮您的？我可以给警察打电话吗？"

"首先我得给格林先生打个电话致歉。他关于老太太们是被谋杀的说法是对的,虽然他认为是我杀的说法是错的。但不管怎么说,我误诊了她们的死因,所以我猜我作为医学监察员的生涯也告终了。当我们做好这些事后,我们将给警察打电话,告诉他们来取斯皮兹先生的忏悔书。"她指了指打字机的桌子,斯皮兹就是在那儿打的忏悔书和签的字,"你能相信他杀了她们所有的人吗？傻瓜蛋。你怎么可以这样傻啊？"她似乎并不是在问任何人。

我走到地图前,放了一根红色的针在德鲁吉太太的屋子上——D-21号。

"我很饿。"她说,"也很渴。"

我走进厨房,给她倒了一玻璃杯的自来水。"别吃您家里的任何东西。"我警告她,"我会回家让妈妈给您煮些东西吃。"

"好吧。"她回答,"那会好一点儿。现在我是镇上最后一名诺福镇的原居民了,我应当庆祝一下,不过我想我只要躺下来打个瞌睡就可以了。"

"您不是要给格林先生和警察打电话吗?"我问,"我们不能让斯皮兹一走了之。"

"就让我打个小小的盹儿吧。"她说,"斯皮兹走出多远没什么关系。他太丑了,很容易让人发现的。"

我把靠垫拍了拍让它松软一些。等她一躺下来把身子伸展开,我就把她的羊毛外衣拉过来盖在她的身上。

"还有一件事,"她半闭着眼睛说,"记住所有那些已经去世的老太太们,今天是我们纪念出生在美国的第一个英国孩子的前夜——弗吉尼亚·达尔于1587年出世。别忘了你的历史。"她咕哝着。"生活是一种循环。"

我觉得一点儿没错。生活是一种循环。我可以把这个故事作为历史的部分加到那头鹿的讣文中去。

我等了一阵,等到她睡着后,我俯身在她的前额上吻了一下。之后我走到外面,跳上斯皮兹先生的大号儿童三轮车,骑着它回到自己的屋子。这次骑得很顺利。

我把一切都告诉了妈妈。她给县警打了电话,然后很快为沃尔克小姐收集了一篮子的食物。

"您要我送去吗?"我问。

"我想还是由我来处理会好一点儿。"她说,"你一直是个好帮手,但是警察很快就要同成年人谈话了。另外,你爸爸今晚要出门去佛罗里达,你可能要帮他的忙,而且你还有一场棒球赛。"

"我不用关禁闭啦?"我问。

"只要你不再做什么傻事。"她说。

"读完了所有那些书我变得聪明多了。"我回答,"也许我永远不可能再做什么傻事了。"

"永远别说永远。"她给我忠告,接着匆匆走了。

我在J3型飞机旁找到了爸爸,并告诉了他所有的事。"可以想象是斯皮兹干的。"他说,"我应当知道那个结果的,儿童三轮车就是一条线索,可以看得出他就是个疯子。"

"他开走了我的汽车!"我生气地说,"您认为我们可以飞一圈找到他吗?"

"警察会追捕到他的。来看看我们的J3型飞机,"他转换了话题,"我有一个飞行计划,今晚离开诺福镇前往佛罗里达。"

"可是妈妈刚允许我今晚去打棒球!"我叫了起来,几乎要哭了,"我终于有了自由,可我却不能坐飞机。"

"别婆婆妈妈的了。"他说,"我已经都想好了。你是打外场的吧,对吗?"

"是的。"我说,"通常是在中外场,因为我们没有足够的球手覆盖所有的位置。"

"好的,当你看到我从左外场的灯区出现时,就往右外场的围栏跑。"他说,并朝我眨眨眼。

"什么意思?"我问。

"你会想明白的。"他打了个响指回答,"你是一个聪明的孩子。"

"您有什么需要我帮助的吗?"我问。

他望了望防空洞。"嗯,你可以开始把它填起来了。"他说,接着大笑起来。

"真的吗?现在?"我问。

"不是现在。"他说,"在你有时间的时候吧。"

我跑回我的房间去完成我的加上弗吉尼亚·达尔故事的讣文。然后我跑到格林先生的办公室,他正在打字机上打字。

"又有一位老太太死了?"当他看到我的时候叫了起来,"这是不可能的！"

"这次是一头鹿的讣文。"我说,并把我手写的讣文递给了他。

"这儿附近的猎人不会喜欢它的。"他读了一遍后说,"不过我会登出来的。"

接着我伸出了手。"我打赌赢了。"我说,"沃尔克小姐没杀死那些老太太。"

他笑了,然后打开他存放赌金的抽屉。"这儿是你的四美金。当他们逮捕她的时候,我想我赢你了,可是结果老斯皮兹成了凶手。我现在正在写一篇关于这件事的文章。"他说着又走回到他的打字机那儿,"不好意思,我得开始动笔了。"

那晚我决定骑斯皮兹的儿童三轮车去赛场,当本妮看到我穿着制服骑车过来,然后走进球场的时候,她想要知道关于谋杀案的全部。

"在赛事结束后,我会告诉你所有的细节。"我说,"很全面的,包括我知道的一切。什么人、怎么做和为什么！"

"一切？"她问。

"还记得你是怎样告诉我有关死地狱天使的所有细节的吗？"我提醒她,"我也会告诉你所有的细节,老太太们是怎么死的,斯皮兹是怎么下毒的。我敢打赌那也会让你鼻子流血的。"

"一言为定。"她高兴地说,然后用手套拍了一下我的屁股,"你回到球场真好。现在让我们打球吧。"

球赛开始时我守外场。天在变暗,我盯着空中,好像每一次猛击都会有一只球飞过来击中我。就在这时我听到J3型飞机飞到了我左上方。我抬头一看,爸爸正低空飞来。他没有很多着地空间,于是他调整他的发动机,改变螺旋桨叶片的气流,保持低速飞行。我朝远处的围栏尽快地飞跑。这时看台上已有几个人看到了他,他们开始指指点点,过了一会儿我还能听到他们的声音,但又过了一会儿我就只能听到J3型飞机的发动机声了。这时爸爸扫除了围栏的障碍,让飞机在右外场下降,接着他翻越中外场,当他到达左外场的时候,他调转尾舵,让飞机转了个身。

就在那一刻,我跳离围栏沿着警示跑道拼命跑,直到安全越过螺旋桨。我绕到副驾驶舱一侧,爸爸探身过来打开了机舱门,我立刻跳进了飞机。

"把你的安全带系上。"他用盖过发动机噪音的音调大声叫着,接着他打开了风门,J3型飞机一跳一跳地往前飞,我们快速穿过了绿色的外场草地。有一阵子我看着内场,整个球队正好站着没动,好像上过色的塑胶玩具,然后我转头看着机窗外,就在这时爸爸把机头抬起,我们离开了地面。飞机升起越过了围栏,然后加速爬行,飞到了诺福镇的上空。

"好好儿看一下。"爸爸用盖过螺旋桨的声音大声说,"他们应该用围栏把这个镇围起来。"

"就像一个集中营?"我问。

"更像是一个博物馆。"他说,"你妈妈说得对。这是一段历史。就像很多历史一样,它不会持久。我的意思是,它不会像罗马或雅典那样保存下来。它们能保留下来的所有东西就是一些石头废墟。几年后木质的诺福镇屋子会被拖走,只留下石头的地基和一些墓碑。那将是它的结局。当然,将会有一块历史的碑刻,记载着诺福镇的过去。"

"可是这有点儿悲伤,它要消失了。"我说,"他们为什么兴建它的整个想法也会消失。"

"事情总是在变,这就是为什么人们称之为历史。"爸爸说,"但是在这个镇消失之前,让我们给他们增加一件可供他们聊聊的事情。"

他把操纵杆往回拉,我们靠左斜飞,这时我可以看到我们是在向维京汽车影院飞去。

"看看后面,"爸爸用盖过发动机声和气流的声音大叫,"那里有一牛奶箱的气球,气球里装着红色油漆!"

"我以为是水气球的。"

"红色应该会留存得更长久一点儿,更'历史'。"他说,"水可是会蒸发掉的。"

"在放什么电影?"我问。

"《击沉俾斯麦号》。"他回答,"我们或许可以助他们一臂之力!"

一分钟后我们正在直接飞向银幕。"抓一个气球。"爸爸说,"我一说'炸弹飞',就放它走。"

太阳刚刚下山,为今晚电影插映的黑白预告片还在播放。在银幕上,巨大的德国"二战"时期的战舰正在下水。这时画面转换到一名忧虑的英国船长和一张作战室的大西洋地图,上面布防着玩具大小的军舰。

"现在可以扔了吗?"我问爸爸,并握着气球靠在窗边。

"在爱情和战争中一切都是公平的!"他喊道,"炸弹飞!"

我让气球掉了下去,爸爸又拉回操纵杆,我们爬行升空。"我们击中了什么东西没有?"我问。

"在第二轮飞掠前是不会知道结果的。"他说,然后像疯子一样大笑起来。

我给了他一个气球,自己又拿了一个,我们转回去,又对准银幕飞了过去。我马上能看到我们俩都已经直接进球得分了。

在黑白电影的影像上炸出了两个红斑点，红色油漆像流血的眼泪一样从银幕上淌下来，好像鱼雷掠过水面飞向"俾斯麦号"的船身。

爸爸又做了一次俯冲。"炸弹飞！"他叫喊着。我们让飞机冲下去，接着很快又爬升飞上空中。又有两个气球脱手了。"再来一次。"他说，"然后在他们把空军招来对付我们之前，我们最好赶快离开这儿。"

他开着飞机绕圈子，我可以看到银幕上的红斑点，不过这次我也看到所有的汽车都发动起来，它们的车头灯已经打开，人们从大门跑了出来，这可不好玩。汽车在出口周围拥堵起来，它们的喇叭在响，有几个人用手向空中指点着我们，我突然发现我好像又把过去的事情重新做了一遍，这就像我用爸爸的日本来复枪对着银幕开火一样。只是当时我不知道，要是我射中了什么人或者即使仅仅吓到了什么人，会引起多大的恐慌。现在我真正知道我做了什么。提醒自己过去所做过的蠢事的原因，是让你不会再做同样的蠢事。这也是沃尔克小姐这些年来给我们的教诲。

"爸爸，"我说，"我们离开吧。把人们都吓坏了。"

"我们没伤害任何东西。"他说，"这不过是一个玩笑而已。"

"这个玩笑也许没那么好玩。"我说，"真的。我要下去了。"

"去球场吗？"他问。

"是的。"我说。我知道本妮会认为这件事真的很好玩。而我也知道我会跟她一起笑这件事。但是那会是一种假笑，因为我可能已经惹上麻烦了。等到我回家时，妈妈可能已经知道我做了错事，而我也知道在飞机上的一时冲动和对人们的惊吓真的很愚蠢。那一刻的愚蠢会永远成为我之所以是我的一部分。要是沃尔克小姐把这件事写进她的"历史上的今天"栏目，大家有可能读到：

在8月17日的早晨，杰克·甘托斯被他的父母解除了禁闭。不过敬请期待，因为在8月18日，他可能又要被重新关禁闭——除非他记住了他的历史！

书评

国际大奖小说·成长版

阅读历史,照亮成长

阿　康 / 儿童阅读推广人

这是一部自传体式儿童小说,讲述了男孩杰克在小镇上的成长故事。

故事发生在诺福镇。这是一个有着深远历史背景的小镇,它是在美国经济大萧条时期,由罗斯福总统夫人所资助建立的面向贫困家庭的新型社区。但随着时间流逝和"二战"之后人们观念的转变,很多人开始外迁,加之人口的老龄化导致了小镇的衰落。小镇最早的成员之一沃尔克小姐,终身未嫁,当年受罗斯福夫人委派作为小镇的总护士长照顾小镇的第一代居民。她在有生之年,见证所有的老人一一逝去,然后签发他们的死亡书,在报纸上刊出她写的讣文。然而,这个神秘的夏天里,短短的几个月时间,仅存的原居民先后去世,最后只留下了沃尔克小姐和一直追求她的斯皮兹,这里面难道有什么秘密吗……

与其他的成长小说不同的是,这部作品中融合了多种精彩小说的元素：死亡、惊悚、爱情、历史、谋杀、背叛……而这些元素的结合使得小说充满了强烈的艺术张力。

首先来说，小说的语言生动形象，具有很强的画面感，使读者阅读小说如同观看一部电影。作者善于用语言营造情境，在平缓的叙述中凸显一个个场景，而这些场景如同电影中的镜头，给读者以深刻的印象。比如，在小说中，杰克第一次见到沃尔克小姐时，沃尔克小姐正将自己的手放进汤锅里煮。杰克吓得昏死过去和沃尔克小姐的怡然忘我形成了强烈对比，两个人的性格形象跃然纸上；还有杰克穿上死神服去试探杜比基太太是否死亡的场景，作者把光线昏暗的房间，沙沙的声响，电视里正播放新闻等等这些蒙太奇的镜头结合起来，为我们刻画出了杜比基太太孤单的暮年；再如，地狱天使的摩托车队驶入诺福镇时，伴着摩托车的轰鸣，先是远远的车队，再是近了后穿着黑色皮夹克、蓝色牛仔裤、厚皮鞋，手上套着铜指节套的车手，神秘、紧张、千钧一发的气氛伴随着车轮扬起的尘土向读者扑面而来。

其次，小说语言幽默风趣，轻松平缓的叙事中，那些妙趣横生的对话能给读者带来阅读的愉悦。如杰克试探杜比斯太太的时候曾说："您是在打老太太的小瞌睡吗？"或者像第五章中妈妈讽刺被关禁闭的杰克，等他下次再见到好伙伴本妮时，应该已经长出一把胡子了。类似于这样的对话在杰克和妈妈、杰克与爸爸之间还有很多,由此我们也能感受到虽然做错事的杰克会受到严格的"处置",但他与父母之间的关系却是平等的,这个60年代美国小镇代表性家庭的气氛是祥和而温馨的。

再次是叙事结构多元化。小说围绕杰克与父母、杰克与沃尔克小姐、杰克与朋友本妮等多条线索展开。在每一条线索中,杰克都在体验中不断地成长。比如在与父亲一起打猎的过程中,杰克经过了复杂的思想斗争,战胜了自己,拯救了小鹿的生命;杰克的朋友本妮让杰克在殡仪馆第一次接触到死尸,从而锻炼了杰克的胆量;妈妈没有钱给杰克看病,让杰克产生的对"钱"、对这个社会的思考……在与众人的这些种种经历中,杰克不仅了解了历史,更了解了人性,从而不断地成长。

本书最为突出的应属历史元素这一主题,作者将历史融入小说的叙事中,从一个男孩的视角见证了一个小镇的历史变迁。男孩杰克正是在帮助沃尔克小姐撰写讣文的过程中,了解了小镇上每一个死去原居民的故事和小镇的历史渊源。在这些讣文中,既有杰克熟悉的原居民的,也有他不熟悉的无名摩托车手的,更有另类的关于老房子的。透过这些讣告,男孩杰克看到了生死、爱恨、勇气以及人对生命、对社会发起的抗争。而在小镇报纸上"历史上的今天"栏目和他阅读的"地标历史丛书"

中,杰克更是了解了很多历史上的大事件,看到了"过去和现在,现在和未来的连接",这些对于一个正处于成长期的少年来说,正是他所需的"头脑的食品"。

作者杰克·甘托斯不惜大量笔墨把历史融入小说的叙事中,在引人入胜、耐人寻味的故事中,让读者感受到了珍贵的历史气息,这在少年成长小说中是不多见的。那么,作者通过历史到底要告诉读者什么呢?他告诉读者,作为一个成长的人,要了解历史,只有了解了历史,才能更好地了解自我,才能知道我们的未来通向哪里。

青少年时期是一个人快速成长的时期,在这个阶段更需要了解历史,不仅要了解国家的历史,还要了解所在城镇、乡村、学校,甚至是一砖一瓦,一草一木;也要了解历史名人、地方先贤或者有故事的普通人。读史使人明智。历史是最好的一课,它记录了人类的成功与失败,兴衰与荣辱,辉煌与悲怆,交替与更新,愚昧与良知,它会让我们发现真善美、假恶丑,会让我们汲取成功的力量,也会记住那些点滴的教训,而这些,会照亮每一个人前行的路。

一个人的生命是有限的,而阅读无疑会延长一个人的生命。阅读让我们身处不同的年代,见识不同的风俗人情,与不同的人对话,感受他们的喜怒哀乐。从这个意义上讲,一个熟悉历史的人,可以说是从世界一开始就活着的人。而"活"在不同的世界里是一件多么美妙的事情啊。一个人能体验到不同的成长历程,还有什么是比这更享受的事情么?这或许是作者最终所要表达的吧。

  阅读历史,让它照亮我们的成长。